AUTOPSIE

DU MÊME AUTEUR :

Les enquêtes du Dr Kay Scarpetta
Postmortem
Mémoires mortes
Et il ne restera que poussière
Une peine d'exception
La Séquence des corps
Une mort sans nom
Morts en eaux troubles
Mordoc
Combustion
Cadavre X
Dossier Benton
Baton Rouge
Signe suspect
Sans raison
Registre des morts
Scarpetta
L'Instinct du mal
Havre des morts
Voile rouge
Vent de glace
Traînée de poudre
Monnaie de sang
Inhumaine
Chaos

Les enquêtes de Judy Hammer et Andy Brazil
La Ville des frelons
La Griffe du Sud
L'Île des chiens

Les enquêtes de l'inspecteur Win Garano
Tolérance zéro
Trompe-l'œil

Une enquête de la capitaine Chase
Quantum
Orbite

Autres enquêtes
Jack l'Éventreur : affaire classée

www.editions-jclattes.fr

Patricia Cornwell

AUTOPSIE

Roman

Traduit de l'anglais (États-Unis)
par Dominique Defert

JC Lattès

Titre de l'édition originale
AUTOPSY
Publiée par William Morrow,
un département de HarperColins Publisher

Ceci est une œuvre de fiction. Tous les noms, personnages, lieux, organismes et événements sont soit issus de l'imagination de l'auteur, soit utilisés de manière fictive. Toute ressemblance avec des faits réels ou des personnes existantes ou ayant existé serait purement fortuite.

Couverture : Julie Simoens
Photo : Richard Nixon/Plainpicture

www.patriciacornwell.com

ISBN : 978-2-7096-7002-9

Première édition : mai 2022.

À Staci, qui a rendu tout possible

&

à maman, qui ne pouvait pas lire mes histoires terrifiantes

« Il y a par le monde une foule de choses évidentes
que personne n'observe. »

Sherlock HOLMES

AUTOPSIE

du grec, *autopsia*. « Action de voir de ses propres yeux. »

1.

Un soleil flamboyant se couche sur Old Town, le quartier historique d'Alexandria. Il est un peu moins de 17 heures, le lundi après Thanksgiving.

Le vent souffle par bourrasques et la lune, nimbée de brume, monte au-dessus du Potomac. Les arbres et les haies oscillent dans l'air. Les feuilles mortes volent et tourbillonnent sur le parking. Une cohorte de nuages, telle une armée en campagne, avance vers mon QG de Virginie et les drapeaux sur la façade claquent rageusement.

Je m'accroupis devant mon armoire métallique et entre la combinaison sur le pavé numérique de la serrure. Dans le tiroir du bas, je récupère le dossier que je trimballe partout depuis des mois. L'odeur âcre des vieux documents me chatouille les narines, des pièces d'archives déclassifiées datant des années 1940, lourdement raturées et quasi illisibles.

Je dois en avoir lu la quasi-totalité avant la prochaine réunion du Conseil inter-gouvernemental de Prévention et Gestion de crise, surnommé la Commission Apocalypse, et cette fois elle se déroulera au Pentagone. Ma nomination par la Maison Blanche à ce nouveau poste implique d'avoir le cœur bien accroché. Mais ce n'est rien comparé à cette affaire qui me hante, cette femme mutilée qui se trouve dans ma chambre froide au rez-de-chaussée.

Je revois son cou lacéré, les moignons sanglants là où ses mains ont été coupées. Je ne sais presque rien sur elle. Juste ce que son cadavre me dit : elle a été abandonnée comme un détritus au bord de la voie ferrée à Daingerfield Island, à quelques kilomètres au nord. J'ai passé tout le week-end à l'examiner, et j'ignore toujours de qui il s'agit.

Cela ne fait pas un mois que j'ai pris mes fonctions ici, et les énigmes sordides s'enchaînent déjà, sans compter l'hostilité et la mauvaise volonté auxquelles je dois faire face. Dire que ma présence ici ne plaît pas est un euphémisme. Et le combat est loin d'être gagné ! J'ôte ma blouse, la suspends au dossier de ma chaise et couvre mon microscope pour la nuit. Au dehors, le tonnerre claque, les fenêtres vibrent et les éclairs zèbrent le ciel.

Dans mon bureau d'angle au premier étage, je suis aux premières loges. Le parking, que nous partageons avec les laboratoires, s'est rapidement vidé. Scientifiques, médecins et autres employés se précipitent vers leurs véhicules tandis que la pluie martèle mes vitres.

Je ne connais pas encore tous ces gens, et la plupart d'entre eux ne se souviennent pas de moi. L'époque où j'étais à Richmond date de Mathusalem. La génération Y en particulier était encore en couches-culottes quand j'étais la première femme nommée chef de l'Institut Médicol-Légal de l'État de Virginie. J'ai dirigé le service pendant dix ans avant mon départ. Et je pensais bien ne jamais revenir ici. J'espère ne pas avoir commis la plus grosse erreur de ma vie en acceptant ce poste !

Sur les écrans muraux, je reçois les images des caméras de vidéosurveillance disséminées sur notre site, à la fois à l'extérieur et à l'intérieur du bâtiment. Je vois le garde de nuit traverser l'aire de livraison. J'ai l'impression d'être une espionne ou un fantôme invisible... Il bâille, se gratte la tête. Il a une soixantaine d'années, il se prénomme Wyatt – j'ignore toujours son nom de famille.

Avec son uniforme kaki et ses revers de poche marron, il ressemble à un shérif de campagne. Il monte la rampe menant à la morgue et appuie sur un bouton encastré dans le mur pour refermer la lourde porte roulante après le départ d'un corbillard dans un nuage de gaz d'échappement. Ce doit être le suicide du comté de Fairfax, à en croire le planning des arrivées.

— Docteur Scarpetta. (C'est ma secrétaire. Une Anglaise bien trop zélée à mon goût. Elle vient d'ouvrir la porte communicante entre nos deux bureaux.) Je suis désolée de vous déranger.

Elle n'est pas désolée du tout, sinon, elle frapperait avant d'entrer !

— Je suis sur le point de partir. Vous devriez faire de même, lui dis-je tout en passant de fenêtre en fenêtre pour descendre les volets.

— Je viens d'avoir August. August Ryan, précise-t-elle. Il veut vous parler d'un problème et il a besoin de vos services.

— C'est à propos de la femme au congélo ?

Je n'ai pas parlé à cet inspecteur depuis vendredi soir. J'espère qu'il a des nouvelles. L'affaire commence à intéresser les médias. Les rumeurs et théories vont bon train sur Internet. Et il est quasiment impossible de résoudre un meurtre quand on ne connaît pas l'identité de la victime.

— Il veut que vous le retrouviez quelque part, poursuit ma secrétaire, comme si c'était moi son employée.

Comme d'habitude, Maggie Cutbush porte un tailleur strict en tweed, des chaussures plates, et ses cheveux gris sont rassemblés en chignon comme dans les années 1950. Elle me toise d'un œil sévère derrière ses petites lunettes plantées sur son nez pointu.

— Pour quelle raison veut-il…

— Il vous expliquera ça sur place, m'interrompt-elle.

— Vous auriez pu me passer son appel. Et je lui ai donné mon portable vendredi sur la scène de crime. Pourquoi ne m'a-t-il pas téléphoné directement ?

— August et moi travaillons ensemble depuis des années. Il a eu la courtoisie de m'en informer en premier. Il vous appellera quand il sera dans sa voiture.

Malgré son petit accent charmant et mélodieux, elle n'accepte toujours pas qu'une femme soit aux commandes.

Et encore moins une Italienne de seconde génération comme moi, qui a connu la pauvreté dans les faubourgs de Miami. Je ramasse mon manteau. Je suis pressée de m'en aller, et pas seulement à cause du temps qui tourne à la tempête ni de la compagnie de Maggie. Aujourd'hui, c'est l'anniversaire de ma nièce, un moment délicat vu la situation. J'ai prévu une petite soirée intime à la maison, avec juste la famille.

— Savoir déléguer, c'est une grande qualité du Dr Reddy. (Apparemment, Maggie n'en a pas fini avec ses sermons.) Il ne donnait pas ses coordonnées personnelles comme on distribue des bonbons à Halloween. (Parce que c'est mon cas ?) Et il a bien fait comprendre à la police, sans la moindre équivoque, qu'il n'était pas aux ordres. Vous feriez bien d'en faire autant.

Elle ne rate jamais une occasion de parler de son ancien patron, celui que j'ai remplacé – pour un motif qui s'est révélé faux. J'ai quitté le Massachusetts parce qu'on m'a raconté des mensonges. Un leurre, un véritable guet-apens !

Quand j'ai découvert le pot aux roses, il était trop tard. Elvin Reddy ne partait pas dans le privé, contrairement à ce qu'on m'avait annoncé. Il était nommé commissaire à la Santé de l'État de Virginie, et supervisait désormais tous les départements dans ce domaine.

Et cela incluait le service médico-légal. Autrement dit, il se retrouvait mon supérieur de tutelle, et si les choses tournaient mal, c'était à lui que je devrais rendre des comptes. C'était une belle manœuvre. Carrément du grand art politique !

— Comme vous le savez, les gens sont toujours prompts à prendre les commandes, poursuit-elle avec son petit ton ironique. Je ne saurais trop vous conseiller d'emmener un enquêteur avec vous. Fabian est de garde ce soir. Il était encore à son bureau il y a quelques minutes.

— Tout dépend à quoi on a affaire, répliqué-je. Ce ne sera sans doute pas nécessaire. Je pense pouvoir me débrouiller toute seule.

Je cherche des yeux ma petite bouteille d'eau filtrée. Elle se trouve sur une étagère, à côté de la table de réunion.

— Ce n'est pas une bonne idée que la cheffe de la médico-légale se montre. Et encore moins toute seule. Bousculer les traditions, ce n'est guère recommandé, surtout quand on vient d'arriver.

— Maggie, je sais que vous avez à cœur de me protéger.

Mon ton n'est que douceur. Pas la moindre once d'irritation n'y est perceptible.

— Cela va sans dire, s'empresse-t-elle de confirmer, toujours plantée sur le seuil.

— Je sais que vous n'appréciez pas mes méthodes, dis-je en me frayant un chemin entre les cartons que je n'ai toujours pas déballés. (Je commence à arroser mon figuier et mes orchidées.) Mais je ne suis pas fan de tous ces protocoles. Pourquoi devrait-on déranger quelqu'un d'autre si je peux m'en occuper moi-même ?

Je ne vais pas plus loin. Pas question de lui dire la véritable raison pour laquelle on m'a demandé de reprendre les commandes de la médico-légale. Le nombre d'affaires négligées ou bâclées depuis des années est ahurissant dans cet État. En particulier ici, à Alexandria, à la pointe nord de la Virginie qui, du fait de sa position géographique, est un territoire particulièrement sensible.

Mon bureau se situe à moins de dix kilomètres du Pentagone. Et j'avais été très claire avant d'accepter ce poste : je voulais travailler ici, à l'IML d'Alexandria. En raison de nos diverses activités dans les instances nationales, mon mari et moi devions être à proximité de Washington.

— Si la police a besoin de mon aide, qu'ils m'appellent directement. (Je sais, je me répète !) Inutile de passer par vous.

— Je suppose que vous allez devoir repousser l'anniversaire de Lucy, annonce-t-elle, changeant volontairement de sujet. Je vais prévenir tout le monde. Benton, Pete Marino, votre sœur. Quelqu'un d'autre ?

— Non. Et oui, c'est sans doute plus prudent.

Encore une fois, je vais leur faire faux bond.

Mais les tragédies se moquent des mortels et de leurs projets personnels, quelqu'un doit répondre présent. Je retourne à mon bureau, en me promettant de me rattraper avec Lucy. J'ai fait si souvent ce vœu pieux.

— Je n'ose imaginer ce qu'elle endure, reprend Maggie en secouant la tête. (Sa compassion n'est absolument pas crédible.) Perdre sa compagne et son fils adoptif... (Je ne tiens pas à parler de ma nièce, ni expliquer pourquoi elle habite chez moi en ce moment.) Certes, poursuit-elle, ce choix de vie n'est guère ma tasse de thé. Mais à cette époque de l'année, tout est forcément plus douloureux pour les gens qui ne sont pas épanouis dans leur vie.

— Inutile de m'attendre, Maggie. Rentrez donc chez vous.

Je lui conseille de conduire prudemment avec cette pluie et ce vent. Surtout ne pas lui montrer à quel point ses paroles sont blessantes !

— Ryan m'expliquera ce qui se passe, ajouté-je.

Avec un peu de chance, il aura du nouveau à propos de cette femme dans ma chambre froide. Nul besoin d'être médecin légiste pour savoir qu'elle est morte par exsanguination après sectionnement des artères carotides. J'ignore quel est son âge. Peut-être une vingtaine d'années ; moins de trente-cinq ans en tout cas. On lui a fracturé le crâne par-derrière, et on lui a tranché la gorge jusqu'à la colonne vertébrale.

Vendredi soir, il y avait du vent quand je fouillais la scène de crime, au fin fond de Daingerfield Island. Je me souviens de l'odeur des traverses de chemin de fer imprégnées de créosote, du cliquetis de la pluie sur les rails, tandis que j'explorais chaque centimètre carré avec ma loupe. Les faisceaux des lampes zébraient la nuit, comme dans un show laser.

On n'a rien retrouvé, hormis une pièce écrasée, sans doute par le train de banlieue de 19 heures, quand le mécanicien a cru apercevoir un mannequin de plastique en bordure des voies.

— Je suis désolé de fiche en l'air votre soirée, m'explique Ryan quand je prends son appel. Parce que c'est ce qui va se passer. Et je peux déjà vous dire que venir ici, ce n'est pas une partie de plaisir avec ce temps de chien. Comme je l'ai expliqué à Maggie tout à l'heure, c'est important. C'est pour cela que je me permets de vous déranger.

— Que puis-je faire pour vous ?

J'inscris la date et l'heure de l'appel dans mon petit carnet.

— On a une disparition sur les bras, et ça se présente mal, m'annonce l'inspecteur de la Park Police.

— Ça a un rapport avec le cas de vendredi ? La personne disparue pourrait être la femme dans ma chambre froide ?

— Possible. La police d'Alexandria m'a informé qu'un de leurs agents s'est rendu au domicile d'une personne qui ne donnait plus de nouvelles. C'est dans votre coin. Colonial Landing.

Je suis surprise. Je ne connais que trop bien ce nouveau lotissement huppé. Pete Marino et ma sœur Dorothy y habitent. Il y a là-bas de jolies maisons à quelques encablures de Old Town où Benton et moi avons acheté une vieille propriété qui a grand besoin d'être rénovée. Lucy vit avec nous dans la maison d'amis. Pour une fois, nous sommes tous proches les uns des autres – en sécurité. Du moins, c'est ce que je pense, même si aucun endroit sur terre n'est à l'abri de la violence.

Mais elle est rare dans la vieille ville. Les homicides sont une exception, en moyenne un par an, suite à un cambriolage ou une dispute conjugale qui a mal tourné (à en croire les statistiques). Les viols et agressions à main armée sont quasi inexistants, et la seule inquiétude des habitants, ce sont les cambriolages dans les maisons ou les effractions de voitures.

— Gwen Hainey, m'annonce-t-il. (C'est le nom de la personne qui a disparu.) Trente-trois ans, travaille dans l'ingénierie biomédicale chez Thor Laboratories. Ça se trouve à trente kilomètres d'ici, à Vienne, il s'agit d'une de ces grosses sociétés high-tech sur la I-95.

— Je connais. Du moins de réputation. Qu'est-ce que Gwen Hainey y faisait exactement ?

Je consigne tout dans mon carnet.

— J'ai contacté le directeur de son labo, et il n'a rien voulu me dire. Juste qu'elle collabore à des projets spéciaux, et comme vous le savez peut-être, la plupart de ces travaux sont classés secret-défense.

— Je suis au courant. Entre autres que Thor est à la pointe de la recherche en bio-impression 3D. Peau, organes, vaisseaux sanguins, et plein d'autres parties du corps. Même des oreilles !

— C'est vrai ?

— Cela peut paraître de la science-fiction, mais c'est pour de vrai.

— Encore un machin qui ne va pas nous faciliter la tâche, ni nos enquêtes !

Il n'en dit pas plus. En même temps, c'est vrai que l'on se connaît à peine.

Je l'ai rencontré pour la première fois vendredi soir. Il m'a paru quelqu'un de posé, connaissant son affaire. Mais réservé. Difficile à cerner. Il est divorcé depuis peu. Deux enfants. J'ai l'impression qu'il a trop de travail pour avoir une vie sociale en ce moment.

— Comment récupérer l'ADN d'une peau de synthèse ? Et les empreintes ? s'enquiert-il.

— Chaque chose en son temps. Quand, chez Thor, n'ont-ils plus eu de nouvelles de Gwen Hainey ?

— Depuis Thanksgiving. Elle n'est pas venue travailler aujourd'hui, elle ne répond pas au téléphone et son portable est éteint.

Il m'explique que le directeur s'est inquiété et a appelé le 911. La policière qui s'est rendue chez Gwen a trouvé porte close. Et personne n'est venu ouvrir.

— Il s'agit de l'agent Fruge, précise Ryan en me demandant si je la connais.

Fruge, comme *frugal* ? Ce nom me dit quelque chose. Je me demande à voix haute si cette flic ne serait pas de la famille de la toxicologue avec laquelle j'ai travaillé une fois à Richmond. Un personnage haut en couleur.

— Tout juste ! lance-t-il. Blaise Fruge est sa fille, et elle était vendredi soir sur les lieux du crime. Elle a été la première arrivée sur place.

Elle faisait une patrouille de routine quand on avait découvert le corps. Elle a entendu l'appel et s'y est rendue. Mais, apparemment, lorsque j'étais arrivée à mon tour, elle était déjà repartie. En réalité, je ne sais pas trop qui était là ou pas, l'endroit grouillait de policiers pendant que j'examinais le corps.

— Une fille ambitieuse, qui se croit plus intelligente que tout le monde, précise Ryan. C'est le pire cocktail. (Mon bracelet connecté vibre à mon poignet. Des messages et des e-mails arrivent.) Méfiez-vous. Elle se prend pour Sherlock Holmes. Mais croyez-moi, elle ne l'est pas. Loin de là !

— Si j'ai bien compris, l'agent Fruge a été la première arrivée à Daingerfield Island. Et ensuite, c'est elle qui se rend chez une personne disparue qui est peut-être notre victime de vendredi. Elle est partout !

— À mon avis, elle n'a pas de vie.

— Qu'a-t-elle fait ensuite à Colonial Landing ?

— Elle a demandé au régisseur de lui ouvrir la porte. Une fois chez Gwen, elle a trouvé des traces évidentes de lutte.

Tout en écoutant Ryan, je jette un coup d'œil au SMS que m'a envoyé Benton.

Maggie l'a prévenu de mon absence ce soir. Il est sur le chemin de la maison. Il rentre bien tard. C'est bizarre. J'ignorais qu'il devait sortir aujourd'hui. Je pensais qu'il était en télétravail. Je lui réponds succinctement, lui demande si tout va bien. Pendant ce temps, Ryan énumère les trouvailles de l'agent Fruge chez Gwen.

2.

— Son sac à dos est sur la table de la cuisine, avec ses clés et son portefeuille à l'intérieur. Intact. Rien ne semble avoir été volé, sauf, comme je l'ai dit, son téléphone, poursuit Ryan que j'ai mis sur haut-parleur. Nous avons demandé le relevé des communications à son opérateur.

— Et sa voiture ?

J'entre dans la salle de bains attenante à mon bureau où je garde des affaires de rechange.

— Apparemment, elle travaillait de chez elle plusieurs jours par semaine. (Sa voix m'accompagne dans mes déplacements.) Le reste du temps elle faisait le trajet avec des collègues ou appelait un taxi. Il n'y a aucun véhicule enregistré à son nom.

— Cela paraît bizarre, dis-je tandis que Benton m'écrit : `je reviens d'un RDV imprévu.` Qu'est-ce qu'on sait d'autre sur elle ?

Je retire mes chaussures, mon pantalon.

— Ça aussi, c'est bizarre, répond Ryan. Si on tape son nom sur Google, elle n'apparaît nulle part. Comme si elle n'existait pas.

— Y compris sur les réseaux sociaux ?

J'accroche au cintre mon tailleur.

— Non. Pas même sur Twitter. Aucun article dans les médias. Rien.

— Et sur les photos encadrées chez elle ? Quelque chose ? Un carnet de notes ? Des portraits d'elle ? (Je m'assois sur le couvercle des toilettes et enfile une paire de chaussettes de laine.) On sait à quoi ressemble cette Gwen Hainey ?

Je revois en pensée le visage de la victime à côté des rails, ses longs cheveux bruns, son corps musclé. Elle devait être jolie. Mais c'est difficile à dire maintenant.

— J'ai posé la même question à Fruge, répond Ryan. Pour l'instant, on n'a trouvé aucune photo d'elle. Son patron dit qu'elle devait faire un mètre soixante-cinq. (Je passe un pantalon cargo noir.) Environ cinquante-cinq kilos, yeux marron, des cheveux mi-longs, jusqu'aux épaules.

— Cela peut correspondre à un tas de gens, dis-je en souhaitant que cette Gwen Hainey ne soit pas la femme de la voie ferrée.

— J'ai reçu par e-mail une copie de son permis de conduire. C'est une vieille photo. Ses cheveux étaient alors courts et blonds. Date de naissance : 5 juin 1988. Taille, un mètre soixante-quatre. (Son boss n'était pas loin.) Mais elle avait bien quinze kilos de plus à l'époque. On a du mal à croire qu'il s'agit de la même personne. Apparemment, elle a loué la maison pour une courte durée. Il y a très peu d'effets personnels chez elle.

— Elle a un tatouage ? (Je ne lui parle pas de celui que j'ai découvert sur le corps de la mutilée.)

— Non. Du moins pas à la connaissance de son patron. Aucun de visible, en tout cas.

Je mets mes chaussures de marche. Noue mes lacets avec une solide double boucle.

— Et pourquoi a-t-elle emménagé à Old Town ?

— D'après mes infos, elle était nouvelle chez Thor. Elle ne voulait pas s'engager sur un long bail tant qu'elle n'était pas sûre de rester. Et elle voulait vite trouver où se loger.

— Elle habitait où avant ?

Je passe une chemise tactique avec l'écusson de la brigade médico-légale : un caducée et la balance de la justice brodée en bleu, or et rouge.

— À Boston. (Je sors de la salle de bains, boutonne ma chemise.) Il y a un haltère dans son entrée, une kettlebell de cinq kilos. C'est bizarre, à moins de s'en servir comme bloque-porte. Je vous ai envoyé une photo, celle que m'a transmise Fruge.

— Je suis en train de l'ouvrir.

La kettlebell est une sphère, aplatie à sa base, d'un bleu clair, surmontée d'une poignée en inox. Elle se trouve par terre, sur le flanc, juste à gauche de la porte d'entrée. Selon August Ryan, ça pourrait être l'arme du crime, avec laquelle l'assaillant aurait fracassé le crâne de la victime.

— À supposer que Gwen Hainey et la femme de vendredi soient la même personne, précise-t-il.

— L'agent Fruge n'a touché à rien ? demandé-je en agrandissant la photo sur mon téléphone.

— C'est ce qu'elle m'a dit. Hormis le sac qu'elle a fouillé. Quand elle est entrée, elle portait des gants et un masque, et s'est montrée très précautionneuse.

— Et après ?

— Après ? Elle a attendu que l'équipe arrive sur place. Ils ont préparé le terrain, tendu des bâches, pris des photos, des vidéos et tout le tralala. Mais ils ne veulent toucher à rien tant que vous et moi n'avons pas jeté un coup d'œil.

— Rien ne prouve qu'il s'agit d'une scène de crime.

J'imagine cette femme rentrant chez elle et découvrant une armée de flics retournant ses affaires sens dessus dessous. Et, cerise sur le gâteau, la cheffe légiste est là, en personne ! C'est bien la dernière chose dont j'ai besoin après mon premier mois aux commandes. J'ai assez de soucis comme ça.

— Vous pensez qu'on a de quoi obtenir un mandat de perquisition ?

— Je vais l'avoir dans l'heure ! répond Ryan.

— Qu'est-ce qui vous fait croire que des actes violents se sont produits dans cette maison ? (J'ouvre mon armoire, sors ma caisse de terrain contenant tout mon matériel.) Vous parliez de traces de lutte... lesquelles exactement ?

— Des traces de sang dans le garage, des meubles renversés dans le salon. Venez. Vous verrez ça par vous-même.

Nous raccrochons.

Je ferme mon manteau, verrouille ma porte et longe le couloir, avec sa succession de portes. Les murs et le sol sont d'un gris perle, la lumière tamisée. Wyatt, le gardien de nuit, émerge de l'ascenseur, avec dans les mains un sac en papier. Sans doute son dîner.

— Bonne soirée, lui dis-je. J'espère qu'elle sera tranquille.

— C'est toujours tranquille ici, docteur. Bien trop.

Il entre dans la salle de repos sur la gauche où notre enquêteur de garde prépare un café serré, à la française.

Fabian porte la même tenue tactique que moi. J'aurais préféré ne pas l'avoir croisé. Ce n'est pas le moment. Avec ma caisse de terrain, il est évident que je me rends sur une scène de crime. Et je n'ai aucune envie de l'avoir dans les pattes.

— Vous ne devriez pas y aller toute seule, déclare-t-il. J'ai vu Maggie tout à l'heure. Elle préfère que je vous accompagne à Old Town. Je suis équipé. Et le café est quasiment prêt. Vous en voulez un ?

— Non merci.

À l'évidence, August Ryan a lâché des détails à Maggie. Il n'aurait pas dû. J'imagine ma secrétaire donner ses directives à Fabian, comme si elle était aux commandes. Et ça non plus, ce n'est pas bien.

— Vous ne voulez pas que je vous emmène ? insiste Fabian. Vous êtes sûre ?

Il esquisse un sourire. Je dois reconnaître qu'il sait user de son charme quand il le faut.

Avant de travailler ici, il était assistant médical en Louisiane. Il a une vingtaine d'années et, avec ses bagues, ses tatouages et ses cheveux longs à la Cher, il ressemble à un mannequin d'une revue gothique. C'est de loin notre meilleur enquêteur. Sur les trois membres de l'IML, l'un attend la retraite, et l'autre est un bras cassé notoire !

— Si j'ai besoin de vous, je vous préviendrai. Mais c'est peu probable.

Wyatt a, comme toujours, les oreilles qui traînent.

— On a une livraison ? Première nouvelle ! lance-t-il tout en observant le four à micro-ondes qui tourne.

Je n'aime pas son regard plein de suspicion.

— Pas encore. Et espérons qu'il n'y en aura pas.

— À l'évidence, si vous vous déplacez ce soir, c'est parce que ça a un rapport avec l'affaire de vendredi, annonce Fabian en se servant une tasse de son café. (Du café bien noir agrémenté de chicorée que sa mère lui envoie de Baton Rouge.)

— C'est une éventualité, réponds-je en me demandant pourquoi tout le monde s'arroge le droit de me poser des questions.

— Si c'est aussi important que cela, poursuit-il en versant dans son café une lampée de sirop d'agave, pourquoi refuser un coup de main ? Je connais le dossier, comme vous le savez.

D'accord, il a travaillé avec moi sur la scène de crime, mais cela ne signifie pas pour autant que j'ai besoin d'aide. Voilà ce qui arrive quand le boss reste enfermé dans sa tour d'ivoire. Ce qu'a trop fait Elvin Reddy. Avec ce comportement, tout le monde ici se croit indispensable.

Je dis au revoir à Fabian et Wyatt et m'en vais. Depuis le coronavirus, j'évite les ascenseurs et oblique vers l'escalier. Avec mes grosses chaussures, mes pas résonnent sur les marches de ciment. Arrivée au rez-de-chaussée, je pousse la porte pare-feu et pénètre dans un autre corridor, peint en blanc celui-là et fortement éclairé, comme dans un hôpital. Personne dans les parages. Du moins aucun vivant.

La salle du scanner est fermée à clé. Le voyant vert est allumé. Le technicien est rentré chez lui. La salle d'autopsie est vide, avec ses tables roulantes, ses paillasses et ses plans d'acier immaculé, attendant de nouveaux cadavres. Un ballet qui n'aura jamais de fin. Il y a toujours quelque part un accident, un meurtre. Une personne se suicide ou meurt prématurément, et pour ceux qui restent, la vie ne sera plus jamais la même.

Alors que je m'approche du laboratoire d'anthropologie, j'entends le cliquetis des os qui mijotent depuis des jours dans l'eau de Javel. Par le hublot, j'aperçois la marmite de vingt litres sur sa plaque chauffante, contenant les restes du corps en décomposition découvert la semaine dernière par un chasseur.

Par un autre hublot, je distingue dans la salle des indices la paire de bottes vermoulues de la victime, des lambeaux de vêtements, un paquet de Marlboro, une flasque de liqueur de whisky Fireball, un portefeuille et son contenu étalé sur une desserte. Les circonstances et les causes du décès ne sont pas encore établies. Le vieux, un mécanicien à la retraite, doit être mort il y a un an, à en juger par les découvertes faites dans son appartement aux environs de Fort Belvoir.

Dans l'aire de réception, l'odeur de désinfectant est forte. Je pose ma caisse et ma mallette sur un chariot abandonné devant les chambres froides. Les panneaux indiquent la température et autres données, que je peux également consulter sur mon téléphone via une appli spécifique. Tous les voyants sont au vert. J'enfile mes gants de nitrile, un masque chirurgical et une combinaison.

Je glisse mon portable dans un sachet plastique stérile et l'emporte avec moi. Comme ça, je pourrai prendre des photos sans risque de contaminer le site. J'ouvre la porte d'acier et entre. L'air est froid, rance. Le sac noir contenant le corps de la femme est sur son chariot dans un coin de la pièce. Il n'y a rien d'indiqué sur l'étiquette au pied, hormis la date, 30/11, et le lieu – à savoir la voie ferrée de Daingerfield Island.

J'ouvre la fermeture à glissière sur une trentaine de centimètres. Le visage de la femme s'est encore dégradé. Il était en meilleur état quand j'ai pratiqué l'autopsie voilà quelques jours. Les contusions et ecchymoses sont d'un pourpre impressionnant sur sa peau exsangue. La réaction des tissus prouve qu'elle est restée longtemps vivante avant que le tueur ne termine sa besogne.

Il n'y a aucun signe de viol, mais cela ne signifie pas grand-chose. C'est évidemment un meurtre à caractère sexuel, une ode à la domination. À mon avis, elle ne connaissait pas son assaillant mais s'était peut-être sentie en sécurité avec lui. Pourquoi, sinon, l'aurait-elle laissé entrer chez elle ?

Après sa mort, le tueur avait placé son corps nu et mutilé à côté des voies pour causer un choc aux passagers du prochain train. C'est du moins la théorie de mon profileur de mari, et j'ai tendance à le croire. En matière d'horreurs dont sont capables les psychopathes, Benton est une encyclopédie vivante. Et mon tendre époux a effectivement *très* souvent raison. Bien sûr que son corps ne s'était pas retrouvé là par hasard, offert à tous les regards ! Je prends une nouvelle photo du visage de la victime.

Les pupilles sont fixes et dilatées, ses lèvres d'un bleu indigo, desquamées. L'entaille béante dans son cou est rouge sombre, totalement sèche. Malgré l'air réfrigéré, je perçois l'odeur des chairs en putréfaction quand je fais pivoter sa tête. Lorsque je l'ai examinée sur la scène de crime, elle était morte depuis peu, et le bout de ses doigts commençait tout juste à raidir.

Mais la *rigor mortis* était venue puis partie, ses muscles s'étaient depuis relâchés, comme s'ils avaient compris qu'il ne servait plus à rien de s'accrocher à la vie. Le pourrissement était inévitable. L'arrière du crâne, qui a été rasé, est froid et mou sous mes gants tandis que j'explore de mes doigts la zone concave, le pourtour des os fracturés. Un coup net. Un seul. Peut-être à l'aide de la kettlebell en question. J'en saurai plus quand je serai sur place.

La cavité mesure environ dix centimètres de diamètre et est de forme circulaire, ce qui pourrait correspondre à un impact de cet haltère d'origine russe. Quelle que soit l'arme utilisée, ce coup l'a terrassée.

Après ça, elle ne pouvait plus parler ni marcher. Mais cela ne l'a pas tuée pour autant. Elle a survécu longtemps, comme en témoigne l'hématome sous-arachnoïdien. La mort est survenue quand le tueur lui a ouvert la gorge jusqu'aux oreilles. Avec une lame tranchante, pas dentelée.

Après le décès, ses mains ont été sectionnées. Adieu les empreintes digitales ! Est-ce la raison de cette mutilation ? Pourtant il existe d'autres moyens d'identification. Certes, pour l'instant, c'est un zéro pointé. Son ADN ne figure pas dans le fichier du FBI. Peut-être aurons-nous plus de chance en retraçant son profil généalogique.

Reste l'analyse des échantillons que j'ai prélevés sur la victime – en majorité des éléments microscopiques (rouille, bois, et autres débris provenant sans doute des rails et du ballast). Mais j'ai trouvé aussi des fibres sur le corps, en particulier dans les cheveux, ce qui laisse supposer que la femme a été enveloppée dans une couverture durant son transport.

Une couverture colorée, en tissu synthétique. La victime a été attaquée chez elle. Elle panique, tente de s'enfuir, renversant meubles et objets dans sa course, puis l'agresseur la rattrape, la frappe. Et c'est le trou noir.

Ensuite il l'emporte quelque part, et l'achève, sans doute devant la voie ferrée, là où il l'a laissée. C'est pour l'instant ma version des faits. Vendredi soir, nous n'avons découvert aucun indice en ce sens. Mais il pleuvait à verse. Les traces de sang avaient été lessivées ou demeuraient indétectables dans les bois touffus alentour.

Je prends encore quelques photographies, referme le sac mortuaire et ôte mes gants. Je me fraye un chemin entre les autres chariots avec leur chargement sinistre et sors de la salle. J'ôte ma combinaison, la jette avec mes gants et le masque dans la poubelle rouge réservée à cet effet, puis m'enduis les mains d'une bonne giclée de gel hydroalcoolique. Ensuite je récupère mes affaires.

Je dépasse le poste de sécurité. Pas trace de Wyatt derrière la paroi vitrée. Il est sans doute resté dans la salle de détente, et surveille les caméras sur l'écran mural installé là-bas. Il n'aime pas la morgue, en particulier la nuit. Comme plein de gens ! Ce qui est parfaitement idiot, parce qu'un mort ne fera jamais de mal à personne.

Je quitte le bâtiment par l'aire de livraison où les corps arrivent et repartent après autopsie. L'endroit a la taille d'un petit hangar. Il est vide, à l'exception de notre véhicule d'intervention. Au fond, un zodiac, et des palettes de sacs mortuaires, de draps jetables, de bidons de désinfectants et autres produits.

Le sol peint en beige est toujours mouillé, parce qu'on l'arrose tout le temps. Mes chaussures chuintent sur la peinture époxy. Je ferme mon manteau, remonte la capuche et ouvre la porte réservée aux piétons. Sitôt dehors, j'entends le rugissement d'un moteur dans la nuit.

3.

Pete Marino déboule avec son Ford Raptor aux vitres teintées alors que je sors sous la pluie. Ses phares illuminent ma petite Subaru garée à l'emplacement réservé au médecin chef de l'IML – et c'est peut-être bien le seul privilège que je tirerai de mes nouvelles fonctions.

— Monte, Doc ! lance-t-il en baissant sa fenêtre. Pas question que tu ailles où que ce soit toute seule !

Cela fait longtemps que je ne l'ai pas vu aussi vif et énergique, en tout cas pas depuis son mariage.

Il a vissé un bonnet sur son crâne chauve et porte un gilet pare-balles sous sa veste de chasse. Il est remonté comme un coucou, pour reprendre son expression. Bien sûr Maggie lui a dit que j'étais retenue et que je devais repousser l'anniversaire de Lucy.

Mais cela n'explique pas pourquoi il débarque ainsi en me donnant des ordres. Je connais Marino ; il est en alerte rouge ! Je pose ma caisse sur la banquette arrière, à côté de son HK MP5 et d'une caisse de munitions provenant d'un surplus de l'armée.

— Qu'est-ce qui se passe ? demandé-je alors que je grimpe dans l'habitacle pour échapper aux trombes d'eau. (Mon pantalon est déjà trempé.)

— C'est pas croyable ! (Il me tend un chiffon en microfibres.) Désolé, c'est tout ce que j'ai. Mais c'est mieux que rien. Je croyais pourtant avoir un rouleau de Sopalin quelque part.

— Je suis en danger, c'est ça ? (Je m'essuie le visage. Son chiffon empeste le rénovateur de plastique.) Il y a un problème avec ma sœur ? Avec Lucy ? Dis-moi ce que tu fais là !

— Quelle merde ! (Et il ne parle pas du déluge qui s'abat sur son pick-up tout neuf.)

Je garde ma mallette sur les genoux, et remarque le pistolet anthracite sur la console centrale, son GI 1911 10 mm, avec viseur Trijicon et poignée custom. Le cran de sûreté est engagé et, à tous les coups, il est chargé avec des Buffalo Bore de deux cents grains, capables d'arrêter un grizzly en pleine course.

Et comme si cela ne suffisait pas, il a pris avec lui son pistolet-mitrailleur avec plein de munitions ! Au besoin, je pourrai aussi sortir mon petit Sig Sauer de ma mallette si ça tourne à la bataille rangée ! Cette pensée me fait sourire, mais en même temps je me demande quelle mouche le pique.

— Tu t'attends à une émeute, à une insurrection armée ? (Je boucle ma ceinture.) Tu m'inquiètes, Marino.

— Je sais qui est la femme qu'on a retrouvée vendredi soir ! déclare-t-il. Dorothy la connaît. Et on lui a rendu visite, Lucy et moi, pour l'aider. C'est notre voisine !

Il me donne son nom, et un frisson me parcourt l'échine.

— Pour l'aider ? Comment ça ?

— On lui a donné des conseils. Pour sécuriser sa maison. Faut croire qu'elle ne nous a pas écoutés. Quant à celui qui a fait ça, c'est forcément quelqu'un du coin. Là où nous habitons tous, toi, moi, toute la bande ! Il a dû espionner Gwen, et va savoir qui d'autre ?

Tout est toujours là, sous nos yeux, comme dirait Hannibal Lecter. C'est l'une des répliques favorites de Marino, et pour appuyer ses paroles il pointe son index et son majeur vers ses pupilles. La pluie martèle le toit tandis que nous quittons le parking. Nous dépassons la petite flotte de la médico-légale – des fourgons, des limousines noires, avec l'écusson de la Virginie sur les portières.

— Je ne crois pas qu'il s'agisse d'un crime passionnel, ajoute-t-il.

— Personne ne s'est dit ça vendredi soir. Et d'abord, comment es-tu au courant que…

— J'ai déposé Dorothy chez toi, m'interrompt-il sans m'écouter. On faisait les courses quand j'ai entendu l'appel sur le scanner radio. Une visite de contrôle, une personne disparue dans une maison à deux pas de chez nous… Pas question de laisser ta sœur seule à la maison. Elle est avec Lucy en ce moment.

Visiblement, il a des infos sur cette voisine, mais il m'est difficile de parler avec lui de cette affaire. Marino n'est plus inspecteur de police. Il n'a aucune assermentation, aucune autorité légale. Et Lucy non plus, car leur nouveau cabinet d'enquête est privé. Et pour tout dire, je n'ai rien à faire à bord de son pick-up flambant neuf, dans ce cocon de cuir et de fibre de carbone.

Encore un cadeau de ma sœur ! Elle n'arrête pas depuis que ces deux-là se sont mariés en pleine pandémie. Il a désormais un bateau à moteur amarré derrière leur maison, une Harley Davidson customisée dans le garage, et un budget illimité pour son arsenal.

Ma sœur connaît un grand succès avec ses romans graphiques, et je ne suis toujours pas habituée à la nouvelle opulence de Marino, ni à sa nouvelle place dans la famille. Je ne peux plus me confier à lui comme à nos débuts. Et c'est le plus douloureux. Je ne peux plus l'appeler, ni boire un verre avec lui, pour avoir son avis sur des meurtres, des mutilations ou autres affaires en cours. Comment parler de ces horreurs, ou de choses simplement intimes, sachant que ma sœur est dans les parages.

— Avec Dorothy, on pense savoir ce qui est arrivé à cette femme.

Il s'arrête à un feu rouge. Tout autour, il y a des églises, des établissements de pompes funèbres. Ça pousse comme des champignons à proximité des morgues.

— Comment as-tu appris où j'allais ? (J'espère que ce n'est pas par son scanner portable qui est en charge sur la console centrale.)

— Maggie m'a appelé pour m'annoncer que le repas était reporté et qu'August Ryan voulait te voir. J'ai fait le rapprochement. Rien de compliqué.

Sur mon téléphone, les messages arrivent en cascade. Il y en a un de Lucy :

`Tu es avec Marino ?`

Je lui réponds :

`Oui. Dans son pick-up.`

Bien sûr, ils se sont parlé. De vrais conspirateurs, ces deux-là ! Elle sait où nous nous rendons. Mais pas question de lui annoncer que la morte de Daingerfield Island est la voisine.

— Par chance, poursuit Marino pendant que je communique par texto avec Lucy, le nom n'a pas été donné à la radio, juste l'adresse.

Je lui écris que je pense à elle et qu'on fêtera son anniversaire comme il se doit. Et qu'on trinquera avec un vin que j'ai gardé exprès pour l'occasion depuis mon dernier séjour en France.

— Tu connais bien cette Gwen Hainey ? m'enquiers-je.

— Lucy et moi, on ne l'a rencontrée qu'une fois. (Il allume le désembuage pendant qu'on roule au pas. Il y a un accident plus loin sur la route.) C'était peu après son arrivée dans le lotissement. On est restés avec elle peut-être une heure, une heure et demie grand max, pour lui donner des conseils.

— Comment vous vous êtes retrouvés impliqués là-dedans ? Juste parce que vous êtes voisins ?

Connaissant ma sœur, je pressens la réponse.

— Dorothy est passée la voir, répond Marino.

Gwen Hainey lui a expliqué qu'elle avait déménagé à Old Town pour s'éloigner de son ancien compagnon qui la harcelait. C'est pour cela qu'elle avait pris ce travail chez Thor Laboratories.

— En matière de risques de violence, son ex coche apparemment toutes les cases, ajoute-t-il. Il s'appelle Jinx Slater. Mais ce qui s'est passé vendredi n'a peut-être aucun rapport avec lui.

— Où habitait-elle avant de venir ici ?

Je veux comparer les infos que Gwen Hainey a données à Lucy et Marino avec celles que m'a fournies Ryan.

— À Boston. C'est là que vit son ex. (Marino me tend son paquet de chewing-gum. Je secoue la tête.) Après le MIT, elle est allée travailler dans un grand labo là-bas, Red Feather Biomedical.

Il en enfourne deux dans sa bouche. Le pauvre, il a toujours autant envie de fumer !

— Comme Thor, ils sont spécialisés dans la bio-ingénierie, lui dis-je. Fabrication d'organes, peaux de synthèse, interfaces cerveau-machine, ce genre de chose.

Devant, j'aperçois des gyrophares. La police fait la circulation. Il y a un SUV noir accidenté sur le bas-côté.

Un instant, mon cœur cesse de battre. Benton a un SUV, noir aussi. Heureusement, celui-ci est un BMW. Ce n'est pas lui.

— Qu'est-ce que tu peux me dire sur la morte de vendredi ?

Évidemment, Marino tente de me tirer les vers du nez. C'est plus fort que lui.

— C'est un homicide, à caractère sexuel. Un truc carrément violent.

— Ça, tout le monde le sait, lâche-t-il.

Je n'ai pas mordu à l'hameçon. Peu de choses ont filtré dans les médias. J'y ai veillé. Marino et Lucy n'ont évidemment pas vu le corps, et je ne leur ai jamais parlé de l'affaire. Cela ne les concernait pas. Sauf que maintenant, ce n'est plus si simple.

— On en a vu des vertes et des pas mûres, tous les deux, pas vrai ? reprend-il, les mains crispées sur le volant.

Je distingue ses veines qui saillent sur ses avant-bras. Marino, le yéti, était déjà imposant avant de rencontrer ma sœur, mais à présent c'est carrément une armoire à glace. Il passe des heures à soulever de la fonte, et je dois reconnaître qu'il paraît plutôt en forme.

— Tu n'es là que depuis un mois, et c'est déjà la merde ! (Il pousse un soupir agacé, et je perçois l'arôme de clou de girofle dans son haleine.)

— Calme-toi. Inutile de coller les voitures comme ça. Tu vas finir par rentrer dans quelqu'un !

Cette portion de King Street est bordée d'arbres, avec de jolies maisons, de beaux jardins déjà décorés pour les fêtes. Les réverbères et les colonnes sont enrubannés de guirlandes bleues et blanches qui clignotent sous les trombes d'eau. Les sapins de Noël multicolores scintillent derrière les fenêtres, les bougies sont allumées.

— Je m'en veux tellement. J'aurais dû veiller au grain, grommelle Marino. Mais ça… c'était vraiment imprévisible. Si c'est Jinx Slater qui lui a fait ça, comment a-t-il pu la retrouver ? Elle s'est donné un mal de chien pour que personne ne sache où elle est.

— C'est du moins ce qu'elle t'a dit. À supposer que ce soit vrai, son ex a pu quand même retrouver sa trace. Ça n'a rien de si extraordinaire. Aujourd'hui, il est de plus en plus difficile de se cacher avec toutes ces caméras de surveillance. Il y en a partout, même dans l'espace !

— Pourquoi a-t-elle coupé l'alarme et ouvert la porte ? Ça ne tient pas debout ! se demande Marino à haute voix.

Elle avait si peur de lui. Elle a dû être terrorisée quand elle l'a vu aux portes du lotissement, et encore plus sur son perron. Pourquoi n'a-t-elle pas appelé les secours ?

— Elle aurait pu me passer un coup de fil ! poursuit Marino, tandis que les gros pneus de son pick-up fendent les flaques d'eau. Elle avait mon numéro. On était à la maison vendredi soir. Je serais arrivé en deux minutes.

— Pour l'instant, le téléphone de Gwen n'a pas borné, lui dis-je en consultant la liste de mes messages. Elle avait donc un système d'alarme… Des caméras ? Autour de la maison ? Devant l'entrée ?

— On lui a conseillé d'en mettre, mais elle craignait d'être piratée. Elle nous a dit qu'elle laissait l'alarme allumée tout le temps, même quand elle était chez elle.

— C'est elle qui l'a installée ?

— Non. C'était déjà là.

— Je me demande qui d'autre a le code.

— C'est la question que je lui ai posée, bien sûr. Apparemment, juste le proprio, en cas d'urgence. Mais va savoir à qui il a pu donner la combinaison.

— Exactement ! Il faut que tu racontes tout ça à Ryan.

— J'espère qu'il va m'écouter et ne pas se la péter. Mais je ne me fais pas trop d'illusions. Les fédéraux sont tous des connards. C'est génétique.

— Tu l'as rencontré ?

— Pas encore, mais je pourrais lui être utile. Je connais bien la maison de Gwen. Ça m'étonnerait qu'elle ait changé quoi que ce soit après notre visite. Je sais exactement ce qu'il y a à l'intérieur.

— Entre autres, ton ADN… (Comme si la situation n'était pas assez compliquée !)

— Je leur annoncerai la couleur dès qu'on arrivera là-bas. Il faut que je jette un coup d'œil avant qu'une armée de flics bousille tous les indices dans la baraque.

— Comment vais-je pouvoir expliquer ta présence ? Débarquer comme ça avec un détective privé ! Et qui, de surcroît, fait le chauffeur pour moi.

— Je ne suis pas ton chauffeur. Pour l'instant, je suis ton garde du corps.

« Pour l'instant », c'est vite dit. Depuis qu'on se connaît, Marino agit comme ça. Ma sécurité et mon bien sont *de facto* sous sa responsabilité, un commandement implacable, bien sûr, édicté par lui seul.

— J'apprécie ton attention à mon égard, réponds-je avec précaution. Mais c'est mon premier mois, et ça coince déjà pas mal avec les gens d'ici. Ta présence ne ferait qu'aggraver la situation.

Il allume ses LEDs stroboscopiques, comme du temps où il était policier, et fonce sur la Mini Cooper qui nous précède.

— Je n'en ai rien à battre de ce que peut penser ton Ryan ! Une femme a été assassinée. Et il y a de fortes chances qu'il s'agisse de ma voisine. Ne serait-ce que pour ma propre sécurité, j'ai le droit de savoir ce qui se passe.

— Non. Pas légalement. (Apparemment, il a oublié les fondamentaux !)

— Fais-moi un topo. Que je sache à quoi on a affaire.

— Je ne peux rien te dire, tu le sais très bien.

— Foutaises, Doc, tu peux faire ce que tu veux.

— Pas sans conséquences.

— Tu es la médecin légiste en chef de toute la Virginie. Comme au bon vieux temps. C'est toi la boss !

Il a raison, mais il y a des règles et des procédures à respecter. Je lui expose alors mon plan : dans le passé, Marino a travaillé pour moi et, même si cela ravive de mauvais souvenirs, il doit à nouveau être mon employé. Il n'y a pas d'autres solutions pour justifier sa présence avec moi.

— Comme à la morgue. Dans les labos. Ou au tribunal, conclus-je. Partout, sauf dans le cercle privé, tu es sous mes ordres. Et il faut que ce soit officiel.

Cela fait des années que nous n'avons pas travaillé ensemble. Sans être un véritable saut dans l'inconnu, cela risque de nous compliquer la vie, davantage qu'auparavant, parce qu'aujourd'hui ma sœur fait partie de l'équation.

— Pour cette nouvelle fonction, tu n'auras pas besoin de venir à l'IML, ni de passer du temps là-bas, poursuis-je. Je ne veux pas non plus que tu te sentes surveillé ou brimé. Pas question que ça recommence.

— Mais je veux bien un bureau. J'aurai comme ça mon espace de travail, et les gens ne pourront pas entendre ce que je dirai au téléphone, insiste Marino en regardant dans le rétroviseur.

4.

Nul besoin d'être extralucide pour comprendre le sous-texte : Marino veut un endroit à lui, une relique de sa vie d'antan, voire un refuge pour fuir son épouse de temps en temps.

— Et tu as besoin de quelqu'un sur place pour surveiller tes arrières. (Là-dessus, il n'a pas tort !)

— Je peux t'engager par exemple comme « consultant expert en sciences médico-légales ». (J'invente ce titre ronflant tandis que je savoure la chaleur que diffuse le siège chauffant.) Tu pourras aider le staff des enquêteurs. Mais c'est à moi que tu devras rendre des comptes. Tu viendras à la demande, et tu seras payé en conséquence.

— Combien ?

— Le moins possible. Du bénévolat serait fortement apprécié.

— D'accord.

Il hausse les épaules, et le marché est conclu.

À effet immédiat. Un poste utile et justifié. Je peux alors lui raconter ce que je sais sur l'homicide de vendredi soir, et lui montrer la vidéo que m'a envoyée le conducteur du train. Quelques secondes enregistrées par la caméra en tête de la locomotive qui file dans l'obscurité, au milieu de cette partie boisée de Daingerfield Island.

Épaule contre épaule, Marino et moi regardons l'écran de mon téléphone portable, tandis que nous sommes coincés dans une longue file derrière un feu rouge. Je sens l'odeur citronnée de son eau de toilette. Acqua di Parma, comme d'habitude. À l'image, les rails d'acier luisent sous les feux du train. Un virage approche. Ça file à plus de cent cinquante kilomètres à l'heure... et soudain un bruit strident retentit. Ce sont les freins qui s'activent. L'air comprimé qui siffle...

Dans un halo fugace, un corps apparaît sur le côté, nu, offert, étendu sur le ballast, bras et jambes en croix... puis plus rien, juste l'obscurité, les arbres noirs, les lumières scintillantes au loin... et enfin le train s'arrête dans un crissement de métal, tel un dragon furieux.

— Je n'ai pas eu le temps de la reconnaître, annonce-t-il. Mais j'ai cru apercevoir un tatouage sur son ventre, non ? (Au loin, le feu passe au vert et nous redémarrons.) Je n'ai pas vu le motif, mais c'est mauvais signe... Gwen aussi a un tatouage. Avec son ex, ils ont le même.

— Il représente quoi ? lui demandé-je tandis que mon cœur tambourine dans ma poitrine.

Au loin se dresse dans la brume la silhouette du mémorial maçonnique George Washington, sa tour éclairée de rouge et vert.

— Une méduse, répond Marino.

— Attends, je vais te montrer le tatouage du cadavre. J'ai pris des photos, juste avant de sortir.

Je parcours mon album et trouve un gros plan. La méduse est de toutes les couleurs, avec des yeux de Roger Rabbit, et ses tentacules descendent en ondulations langoureuses vers le bas-ventre. Quand j'ai incisé l'abdomen, j'ai pris soin de ne pas les sectionner.

Je me méfie des nouvelles technologies, et préfère toujours insérer un thermomètre directement dans le foie. Cela me paraît bien plus fiable pour se faire une idée de la température interne du corps.

— Oh non…, bredouille Marino en regardant le cliché. Ce genre de motif, ça ne doit pas courir les rues.

Je lui montre alors le visage de la morte.

— C'est possible. Non, j'en suis sûr. C'est bien elle.

— Ne dis rien tant qu'on n'a pas les relevés dentaires ou l'ADN. Et bien entendu, tant que sa famille n'est pas prévenue. Mais oui, il est probable qu'il s'agisse de ta voisine.

— C'est moche, grommelle-t-il.

Je contemple la nuit zébrée de pluie. Le scanner radio bourdonne en sourdine. Je reconnais des codes d'alerte, des numéros de téléphone. À l'évidence, la police se méfie ce soir des oreilles qui traînent. Mais un gars motivé peut comprendre qu'il se passe quelque chose de grave.

— Depuis combien de temps elle était morte quand tu es arrivée sur place ?

Je consulte mon carnet de notes. Il me faut la lampe de mon téléphone pour déchiffrer mes pattes de mouche.

— Elle était nue. Son corps est menu, avec un IMC faible, et elle avait perdu la majeure partie de son sang… Sa température corporelle est donc descendue très vite, en particulier avec ces conditions quasi polaires.

D'ordinaire, le froid retarde les altérations post mortem. Il faisait 9 °C quand je l'avais examinée, et la raideur et les lividités cadavériques en étaient au tout premier stade. Tout en lui donnant des détails, j'écris à Ryan que je suis coincée dans les bouchons. Voyager à bord du monstre d'acier de Marino, avec ses roues gigantesques et sa batterie de phares antibrouillards, ne nous faisait pas avancer plus vite que les autres.

— Elle était morte depuis plusieurs heures, poursuis-je. Mais je ne pense pas qu'elle ait séjourné très longtemps dehors.

Je regarde le paysage qui me semble à la fois étrange et familier. Avec cette pluie, tout paraît différent. Les réverbères en fer forgé clignotent sous les bourrasques, les murets de briques sont jonchés de feuilles mortes et de branches cassées. Personne dans les rues. Ni joggeurs ni promeneurs de chiens.

Les maisons sont immaculées. Elles ont été restaurées et entretenues sans relâche. La plupart sont classées aux monuments historiques, et George Washington a réellement dormi dans certaines d'entre elles. Les propriétés boisées sont décorées avec discrétion et raffinement. On ne risque pas de trouver dans le secteur un père Noël en plastique ou un renne gonflable ! Le mauvais goût, la vulgarité n'ont pas droit de cité ici, au grand désespoir de Marino quand il a découvert la charte du quartier.

Old Town est un écrin. Tout ajout ou ornement doit faire l'objet d'une autorisation spécifique. Je l'ai appris à mes dépens. Interdiction de repeindre ses volets, remplacer un toit, installer un groupe électrogène sans avis favorable du comité. Ce contrôle bureaucratique était la seule fausse note dans ce petit coin protégé qui m'apparaissait idyllique. Du moins, jusqu'à maintenant.

Ces rues que je trouvais charmantes et désuètes, tel un cocon douillet, me semblent soudain sinistres. Les sapins et les arbres nus, de part et d'autre de la chaussée, s'agitent et grognent sous les coups de vent, l'église baptiste est noyée sous des nappes de brouillard. Les lumières du clocher clignotent, flottent dans le ciel, irréelles, comme des balises annonçant un danger, et le carillon enregistré rejoue sans cesse la même rengaine, pris dans une boucle du temps.

Des lampes de chantiers illuminent les arbres vénérables qui se sont écroulés dans le Ivy Hill Cemetery, là où Wernher von Braun, le père du programme spatial, a été enterré, avec d'autres grands hommes. J'aperçois un court instant des racines boueuses exposées à l'air, des stèles centenaires renversées. Et pendant ce temps, des messages d'alerte se succèdent à la radio et sur nos téléphones.

J'envoie un texto à Ryan alors que retentit un coup de tonnerre :

`10-20 ?`

Il me répond : `Je suis dans le bureau du régisseur.`

Je continue de m'inquiéter. Comment cela va-t-il se passer entre Marino et August Ryan ? C'est là ma plus grosse angoisse en fait. Surtout quand il va découvrir que mon nouveau consultant n'est autre que mon beau-frère !

— Slater dirigeait un restaurant dans le North End à Boston, et arrondissait ses fins de mois en faisant le serveur, m'explique Marino. Mais ces deux dernières années, avec le covid, il n'a quasiment plus travaillé. Il s'est mis à boire, puis à se droguer. Et il est devenu de plus en plus instable.

— Tu es sûr de tout ça ?

— Non. C'est ce qu'elle m'a dit. (Il ouvre le cendrier et attrape à nouveau son paquet de chewing-gum.) J'aurais dû vérifier, c'est vrai.

— Pas grave. On va le faire. Boston, ce n'est pas la porte à côté. Ce ne doit pas être bien compliqué de savoir si ce Jinx Slater est venu dans le coin. Il est fiché pour violence ? Des antécédents ?

— Depuis que Gwen lui a annoncé qu'elle ne voulait plus le voir, il s'est mis à se comporter de façon bizarre. Pour ne pas dire inquiétante. Mais c'est sa version à elle, bien sûr.

— Quel genre de comportements ?

— Des coups de fil incessants, un ours en peluche pendu devant sa porte, des roses mortes dans sa boîte aux lettres. Ou alors il la suivait en voiture pendant qu'elle faisait son jogging.

— Elle est allée trouver la police ?

— Non. Et à mon avis, elle m'a raconté des craques.

— On sait, toi comme moi, que les victimes ne sont pas forcément toutes blanches.

Je pose mon stylo sur mon carnet et le regarde, attendant la suite.

— En fait, quelque chose me dit que notre voisine n'est pas tout à fait nette.

— Des choses terribles arrivent parfois à des gens qui sont eux-mêmes des monstres. Et en fin de compte certains méritent leur sort. (Bien sûr, jamais je ne dirais ça en public !)

— Cette femme était loin d'être sympathique. Elle ne parlait que d'elle et se croyait plus intelligente que tout le monde. Mais tu connais Dorothy... elle nous a demandé, à moi et Lucy, si on pouvait aider sa nouvelle voisine. Alors, pour lui faire plaisir, on est passés la voir.

Ma sœur avait dû sonner chez Gwen Hainey avec un cadeau pour lui souhaiter la bienvenue, et fureter un peu comme à son habitude. Impatiente de lui montrer l'hospitalité légendaire des gens du Sud, elle avait annoncé que Marino et Lucy lui donneraient un coup de main. Pour bien sûr récolter tous les lauriers, faire sa BA et jouer la sauveuse.

— Une injonction d'éloignement a été prononcée à l'encontre de Slater ? (J'envoie un texto à Benton pour savoir s'il est arrivé à la maison.) Même si, comme on le sait tous, cela n'empêche pas les drames.

— Non, elle n'a pas fait la démarche.

— Elle avait des preuves pour étayer ses accusations ?

— Selon elle, le meilleur moyen d'être tranquille, c'était de partir loin, quelque part où il ne la retrouverait pas. D'où son emménagement à Colonial Landing et son travail chez Thor. C'est du moins sa version. Une part est peut-être vraie. Lucy et moi n'avons pas vérifié. On n'est pas allés jusque-là parce que, finalement, Gwen n'a pas voulu qu'on l'aide.

— Alors pourquoi vous a-t-elle demandé de venir ?

— Dorothy peut être très insistante, comme tu le sais. Et puis cela aurait paru suspect si Gwen refusait tout de go.

— Ça l'est quand même, lui fais-je remarquer alors que nous atteignons la vieille gare d'Alexandria.

Sur Callahan Drive, nous franchissons la voie ferrée où l'on a retrouvé la victime, à un kilomètre plus au nord. Et cette victime s'appelle Gwen Hainey – cela ne fait plus aucun doute !

— Tu sais qu'il y avait un penny sur la voie ferrée ? Aplati comme une crêpe par le train de 19 heures, celui qui s'est arrêté quand le machiniste a repéré le corps.

— Bizarre..., répond-il. (Benton aussi a été troublé quand je lui ai donné ce détail.)

Nous traversons le centre historique, avec ses restaurants et ses échoppes d'ordinaire bondés. Bien sûr, avec ce temps de chien, il n'y a pas âme qui vive.

— La pièce se trouvait sur le rail, à côté du cadavre.

— À quelle distance exactement ?

— Un mètre cinquante.

— Elle a donc été placée là volontairement, conclut Marino. Quand j'étais gosse, on mettait des pennies sur la voie ferrée qui passait à côté de chez nous. On faisait tous ça. Surtout dans le New Jersey, à cause du fantôme d'Hookerman.

Ce n'est pas la première fois qu'il fait allusion à cette histoire. Un cheminot ayant perdu un bras au siècle dernier, sectionné par un train. Et depuis lors, sa lanterne flotte au-dessus des rails durant les nuits sans lune. D'abord, c'est une petite boule de lumière au loin, qui grandit à mesure que l'on s'approche, encore et encore, et qui soudain disparaît comme par enchantement.

— Il s'agit en fait d'une « foudre en boule », dis-je. Le granite, le quartz, l'acier des rails sont de très bons conducteurs.

— Peu importe. (Visiblement, la physique ne l'intéresse pas.) Mais d'accord, sortir la nuit pour une chasse aux fantômes sur les voies ferrées était effectivement idiot. C'était un bon moyen de se faire tuer. Et on ne retrouvait jamais nos pièces !

— Le penny de vendredi était là depuis peu. Si plusieurs trains lui étaient passés dessus, il aurait été éjecté. Sans parler de sa proximité troublante avec le corps. Ça fait bien trop de coïncidences.

— Il y avait des taches dessus ?

— Non. Et tu te poses bien entendu la même question que moi. Est-ce le tueur qui l'a mis là ?

— Je ne vois pas d'autres explications. Et ce penny, il est où maintenant ?

— Chez nous, à l'IML. Ce matin, on l'a examiné au microscope électronique à balayage. Il a eu droit aussi à une cristallographie aux rayons X.

— Tout ça en présence de Ryan ?

— Non, il n'était pas là. Pour l'instant, on n'a rien trouvé d'intéressant. Le penny est composé de cuivre et de zinc, et il date de 2020.

— Tu peux oublier l'ADN et les empreintes digitales ! Après le passage des boggies, aucune chance, poursuit Marino.

Il prend à droite, sur une petite route pavée, pour éviter la circulation.

— D'après Benton, cette pièce n'était pas là par hasard. Elle a une valeur symbolique.

— Un scénario qui ne colle guère avec un ex hystérique et violent, conclut Marino alors que nous passons devant ma boulangerie préférée. (La boutique est fermée.) J'espère que ton Ryan va tenir sa langue ; là-dessus, comme sur le reste.

— Je te rappelle que c'est lui le responsable de l'enquête. Tu as intérêt à bien t'entendre avec lui. Je ne pourrai pas faire grand-chose s'il t'a dans le nez.

Cet homicide est du ressort des autorités fédérales puisque le corps a été retrouvé dans un parc national. C'est donc la Park Police qui gère le dossier, que cela plaise ou non à Marino.

— Même si le cadavre est bien celui de Gwen Hainey, Ryan dirigera toujours l'enquête, précisé-je.

Au loin, des lumières bleues et rouges zèbrent le ciel au-dessus de Colonial Landing.

Le grand portail roulant est ouvert, le bureau du régisseur sur la gauche est éclairé. Je repère la Dodge Charger de Ryan sur le parking visiteur, à côté d'une Prius que j'ai déjà aperçue ici. Le lotissement huppé donne sur les rives du Potomac et est ceint sur trois côtés par un haut mur. Côté fleuve, il est protégé par une longue grille en fer forgé.

Les maisons sur les berges ont des terrains de deux mille mètres carrés. Leurs toits en ardoises et leurs cheminées sont visibles depuis l'entrée. Pour accéder à cette enclave protégée, il faut entrer manuellement un code sur une borne, sous la scrutation de deux caméras. C'est le régisseur qui surveille les allées et venues, derrière ses écrans. Je l'ai rencontré une fois, il y a plusieurs mois.

C'est moi qui ai encouragé Marino et ma sœur à s'installer ici. J'ai même visité l'endroit pour eux, au cours de mes nombreux allers-retours à Alexandria pendant les négociations concernant mon nouveau poste. Et Lucy aurait sans doute emménagé dans le même lotissement s'il y avait eu une maison libre à ce moment-là. Dieu merci, tout était complet !

5.

Nous nous arrêtons à l'entrée, la grille est ouverte, pour laisser passer la police et les équipes d'intervention. Mais cela offre aussi l'accès aux médias ou à des personnes indésirables – un comble pour un lotissement qui se vante d'assurer sécurité et tranquillité à ses résidents !

— Attends-moi là, lance Marino en ouvrant sa portière.

Il descend de son pick-up, la pluie fouette le faisceau de ses phares. Il braque sa lampe torche vers la caméra fixée au sommet de son poteau au-dessus de la borne. Puis il éclaire celle couvrant le portail.

— D'ici, elles paraissent en bon état, m'annonce-t-il en remontant en voiture, le visage dégoulinant. Pas de peinture noire sur les objectifs, pas de fils coupés.

— Une vidéo ? Cela paraît trop beau pour être vrai. (Alors que nous franchissons les portes, je lui tends son chiffon pour s'essuyer.) Reste à savoir comment l'assaillant est entré sans avoir le code.

— Bonne question !

Toutes les maisons sont en brique, avec de hautes fenêtres, des porches à colonnes, des patios et des vérandas. Les cuisines sont spacieuses, et il y a des garages et des pontons à bateaux. Les jardins sont assez grands pour accueillir une piscine. Je n'oublierai jamais la joie de Marino quand ils ont acheté ici : trois chambres, un sous-sol aménagé (en salle de jeux), et une vue sur le fleuve à couper le souffle !

Après toutes ces années à vivoter avec son salaire de flic, c'était comme s'il avait décroché le gros lot. (Ce sont les propres termes de Marino !) J'aperçois les lueurs des sapins de Noël à travers les rideaux des maisons alentour et des silhouettes derrière les fenêtres. Un homme est dehors, au téléphone, et regarde les gyrophares qui pulsent au bout de la rue.

Il salue Marino d'un geste tandis qu'une vieille dame dans la maison à côté sort sur son perron. Dès qu'elle remarque le gros pick-up, elle nous fait de grands signes et se met à courir vers nous, bravant la pluie. Elle est en robe de chambre et en pantoufles.

— Je suis si inquiète, Pete. C'est horrible ! Vous savez ce qui s'est passé ? lance-t-elle lorsque Marino baisse sa vitre. Il y a eu un cambriolage, c'est ça ?

— Nous ne savons pas encore. Mais ne vous inquiétez pas, nous allons nous assurer qu'il n'y a pas de danger.

— C'est chez la nouvelle ? La fille qui fait du jogging ? Elle n'est pas très sympathique. Si la police est là, c'est qu'il lui est arrivé malheur. Je ne lui ai jamais parlé, mais elle passe devant ma maison tous les matins.

— Quand l'avez-vous vue pour la dernière fois ?

— Il y a quelques jours. Je ne sais pas trop au juste. Elle fait quelques tours dans la rue, puis sort du lotissement. D'ordinaire, à l'aube. Et elle revient une ou deux heures plus tard.

— Rentrez chez vous maintenant. Vous allez attraper froid, lui conseille Marino avec un mélange de gentillesse et d'autorité. (On croirait qu'il est le maire de cette communauté !) Vous avez mon numéro, en cas de besoin. Je suis juste à côté.

Elle le remercie et s'éloigne en trottinant. Il attend qu'elle soit rentrée chez elle avant de redémarrer. Je vois son regard fouiller chaque recoin, comme s'il craignait qu'un monstre ait pénétré dans son coin de paradis.

— On pourrait peut-être éteindre tes LEDs ! (Sans attendre sa réponse, je coupe l'interrupteur.)

Je préfère une arrivée discrète. Ce qui est loin d'être gagné avec son gros Raptor. Mais inutile d'aggraver notre cas.

— Je vais y aller en premier, ajouté-je. Je veux expliquer à Ryan pourquoi tu es avec moi. Je laisse ma caisse ici. Tu me l'apporteras si nécessaire. J'espère qu'ils ont prévu des EPI.

Nous dépassons la maison où Marino habite avec Dorothy. Les lumières du perron sont allumées, le Stars and Stripes suspendu à la façade flotte au vent. Des guirlandes scintillent, enroulées aux colonnes ou accrochées dans les buissons. J'aperçois des bougies électriques derrière les fenêtres, la porte arbore une couronne de buis avec un ruban rouge. Tout est élégant. Rien d'ostentatoire. Comme l'exige le règlement intérieur du lotissement.

La maison de Gwen Hainey se trouve deux numéros plus loin, elle y loge depuis un mois et demi. Et il n'y a aucune décoration. Rien n'indique que nous sommes en période de fêtes. C'est la dernière construction, au fond d'une impasse, avec un mur devant, un autre sur le côté droit, plus la grille bordant le flanc gauche, le long de l'eau.

Hormis le voisin à droite (un chef d'entreprise parti passer l'hiver en Floride, me précise Marino), personne ne peut voir ou entendre ce qui se passe chez Gwen. Sa maison est très à l'écart, et cela fait d'elle une cible facile.

— Je me demande si cet isolement a joué dans son choix, dis-je alors que nous nous garons derrière les voitures de la police d'Alexandria. (Il y a aussi un fourgon tactique. Leurs gyrophares tournent à plein.) C'est plutôt mort comme coin, fais-je remarquer.

— C'était encore pire vendredi. À cause de Thanksgiving. La plupart des résidents étaient partis.

— Je vais aussi laisser ma mallette, précisé-je en ôtant mon manteau.

Une fois sur la scène de crime, je ne saurais pas où la poser. Je saute du pick-up. Il pleut encore, mais moins fort.

Je repère le van de la télévision. Mauvais présage ! Je claque la portière, déjà trempée. Je sens les gouttes rouler dans ma nuque. Et les regards de tous les policiers à l'abri dans leurs voitures, leur moteur tournant au ralenti. Je presse le pas dans l'allée.

Les rubalises claquent sous les bourrasques. J'aperçois aussitôt l'équipe TV. Ce sont ceux à qui j'ai eu affaire trois jours plus tôt. Me voyant approcher, ils allument leurs projecteurs.

— Ici Dana Diletti, en direct de Colonial Landing à Old Town ! dit-elle dans son microphone.

Big Dana, comme on la surnomme, dépasse le mètre quatre-vingts. C'est une ancienne basketteuse professionnelle, aujourd'hui présentatrice vedette de sa propre émission. Avec son trench-coat, elle arbore la tenue de la journaliste de terrain, tandis que ses assistants la protègent avec des parapluies, prêts à accéder au moindre de ses désirs. Les caméras tournent, enregistrent tout, indiscrètes, indécentes.

— ... nous sommes devant chez Gwen Hainey, employée chez Thor Laboratories, qui a disparu. J'aperçois la cheffe de la médico-légale qui arrive...

C'est la même chose que vendredi soir. Je ne veux pas passer à la télévision. Ni à Daingerfield Island, ni ici. Je marche d'un pas volontaire, en détournant mon visage des objectifs.

— Docteur Scarpetta ! Pourquoi avez-vous été appelée ici, au cœur d'Old Town ? lance Dana en me poursuivant avec son escorte de parapluies. Cela a un rapport avec le meurtre de vendredi soir ? La morte serait donc Gwen Hainey ? La jeune ingénieure de trente-trois ans qui est venue récemment de Boston...

Pour toute réponse, je plonge sous la rubalise jaune. Comment ose-t-elle révéler ça ? J'espère que les parents de Gwen Hainey, ses proches, ses amis, comme son ex, ne sont pas à l'écoute. Mais je ne peux rien y faire. Je dépasse une tente que dresse la police sur la pelouse.

— Hep, vous là-bas ! me lance un flic en se plantant devant moi. (Sans doute un inspecteur de la brigade criminelle. Il doit avoir la moitié de mon âge.) Où allez-vous comme ça ?

Je sors mon badge.

Embarrassé, il s'excuse platement, tandis que tout est filmé.

— L'inspecteur Ryan m'a demandé de venir.

— Je crois qu'il est toujours dans le bureau du régisseur. Ils regardent les enregistrements des caméras.

— Je peux entrer ? Vous avez terminé ?

— On a tout photographié. On n'attendait plus que vous.

La porte d'entrée est entrebâillée. Une policière monte la garde de l'autre côté. Le nom sur son uniforme est B. Fruge. Elle me dirige aussitôt vers les tapis anticontaminations disposés dans le vestibule. Sage précaution. Aucun élément parasite ne doit être apporté de l'extérieur.

En outre, tous les indices déjà présents sur le sol, tels que cheveux, fibres ou autres, seront piégés par la semelle également adhésive des protections. Et tout sera rapporté au labo pour analyse.

— Bonjour, je suis le docteur Scarpetta, la nouvelle directrice de l'Institut Médico-Légal de Virginie.

Je montre mon badge et repousse mes cheveux mouillés plaqués sur mon front. Dégoulinante comme je suis, je fais tache dans cet environnement aseptisé. Heureusement, ils ont apporté une caisse d'EPI (Équipement de Protection Individuelle). J'aperçois un scanner 3D sur son trépied, avec un carton de réglettes, des repères et autres accessoires de marquages.

— Je sais qui vous êtes, réplique l'agent Fruge en refermant la porte d'entrée.

Le moindre bruit est amplifié par le vide des lieux. De là où je me trouve, je ne vois aucun meuble. Aucun tapis au sol, ni moquette. Juste des rideaux qui devaient être déjà là avant l'arrivée de Gwen Hainey.

— En tout cas, moi, je suis ravie de vous revoir parmi nous, précise-t-elle. (Elle est peut-être bien la seule !)

— Merci. Je crois avoir travaillé avec votre mère, il y a des années. Greta Fruge ? (Mes chaussures trempées laissent des traces noires sur les feuilles de polyuréthane.)

— C'est exact. Vous étiez toutes les deux sur cette histoire de savant psychopathe qui voulait empoisonner tout le monde à Tangier Island. Son idée était de contaminer les échantillons gratuits que les marques envoyaient aux habitants par la poste.

— Oui, je me souviens très bien de votre mère. (Une salle affaire que je préférerais oublier.)

— Mon prénom, c'est Blaise. (Elle doit avoir l'âge de Lucy, petite, costaude, avec des cheveux hérissés en pointes et une belle assurance.) Mais tout le monde m'appelle Fruge.

Elle m'explique que sa mère ne travaille plus pour le public, qu'elle est partie dans le privé. Elle me donne le nom d'une entreprise de biotechnologie à Richmond.

— C'est parfait parce qu'elle peut faire beaucoup de choses dans son labo chez elle. (Elle me submerge de détails, comme si je n'avais que ça à faire.) Ce qui lui laisse du temps pour s'occuper de ses chevaux, et de ses autres hobbies. Elle habite aujourd'hui une vieille ferme dans le comté de Goochland.

— Cela paraît être un bon endroit où passer la pandémie. Vous la saluerez pour moi.

— C'est drôle la vie, quand même, poursuit Fruge, les yeux rivés aux miens. Maman a travaillé avec vous quand vous étiez la nouvelle médecin en chef. Et vous revoilà en Virginie. Retour à la case départ, sauf que cette fois, c'est avec moi, sa fille, que vous travaillez. La boucle est bouclée.

— Les médias savent déjà qui est la personne disparue. (Je reste volontairement boulot-boulot.) Dana Diletti vient de donner son nom en direct.

— Ça devait arriver. À mon avis, la fuite vient du régisseur, le gars qui m'a ouvert la porte. Une vraie pipelette, celui-là ! (C'est l'hôpital qui se moque de la charité !) Et curieux comme pas deux. Il s'appelle Cliff. Cliff Sallow. J'ai été obligée de m'en débarrasser, tellement il était collant !

— Il est entré ici ? Avec vous ?

— Il en mourrait d'envie. Il avait déjà sorti son téléphone pour faire des photos. Dingue, non ? Mais j'ai tout de suite mis le holà. Il a une Prius. Alors si vous le voyez rappliquer, alerte rouge ! Il veut savoir s'il s'est passé ou non un truc horrible. Et je sais pourquoi.

Si quelque chose de grave s'est produit durant sa garde, ce ne sera pas bon pour lui. Il pourrait même perdre sa place, selon Fruge.

— Quand a-t-il vu Gwen Hainey pour la dernière fois ?

— Après Thanksgiving. Quand elle est partie faire son jogging le vendredi matin, aux aurores comme d'habitude. Apparemment, c'était une grande sportive. Elle partait sur le Mount Vernon Trail et courait pendant des kilomètres.

— Comment il sait tout ça ?

— Elle a dû le lui dire. Et il savait à quelle heure elle rentrait puisqu'elle devait taper son code au portail. (Cela confirme la version de la vieille voisine de Marino.) Effectivement, c'est Sallow qui a tout raconté aux médias. Sinon, je ne vois pas comment la télé aurait pu connaître son identité. La maison n'est même pas à son nom !

L'occupant officiel de la maison est toujours le propriétaire – un gars qui habite New York.

Fruge s'accroupit devant la caisse d'EPI et commence à sortir le nécessaire. Elle me toise du regard – au sens littéral.

— Et les caméras à l'entrée ? m'enquiers-je. Je suis impatiente de voir ce qu'elles ont enregistré.

— Et moi donc !

Elle me tend une combinaison en Tyvek, taille S, et d'autres accessoires. Puis m'ordonne de m'équiper, comme si c'était elle la cheffe.

— Il y a très peu de meubles et d'affaires personnelles, comme vous l'avez sans doute déjà remarqué. Et au premier, c'est inhabité. Allez jeter un coup d'œil, mais c'est juste une grande pièce en travaux, avec des matériaux de construction sous des bâches. La porte est fermée, et le chauffage mis au minimum.

Selon le régisseur, l'étage était encore en rénovation à l'arrivée de Gwen Hainey. Elle était pressée et n'avait pas besoin de beaucoup d'espace. Elle voulait juste un toit, un endroit où se sentir à l'abri. Tout de suite. La location ne devait pas être à son nom, personne ne devait avoir accès chez elle, sauf si c'était une question de vie ou de mort. Gwen Hainey avait donc pris la maison en l'état. Décidément, Fruge était bien informée.

— Elle devait bien gagner sa vie parce qu'elle se fichait du prix. Comme du fait que la maison était quasiment vide. Il n'y avait pas même un lit. Elle dormait sur un matelas gonflable.

— C'est combien le loyer ? demandé-je en enfilant une paire de gants en nitrile.

— Je l'ignore. J'aurais dû lui poser la question, désolée, répond Fruge avec une pointe d'agacement. Mais je vais me renseigner.

— Pourquoi était-elle si pressée ? Hormis qu'on l'attendait à Thor Laboratories ? Elle a donné des raisons ?

— Pas que je sache.

La porte d'entrée s'ouvre soudain, laissant entrer le vent et la pluie.

6.

— Je suis content que vous ayez pu venir, lâche August Ryan.

Il est petit et maigrelet, avec des broches aux dents, des cheveux gris et bouclés.

Il n'a rien d'intimidant, et cela lui va très bien, j'imagine. Les gens doivent avoir tendance à le sous-estimer, à baisser la garde, en l'imaginant compréhensif, voire bonne pâte. Autrement dit, l'exact inverse de Marino.

— Pour info, docteur Scarpetta, personne n'est entré à part Fruge et moi, et les techniciens qui ont installé les protections au sol.

Il avance sur les tapis anticontaminations adhésifs, vêtu de Tyvek blanc de la tête aux pieds. C'est peut-être le bon moment pour lui parler de mon nouvel expert…

— Pete Marino est venu avec moi. Il attend dans son pick-up, lui dis-je, le mettant devant le fait accompli. C'est un ancien de la criminelle à Richmond. Il a travaillé au sein de diverses agences, et aussi dans mes équipes. Il est aujourd'hui consultant privé à la médico-légale. Et je lui ai demandé de venir jeter un coup d'œil sur les lieux.

— Moins on est, mieux c'est, réplique Ryan. (Ce qui signifie : Pas question. Je ne veux pas de votre gars.)

— Il habite le lotissement, deux numéros plus loin, et il est déjà venu dans cette maison. (Je couvre mon téléphone d'un film étirable.) Gwen Hainey lui a dit qu'elle avait des problèmes avec son ex à Boston. Elle a emménagé ici le mois dernier. Il vous racontera tout ça.

— Effectivement, cela peut être important. (Parfait. Sa curiosité est piquée au vif.)

— Quel genre de problèmes ? s'enquiert Fruge. Parce que s'il y a un ex-petit ami dans l'histoire, cela peut expliquer bien des choses. Le fait par exemple qu'elle ait coupé l'alarme et ouvert sa porte. Elle n'aurait pas fait ça avec un inconnu. Lorsque je suis entrée, l'alarme était éteinte et toutes les portes étaient fermées à clé, sauf celle de la cuisine qui donne dans le garage.

— J'attends le retour de la société de surveillance, ajoute Ryan. Je veux avoir l'historique, savoir quand exactement l'alarme a été désactivée.

— Marino connaît les lieux. Il vous sera utile ici. (Je n'accepterai pas de refus. Marino est avec moi !)

— Comme vous voudrez, maugrée Ryan. Qu'il aille s'équiper dans la tente dehors, avec les autres. Mais je veux que vous fassiez un tour en premier toute seule, pour avoir un œil neuf.

— Pendant ce temps, annonce Fruge en quittant la maison, je vais aller voir le régisseur et me renseigner sur le loyer.

— Et les images des caméras ? m'enquiers-je.

— Les images ? Bonne question, lâche Ryan, le visage soudain fermé.

— Vous les avez vues, non ?

— Il y a un petit souci. On a une heure d'enregistrement vendredi soir sans rien. On a le son, mais pas de visuel. En d'autres termes, les caméras ont été couvertes pendant tout ce laps de temps.

Les micros ont fonctionné, mais le son est étouffé. Ryan explique que quelque chose a occulté une caméra, puis l'autre, quelques instants plus tard.

— Au moment du noir, on entend un chuintement, comme un bruit de sac plastique.

Cela s'est produit à 17 h 13. Deux minutes après que le code 1988 a été entré à la borne pour ouvrir le portail. 1988, l'année de naissance de Gwen Hainey. Un très mauvais choix, estime Ryan.

— Je me demande s'il ne s'agit pas d'une mise en scène, avance-t-il, si elle n'a pas orchestré tout ça toute seule. (Il attrape une paire de gants pour finir de s'équiper.)

— Elle aurait masqué les caméras avant de franchir le portail ? Ça n'a aucun sens, dis-je en enfilant la combinaison qui fait un bruit de papier froissé.

— Sauf si c'est un subterfuge pour disparaître définitivement des radars. Une illusion, pour nous faire croire qu'elle a été enlevée.

— La fille dans mon frigo est tout ce qu'il y a de réel.

— À supposer qu'il s'agisse de Gwen Hainey.

— Pour l'instant, cela semble être le cas. Les caméras ont donc continué à tourner…

— Oui. Mais tout ce qu'on entend, c'est la grille qui s'ouvre et une musique bizarre, comme si quelqu'un écoutait un CD à fond dans sa voiture.

— Mais aucun bruit de moteur ? (Je me protège le visage avec deux masques, l'un sur l'autre, plus une visière en plastique, que je garde relevée pour l'instant.) C'est quand même curieux, insisté-je.

— Les micros ont été couverts eux aussi. Peut-être que la voiture était du type silencieux ? répond-il. (Je me demande quel véhicule conduit Jinx Slater.) Peut-être le labo trouvera-t-il quelque chose quand ils auront filtré le son.

— Et cette musique « bizarre » comme vous dites… vous la connaissez ?

Ça y est, je transpire déjà dans ma combinaison !

— Je ne crois pas. Je n'ai entendu que quelques mesures. Mais on dirait que cela sort d'un vieux film de Frankenstein. Et c'est le même manège à 18 h 07. Le portail s'ouvre à nouveau. On entend encore la musique.

Et quatre minutes plus tard, il y a ce nouveau bruissement de plastique et les caméras sont découvertes. Je vais vous envoyer le fichier vidéo, ce sera plus clair.

Pendant l'heure où les caméras ont été occultées, il n'y a eu aucune allée et venue à Colonial Landing. Le portail est resté fermé, aucun code n'a été entré. Cela n'a rien d'étonnant, au fond. Il faisait un temps de chien et beaucoup de résidents étaient absents. Les autres étaient chez eux. Le lendemain de Thanksgiving, c'est férié.

— La personne était peut-être à pied. Et sa voiture garée ailleurs, suggère Ryan, alors que la porte d'entrée s'ouvre de nouveau. (C'est Fruge qui revient, dans une bourrasque de pluie.) Il a pu passer les portes en écoutant sa musique sur son téléphone.

— Possible. Mais il lui a bien fallu un véhicule pour emporter le corps jusqu'à la voie ferrée.

— J'ai eu le régisseur au téléphone, commence Fruge en prenant à son tour une combinaison. Le loyer est de sept mille dollars et elle a payé trois mois d'avance.

— Vingt et un mille dollars ? s'exclame Ryan.

— En liquide ! En une seule fois. Le proprio a dû être ravi de pouvoir passer ça au noir, commente Fruge en terminant de s'équiper.

Gwen Hainey se fichait du prix, comme de l'état de la maison, explique-t-elle à Ryan, tant qu'elle pouvait emménager sur-le-champ.

— Elle voulait un grand mur entre elle et le monde extérieur et un portail sécurisé, conclut la policière. Cela prouve qu'elle était terrorisée.

— Ou qu'elle voulait avoir de l'intimité, dis-je. Et la kettlebell ? Elle était à cet endroit quand vous êtes entrée ?

Sans y toucher, je m'approche de l'haltère qui se trouve à côté de la porte, sur une portion de plancher exempte de tapis de protection. Le coup a été suffisamment puissant pour enfoncer la calotte crânienne, provoquant un hématome et des lésions cérébrales.

Si cette kettlebell est l'arme du crime, alors il est normal qu'il n'y ait pas de trace de sang visible, puisqu'elle n'a cogné le crâne qu'une fois. L'hémorragie interne n'a pas pu se répandre à l'extérieur. Je remarque une petite entaille sur le parquet, causée peut-être par la chute du poids, lâché après l'attaque.

Quand les techniciens seront autorisés à pénétrer dans la maison, ils relèveront au scanner 3D la scène de crime, placeront leurs repères et réglettes, feront des photographies, et collecteront tous les indices dans des sachets stériles, pour être analysés par nos labos. Pour l'instant, toutefois, rien n'a été dérangé. Aucune altération. Ce que je vois est l'état originel.

— Comme je l'ai dit à August, confirme Fruge, je n'ai touché à rien, hormis le sac à dos qui se trouvait sur la table de la cuisine.

Elle enfile à son tour des gants en nitrile. Oui, elle a procédé dans les règles de l'art.

— L'autre kettlebell est dans la véranda. Bien sûr, on peut se demander ce que fait sa petite sœur ici dans l'entrée, poursuit-elle. Peut-être que le tueur a pourchassé la victime dans toute la maison pour lui fracasser le crâne ? Peut-être qu'elle a essayé d'atteindre la porte d'entrée pour s'enfuir ?

Cela fait beaucoup de *peut-être*. J'aimerais rester seule, au calme pour réfléchir. Je propose à Ryan d'aller trouver Marino. Il doit être toujours dans son pick-up, à attendre mon appel. Les deux hommes ont des choses à se dire, et ainsi je pourrais faire tranquillement mon tour de reconnaissance.

Je veux assimiler ce que je vois sans qu'on me souffle quoi penser. Mais ce n'est pas gagné avec Fruge qui me suit partout comme mon ombre. Plantée sur le seuil, elle me regarde entrer dans la chambre d'amis, juste à ma gauche. Aucun meuble, ni luminaire. J'allume ma lampe torche.

Il y a des crochets aux murs – reliques de tableaux qui ont été retirés. Des fils pendent du plafond, là où se trouvaient des éclairages ou des ventilateurs. Aucun fil n'est branché aux prises murales – ni câble USB, ni câble d'antenne. De mon faisceau, j'explore le parquet d'érable, les parois jaune clair.

Les rideaux en damas doré sont tirés. Je ne repère aucun signe de lutte. Mes surchaussures chuintent quand je retourne sur le tapis adhésif. C'est important de repasser par là pour ne pas contaminer les autres pièces. Je me rends ensuite dans la chambre parentale de l'autre côté du vestibule.

— Je n'ai rien vu là non plus, m'annonce Fruge en m'emboîtant le pas. Les techniciens vont bien sûr tout passer au peigne fin mais, à mon avis, l'agression a eu lieu entre ici et la véranda. Et, plus important encore, il y a du sang dans le garage.

— Je garde ça pour la fin, lui réponds-je.

La pièce est plongée dans la pénombre. Ici non plus, il n'y a pas de plafonnier, juste une petite lampe qui n'est pas allumée. Ma torche éclaire le même plancher, les mêmes murs jaunes. Des crochets solitaires. Des prises inutilisées. Le matelas gonflable dont parlait Fruge mériterait quelques coups de pompe. La literie – deux draps et deux oreillers – est un peu en désordre. Je ne vois ni couverture, ni dessus de lit.

Un téléviseur est posé sur une petite table. J'aperçois une chaise pliante avec un survêtement abandonné sur le dossier. J'ouvre le dressing. Quasiment vide. C'est comme si Gwen Hainey avait fui Boston avec juste les vêtements qu'elle avait sur le dos.

— C'est quand même bizarre, déclare Fruge alors que j'éclaire deux paires de baskets encore dans leur boîte et des bottines en cuir, alignées au sol. On est sûr qu'elle vivait ici à plein temps ? Ses affaires sont peut-être ailleurs.

— C'est exactement ce que je me dis. (Je remarque deux vestes et quatre chemisiers pendus sur des cintres.)

Le reste des vêtements (quelques tee-shirts, sweats à capuche, chaussettes et dessous) sont rangés dans quatre caisses en plastique, alors qu'il y a dans ce dressing une pléthore d'étagères. Non, elle ne comptait pas rester là longtemps. C'est plutôt le signe d'une personne en cavale, prête à mettre les voiles à tout moment.

Ou alors cette maison n'était qu'un point de chute. Elle avait une autre vie, une vie secrète, ailleurs, et faisait la navette entre les deux lieux. Je ne vois que cette possibilité. Auquel cas, elle avait quelque chose à cacher !

Je pars explorer la salle de bains. J'aperçois mon reflet dans l'armoire de toilettes. Je retire ma visière embuée. Je me sens toute poisseuse. Les deux yeux bleus qui me scrutent dans le miroir sont un peu injectés de sang, et le blanc de mes deux masques en renforce l'aspect. Autrement dit, j'ai une sale tête.

J'ouvre la pharmacie. Vide, à l'exception d'une boîte de tampons. Je referme la petite porte. La paillasse en granit autour du lavabo est propre, immaculée. Dessus, il n'y a que le strict nécessaire : brosse à dents, dentifrice, fil dentaire, savon et brosse à cheveux. Nombre de ces accessoires sont des pièges à ADN. Mais l'absence d'effets personnels, tels que des produits de maquillage ou des bijoux, est pour le moins troublante.

— Cela ne colle pas du tout ! lance Ryan qui se tient sur le seuil de la porte, à côté de Fruge.

On dirait qu'il a lu dans mes pensées. Le faisceau de sa lampe parcourt la petite pièce. Malgré la buée qui s'accumule à vitesse grand V sur sa visière, je distingue son regard alerte qui tente de scruter chaque recoin.

— Où est le reste ? lâche-t-il. Même une chambre dans un hôtel de passes est moins spartiate.

— Je reconnais que c'est surprenant. (Je lui tends ma visière. Je n'en peux plus de ce machin.)

— Pareil ! annonce-t-il en ôtant à son tour cet instrument de torture.

J'ouvre la porte de la douche. La lumière de ma lampe se reflète sur les parois vitrées. Il y a dans la cabine du shampooing, de l'après-shampooing, de la crème hydratante, et un rasoir. Point barre.

J'inspecte ensuite le placard sous le lavabo. J'y trouve des rouleaux de papier hygiénique, une brosse de W-C. Les serviettes blanches sur les barres paraissent utilisées – direction le labo ! Peut-être le tueur s'en est-il servi pour nettoyer la scène de crime, quoique je ne repère aucune souillure.

La sueur roule dans mon cou, glacée, tandis que j'examine le contenu de la poubelle qui ne paraît pas avoir été vidée depuis un moment. Elle est remplie de tubes en carton de papier toilettes, de Kleenex et, au-dessus, un reste d'emballage plastique.

— Un blister pour feutre ?

Mais pas un feutre normal. À en croire la notice derrière, rédigée en anglais et en japonais, il s'agit d'un feutre à encre soluble à l'eau.

— Je ne sais pas si c'est important. Peut-être. Tout le monde n'a pas ce genre de feutre effaçable chez lui, fais-je remarquer.

— Elle en a peut-être besoin pour son boulot ? avance Ryan.

— Il y a peut-être un tableau blanc dans son labo, par exemple ? renchérit Fruge.

— Cela me paraît tiré par les cheveux. Et je n'ai pas vu de couverture sur le lit. D'accord, elle n'en avait peut-être pas. Mais quand même, je m'attendais à trouver quelque chose pour se couvrir la nuit. Une couette, un plaid... Là, rien. Et je veux qu'on analyse ces draps pour une recherche ADN, en plus des fibres et de tout ce que nous trouverons dessus.

7.

Je sors de la salle de bains, enfile une nouvelle paire de gants, et fourre les vieux dans la poche de ma combinaison.

— Si elle a été agressée, l'assaillant a dû avoir besoin de quelque chose pour la transporter une fois qu'elle était inconsciente.

J'ai récupéré un échantillon de fibres synthétiques sur la victime à Daingerfield Island. Ces débris proviennent d'un tissu qui a été en contact avec son corps, tel qu'une couverture.

— Et ses vêtements ? intervient Fruge. Elle était forcément habillée quand elle a été attaquée. Où sont ses affaires ? Rien par terre, aucun fragment déchiré ou ensanglanté.

— Si Gwen Hainey est notre victime de vendredi soir, intervient Ryan, il faut croire que le tueur a emporté le corps avant de le déshabiller et de faire ce qu'il avait à faire.

— D'accord, mais comment ?

— Il pleuvait vendredi. Je pense qu'un véhicule, à un moment, s'est trouvé dans le garage, annonce la policière. Il y a des traces de pneus sur le sol. Et c'est un indice important, puisque Gwen n'avait pas de voiture.

— Mais ces marques peuvent être plus anciennes, réplique Ryan. Comme le sang.

— D'après moi, après l'avoir assommée, il est entré avec sa voiture et a fermé la porte du garage, poursuit Fruge, proposant un scénario tout à fait plausible. Une fois à l'abri des regards, il l'a chargée dans le coffre ou ailleurs.

— J'examinerai le garage en dernier, insisté-je. Pour l'instant je ne veux plus entendre de conjectures. (Je me tourne vers August Ryan.) D'ailleurs, ce serait bien si vous pouviez convaincre Dana Diletti d'arrêter de donner le nom de Gwen Hainey à l'antenne. Ou tout au moins lui rappeler que l'identité de la personne disparue n'a pas été établie officiellement.

— Elle se fiche de ce qu'on peut lui dire. Comme des dégâts qu'elle peut causer, rétorque-t-il alors que la porte d'entrée s'ouvre à nouveau.

Marino apparaît en combinaison blanche – l'abominable homme des neiges !

— Vous plaisantez ! grogne-t-il derrière sa visière embuée. Comment voulez-vous que je voie quoi que ce soit avec ce machin ! Vous n'avez pas de lingettes antibuée ?

— Non, désolée, répond Fruge en refermant la porte derrière lui.

Il arrache sa visière de plastique, et nous les balançons toutes dans le sac-poubelle rouge, ainsi que nos gants souillés.

— Le shampooing pour bébé, ça marche aussi très bien. C'est ce qu'on utilise pour les masques de plongée. Vous devriez en avoir toujours à dispo.

— Hé, la gestion des EPI, c'est pas mon domaine, réplique Fruge. Si vous n'êtes pas content, allez donc vous plaindre aux gars dehors !

— Vous avez fini les repérages, demande-t-il à Ryan en marchant sur les tapis adhésifs avec ses surchaussures en Tyvek. Vous avez une vue aérienne, pris des photos partout ?

Question superflue. Sinon nous ne serions pas entrés.

— Oui, tout est OK, répond Ryan. Vous voulez peut-être jeter un coup d'œil dans la chambre principale ?

(Les deux hommes semblent s'entendre et c'est tant mieux.) Histoire de voir si quelque chose a bougé depuis votre dernière visite.

Marino nous quitte et Fruge se plante à nouveau sur le seuil tandis que l'inspecteur et moi entrons dans le salon. Le mobilier est chiche et hétéroclite. Le canapé en cuir marron et la table basse confectionnée dans une porte de grange doivent appartenir au propriétaire. Les deux meubles ne semblent pas à leur place, comme si quelqu'un les avait heurtés dans sa course. Je pense aux ecchymoses que j'ai relevées sur la hanche et les tibias de la victime.

Au sol, je repère une cuillère en plastique et un mug brisé portant le logo de Thor Laboratories. Des débris sont pris dans les restes figés de nouilles au poulet. Ce qui correspond au bol alimentaire que j'ai retrouvé dans l'estomac. Sans doute était-elle en train de manger quand elle a été agressée. Et le stress de l'attaque a interrompu la digestion.

Devant une fenêtre donnant sur le fleuve, Gwen s'est installé un poste de travail : deux ordinateurs portables, un routeur et un disque dur de sauvegarde. Toutefois, ce qui attire mon attention, ce sont des feutres et un bloc de feuilles de papier hydrosolubles.

— Pourquoi aurait-elle besoin de ça ? dis-je. À moins d'organiser des jeux de société ou des numéros de magie avec des messages qui disparaissent. Ou alors si on fait de la broderie et ce genre de chose. Ces feuilles sont, dans ce cas, très pratiques pour réaliser les motifs.

Mais Gwen ne semblait guère versée dans la déco d'intérieur ou l'artisanat. S'en servait-elle pour passer des informations qui puissent être détruites ensuite sans laisser de traces ?

— C'est le pompon ! lâche Fruge. Elle écrit un mot et, hop, ça finit aux toilettes. Circulez, il n'y a rien à voir !

— Elle peut même le mettre dans un verre d'eau et boire le tout !

— C'est quoi le pompon ? déclare Marino en revenant de la chambre parentale. Qu'est-ce qui se passe ?

— Alors ? Vous avez trouvé du changement là-bas ? demande Ryan au lieu de lui répondre.

— Non. C'est pareil que le mois dernier. Sauf qu'il manque un truc sur le lit. Une couverture *Star Wars*. Dark Vador avec un flametrooper.

— Tu te souviens des couleurs ? demandé-je.

— Du noir et de l'orange. Du blanc. Et aussi un peu de jaune et de rouge. Des couleurs de lance-flammes, quoi !

— Ça peut coller avec les fibres que j'ai récupérées sur le corps. J'ai vu ces teintes au microscope.

La couverture a disparu, mais si elle était à l'origine sur le lit, on va retrouver des brins dans les draps.

— Et nous verrons si les prélèvements correspondent, conclus-je.

— Pour résumer, annonce Ryan, il s'est servi de ce qu'il y avait sur place pour la frapper et pour emporter le corps. Autrement dit, il est venu les mains dans les poches !

— Classique ! Les psychopathes débarquent rarement avec leur trousse à outils, réplique Marino, toujours aussi diplomate. J'ai vu des victimes poignardées avec des tournevis, des ciseaux, le crâne fracassé avec un fer à repasser, une théière, un ordinateur, un manche de balai ou une pierre. Avec tout ce qui leur tombait sous la main. Ils débarquent les mains vides, mais la tête pleine de fantasmes. Cela fait partie du plaisir.

— Quand tu es venu vérifier l'endroit avec Gwen Hainey, elle t'a parlé de ces feutres et de ces papiers hydrosolubles ?

À voir la tête de Marino, il ne sait pas de quoi je parle. Je lui montre les objets en question.

— Non. Et ils n'étaient pas là l'autre fois. En tout cas, moi, je n'ai pas vu ces machins. Faut demander à Lucy.

— Elle avait dû cacher son matériel, suggère Fruge.

Je suis de son avis.

— Bravo ! me lance Ryan en ignorant ostensiblement la jeune policière. Je ne suis pas sûr que j'aurais remarqué ces feuilles hydrosolubles. Je ne savais même pas que ça existait !

— Il ne s'agit peut-être pas d'un simple meurtre, dis-je en énonçant l'évidence. Mais d'une affaire d'espionnage. De l'espionnage industriel, par exemple. Peut-être même que notre sécurité nationale est en jeu ! Les sociétés, dans son secteur d'activité, sont sous contrat secret-défense avec un tas de pays, dont le nôtre.

— Ça pourrait expliquer pourquoi elle a changé si brusquement de boulot, commente Marino. Et pourquoi elle se comporte comme une fugitive. Si j'avais su ça, je serais resté sur le qui-vive quand je suis venu la voir.

Ryan examine les deux ordinateurs, appuie sur quelques touches du bout de ses doigts gantés.

— Il y a un mot de passe, bien sûr.

Je continue mon inspection et m'approche d'une porte qui donne sur la terrasse. Elle se trouve à côté de la salle à manger, encore un espace vide, avec d'autres crochets aux murs, et une pelote de fils électriques pendant du plafond – relique d'un lustre.

— Elle est verrouillée, me prévient Fruge qui m'a suivie. Elle l'était déjà à mon arrivée. J'ai fait un tour dehors et n'ai rien remarqué d'anormal. Quelques meubles de jardin, un barbecue, des mangeoires pour oiseaux. Les techniciens ont aussi jeté un coup d'œil.

— Mais c'est une issue possible, un autre moyen de sortir de la maison, dis-je. Avec la porte d'entrée, et celle de la véranda. Et les trois sont équipées de serrures à code et sous alarme.

— Il y a aussi la porte du garage. Mais ce serait risqué de sortir par là. On ne peut pas la refermer de l'extérieur, à moins d'avoir une télécommande.

— Et vous en avez trouvé une quelque part ?

— Non. Mais à la vérité, je n'ai pas cherché. (Je vois dans ses yeux passer tour à tour la surprise, puis l'agacement.) *2-0 Fruge !* peste-t-elle, d'une voix sourde. *Tu oublies de demander le montant du loyer, et maintenant ça...* (Elle s'adresse à nouveau à moi, reprenant ses esprits :) En réalité, Gwen Hainey n'avait pas de voiture. Même pas un vélo.

Sur le comptoir de la cuisine trône un petit colis FedEx encore scotché. L'adresse retour est une société de matériel électronique. Le tampon indique qu'il a été livré vendredi matin.

— C'est curieux qu'elle ne l'ait pas ouvert, fais-je remarquer.

— Moi, parfois, je ne touche pas à mon courrier pendant des jours, m'explique-t-elle alors que je ne lui ai rien demandé.

Sur l'appui-fenêtre au-dessus de l'évier, il y a un pot à bonsaï en terre cuite, un modèle rectangulaire accueillant des mini-cactus, des aphélandras, des aloes variegata, des violettes africaines. Ce jardin miniature est le type même de cadeau que Dorothy offrirait à une nouvelle voisine pour lui souhaiter la bienvenue et potiner sur le quartier.

Les plantes grasses sont desséchées, les violettes ont viré au noir. Elles n'ont pas été arrosées depuis longtemps. Quel manque d'empathie ! Il n'y a même pas une bougie à la fenêtre pour célébrer Thanksgiving. Tout ici est froid, austère.

— Il y avait de la lumière à votre arrivée ? demandé-je. Quelles lampes étaient allumées ?

— Uniquement celles qui le sont encore. Ici, dans la cuisine, la chambre principale et dans l'entrée. Dans le garage aussi. Tout est dans l'état où j'ai trouvé les lieux quand le régisseur m'a ouvert. Je n'ai touché à rien, répète-t-elle. Sauf au sac, ajoute-t-elle en désignant du menton la table où il se trouve.

— Je garde le meilleur pour la fin, lui dis-je. (Je n'aime pas être pressée par quiconque, et encore moins dirigée.)

J'imagine Dorothy sonnant à la porte de Gwen Hainey, lui souhaitant le bonjour avec son jardin miniature dans les bras. À tous les coups, c'est ma sœur qui a choisi l'appui-fenêtre, pour son exposition au nord. Et c'est alors que je remarque que les volets imitation bois sont ouverts et que les lumières de la cuisine éclairent le patio de l'autre côté des vitres.

J'aperçois la housse du barbecue agitée par le vent, les mangeoires vides, les boules de graisse suspendues à leur crochet de fer, et la table, les chaises. Si un rôdeur, ou un tueur, s'était approché alors qu'elle préparait sa soupe, elle était parfaitement visible par cette fenêtre.

— En particulier la nuit, précisé-je. Pourquoi a-t-elle laissé ces volets ouverts ? Les rideaux sont tirés dans toutes les pièces. Si elle était ici même en fin d'après-midi, voire en début de soirée, elle n'a pas fermé les volets ?

— Pourquoi vous vous intéressez tant à ce pot de fleurs, s'étonne Fruge alors que je photographie les plantes.

— Je veux avoir une trace de ce qui se trouve ici. Une trace « avant-après », dis-je en emportant le bac en terre cuite dans l'évier.

J'ouvre le robinet. Une demi-tasse devrait suffire. Je dépose ensuite le pot sur l'égouttoir. De plus en plus, cette Gwen Hainey me déplaît !

— Un peu de lumière, un peu d'eau une fois par semaine, c'est trop demander ?

Je sais, c'est hors sujet, mais il faut que ça sorte.

— De toute évidence, Gwen Hainey ne s'intéressait qu'à elle, reconnaît Fruge. Une grande narcissique, comme tous ces accros aux réseaux sociaux.

— Sauf qu'elle n'est pas présente sur la toile. Elle tenait avant tout à se faire discrète.

Prochaine étape : la table de la cuisine. C'est en fait un ancien billot de boucher. Il était là avant l'arrivée de la locataire. Dessus : un sac en cuir vert et un portefeuille.

Le permis de conduire de Gwen Hainey est posé à côté d'un trousseau de clés, étiqueté *n° 14,* le numéro de la maison.

— Lorsque je suis entrée, il n'y avait rien sur la table, hormis le sac, m'explique Fruge. Je cherchais une photo d'elle, son téléphone, qui n'a toujours pas borné. Je ne pense pas qu'il soit ici, en fait. Le tireur a dû l'emporter avec lui.

Le portefeuille et le sac sont des modèles de créateurs. Je trouve de l'argent dans le portefeuille. Je passe mon pouce sur la liasse de billets. Il doit y avoir cinq mille dollars. Cela ne m'étonne pas tant que ça, puisque cette femme a payé, en liquide, vingt et un mille dollars d'avance.

— D'où vient tout cet argent ? s'interroge Fruge. Je n'ai pas compté combien il y avait, parce que je cherchais surtout des papiers d'identité, mais ça fait une sacrée somme ! Qui se baladerait avec autant d'argent sur soi ? Ça gagne autant, une scientifique ? Je dis ça parce que ma mère n'a jamais roulé sur l'or.

— Nous ne savons rien de ses émoluments contractuels. Mais je doute que ce soit une fortune. Et payer ainsi en liquide, cela pose question.

— Apparemment, elle commandait souvent à manger par internet. Auquel cas, ses billets ne lui servaient à rien.

— Elle n'a pas beaucoup de cartes bancaires dans son portefeuille, dis-je en reposant le portefeuille. Juste l'American Express, une carte de débit, si bien sûr elles sont toutes là. Elle est peut-être passée par un service de paiement en ligne, toujours par souci de discrétion. PayPal, Google Pay… il y a l'embarras du choix.

— C'est évident qu'elle trempait dans des trucs louches. Peut-être bien de l'espionnage, comme vous l'avez suggéré.

— Ce qui est évident, c'est que le vol n'est pas le mobile. Son argent, ses ordinateurs sont toujours là. Ce n'est pas ça qui était visé.

8.

Son permis de conduire a été renouvelé quatre ans plus tôt. À l'époque, elle habitait Boston, à en croire l'adresse. Sur la photo, elle est plus ronde, ses cheveux courts sont teints en blond, comme me l'a indiqué Ryan plus tôt au téléphone.

Au premier regard, elle est méconnaissable. Elle ne ressemble pas du tout à la morte de Daingerfield Island. Mais en examinant de plus près le cliché, on distingue des similarités dans la structure du visage, la forme des oreilles, l'arête du nez. Leur taille diffère cependant. D'après l'administration, Gwen Hainey mesure un mètre soixante-quatre.

Il se trouve que j'ai mesuré le corps et qu'il fait deux centimètres de moins, si tant est que la morte dans mon frigo soit cette Gwen Hainey. L'écart ne signifie pas grand-chose. Tout le monde ment sur ce genre de détails intimes. Interventions orthodontiques, chirurgies esthétiques, habitudes alimentaires, implants divers. Chacun a ses petits secrets.

Toutefois, on ne peut rien cacher à son dernier médecin, l'expert légiste ! J'annonce à Fruge que je souhaite inspecter les placards de la cuisine.

— Faites comme chez vous.

Les étagères sont vides à l'exception de deux mugs Thor Laboratories, semblables à celui cassé dans le salon, et un pack de masques chirurgicaux. Le carton n'a pas été ouvert. Nous avons la même marque à la maison. Je pense à nouveau à Dorothy. Depuis la pandémie, elle distribue des FFP2 à tout va. Dès qu'elle pense que quelqu'un n'en porte pas en toutes circonstances, il a droit à sa boîte !

J'examine le garde-manger : des assiettes jetables, des rouleaux d'aluminium, des serviettes en papier, des couverts en plastique. Gwen a tout un stock de conserves de soupes et de barres énergétiques. Il y a des bouteilles d'eau dans le réfrigérateur, et des smoothies protéinés. J'aperçois aussi du ketchup, de la moutarde, et apparemment un reste de soupe dans une casserole.

Dans le lave-vaisselle, je trouve la cuillère en bois qui a servi à la remuer. Elle a dû verser la quantité qu'elle désirait dans la tasse qui désormais gît brisée par terre. Et ne s'est pas donné la peine de transvaser le reste dans un tupperware.

Je tire la poubelle sous l'évier : serviettes en papier, assiettes usagées, boîtes de soupe, emballages divers. Je vois des bouteilles d'eau et de jus de fruit – du plastique qui aurait dû être placé dans le bac de recyclage. C'est une infraction manifeste.

— La poubelle n'a pas été vidée depuis plusieurs jours. (Comme la corbeille dans la chambre parentale.) Le congélateur déborde de plats cuisinés que l'on peut trouver en ligne. Des nuggets de poulet, des pizzas, des hamburgers.

— Elle devait en commander régulièrement, conclut Fruge. Autrement dit, elle faisait comme la plupart des gens depuis le début du covid. Moi aussi, j'évite les magasins et me fais livrer.

— Je ne pense pas que ce soit à cause de la pandémie. Et je suppose que toutes ses commandes arrivaient à la loge du régisseur.

— Celui-là, il met son nez partout ! À votre place, je me méfierais. C'est peut-être une simple coïncidence, mais il n'est à Old Town que depuis un an. Et peu après son arrivée ici, il y a eu cette joggeuse qu'on a retrouvée morte à Daingerfield Island.

— Quelle joggeuse ? C'est la première fois que j'entends qu'il y a eu une autre victime dans ce secteur.

Pourquoi mon prédécesseur me l'a-t-il caché ? Quelle mauvaise surprise m'attend encore ?

— Cela s'est passé le 10 avril de l'année dernière. Cammie Ramada, m'informe Fruge.

Pour une raison mystérieuse, la mort a été déclarée accidentelle. Pourquoi ? Parce que la victime, ayant des problèmes de santé, serait tombée alors qu'elle courait sur le Mount Vernon Trail.

— Le chemin n'est pas si près de l'eau, poursuit la jeune policière. Et pourtant, on a retrouvé le corps sur la berge, le visage dans le Potomac.

— Il y avait des traces de coups ?

— Une de ses chaussures se trouvait à plus de cinq mètres d'elle. Et elle était couverte d'ecchymoses. Mais finalement l'IML a conclu qu'il s'agissait d'un accident, sans l'ombre d'un doute, sans même analyser quoi que ce soit.

— Je n'étais pas aux commandes alors, lui rappelé-je aussitôt. J'en conclus que vous étiez sur place ?

— J'étais de garde quand j'ai entendu l'appel vers 19 heures. Ce n'était vraiment pas un soir à faire du jogging. Il faisait froid et il pleuvait. Pour tout dire, j'ai eu les jetons quand je suis arrivée la première.

Il faisait nuit et un train passait au loin. Le couple qui avait trouvé le corps était sous le choc, m'explique-t-elle. Une demi-heure plus tard, l'inspecteur Ryan de la Park Police a débarqué avec ses gars.

— Il ne m'a pas parlé de cette affaire quand je l'ai vu vendredi. C'est surprenant.

— Pas tellement. Tout le monde se fiche de cette fille ! Et moins on y passait de temps, mieux c'était. C'était le début de la saison touristique… Je dis ça, je dis rien !

— J'espère que c'est sans rapport.

— Alexandria a plus de quatre cents hectares de parcs nationaux. Le tourisme est important. Et c'est à côté de Washington ! Et juste après l'arrivée de Ryan, le Dr Reddy s'est pointé.

Ça, c'est une première ! Ce n'est pas du tout son genre de se déplacer en personne. Encore une fois, pourquoi Ryan ne m'en a-t-il pas informée ? Ni durant notre coup de fil plus tôt, ni vendredi soir. C'était pourtant une précision notable.

— Vous avez déjà vu Elvin Reddy sur une scène de crime ?

— Vous plaisantez ? Pas une fois, réplique Fruge. (J'entends un bruissement de papier froissé derrière moi. Quelqu'un arrive, avec du Tyvek aux pieds.) La règle, c'était de ne jamais l'appeler en direct, et surtout pas en dehors des heures de bureau ! On raconte que, passé 18 heures, il biberonnait déjà des martinis.

— Désolé, Doc, je vais en avoir pour un moment ici, déclare Marino en entrant dans la cuisine, le visage ruisselant de sueur. Et j'imagine que tu veux rentrer.

— Oui, j'ai presque terminé.

Je lui rappelle que mes affaires sont dans son pick-up.

Marino sort sa clé de voiture et la lance à Fruge.

— Et ne partez pas avec ! lui dit-il d'un air sévère.

Et moi ? Je rentre comment ? Ma petite Subaru est restée à l'IML. Je ne pensais pas que le transport se limiterait à un aller simple. Mais c'est vrai que si Ryan et Marino veulent passer les lieux au peigne fin, cela va prendre une éternité. (Ça colle entre ces deux-là – ce qui est rare entre Marino et les fédéraux.)

— Je suis bonne pour demander à quelqu'un de venir me chercher, dis-je à Fruge tandis que Marino repart fouiller le salon en attendant que Ryan ait terminé son coup de téléphone.

— Je vais vous attendre, propose la policière. Et vous raccompagner.

Derrière la cuisine, se trouve la buanderie. La lumière y est allumée. J'examine le tambour de la machine à laver et du sèche-linge. Dans un panier, je repère des chaussettes et un legging, relique sans doute du dernier jogging. À côté, une porte – celle qui donne sur le garage. En l'ouvrant, j'aperçois les traces de pneus et de sang séché. À en juger par la forme circulaire des taches, le sang est tombé verticalement.

— La kettlebell ou un autre objet contondant lui a ouvert le crâne. (En pensée, je vois la victime emmaillotée dans une couverture, emportée dans le garage.) Si elle était encore en vie, elle a dû saigner abondamment. Puisque le cœur battait.

— Le tueur doit être costaud pour la trimballer comme ça.

— C'est vrai. Pour l'instant, je ne vois aucun indice indiquant qu'elle a été traînée au sol.

— Le sang se trouve à l'endroit du coffre, si le véhicule est entré en marche arrière.

— Encore une fois, vous n'avez touché à rien ? La lumière était déjà allumée ?

— Absolument, répond l'agent Fruge.

— Et cette porte qu'on vient d'ouvrir, elle était fermée ?

— Fermée, oui, mais pas verrouillée.

— Et la porte du garage ? Elle était baissée ? (Avec mon téléphone, je prends des photos des traces de pneus, et des taches de sang qui forment une constellation noire sur le ciment.)

— Oui. Je ne sais pas comment il a fait, à moins qu'il n'ait eu une télécommande. Si on actionne la fermeture avec le bouton à l'intérieur, on ne peut passer sous la porte et sortir. Il y a une sécurité qui stoppe la descente et la relève.

— Comment vous vous y seriez prise à sa place ? (Je suis toujours curieuse d'entendre les suggestions des autres face à un problème qu'aurait pu rencontrer un tueur.)

Inutile d'être soi-même un criminel pour avoir une idée. Au fond, nous sommes tous des humains. Tous pareils.

— J'aurais mis le corps dans le coffre et sorti la voiture, répond Fruge en regardant autour d'elle.

— Possible. Gwen n'a pas de voiture. Et si son assaillant l'a espionnée, il savait que le garage était vide.

— À sa place, j'aurais laissé un véhicule à l'extérieur du lotissement, quelque part, pas très loin.

Ensuite Fruge aurait rentré le véhicule en question dans le garage, et aurait refermé la porte. Après avoir chargé le corps dans le coffre, elle serait ressortie, ni vu ni connu.

— Et je serais retournée dans la maison pour fermer le garage de l'intérieur, conclut-elle. Et je serais repartie.

— Par où ?

— Sans doute par la porte par laquelle je suis entrée la première fois.

À mon avis, ce doit être celle qui donne sur la terrasse. Les volets de la fenêtre au-dessus de l'évier, juste à côté, n'étaient pas fermés et les lumières étaient allumées. Cela pourrait expliquer ce qui s'est passé.

— Elle a dû voir qui était sur la terrasse, qui frappait à la porte, ajouté-je alors que nous retournons dans la cuisine.

— Elle l'aurait donc laissé entrer…

— Cela prouve qu'elle n'avait pas peur de lui, du moins pas au début. Peut-être même qu'ils se connaissaient.

Le salon est désert. Aucune trace de Marino ou de Ryan. Nous ôtons nos combinaisons et nos accessoires de protection et quittons la maison. Nous passons devant la tente et les voitures de patrouille. La tempête est passée. Mais une autre approche déjà. L'allée est couverte de feuilles mortes. J'ai l'impression de marcher sur une mosaïque de cartons mouillés.

— Beau carrosse ! lâche Fruge en découvrant le Raptor de Marino. Décidément, votre sœur se fait un max de blé avec ses livres. Cela doit faire bizarre à Marino d'être marié à une telle femme.

Comment sait-elle tout ça sur ma famille ?

Les techniciens de la police scientifique, habillés de pied en cap, emportent leur matériel dans la maison. Un autre van d'une chaîne d'info se gare à proximité. Au moins, Dana Diletti et son équipe ont levé le camp. Désormais des agents barrent l'accès.

— Chaque fois, en opération, il me manque quelque chose, se lamente Fruge en insistant pour porter ma caisse de terrain. Je devrais en avoir une pareille dans ma voiture. Je suis toujours à court d'un truc – gel hydroalcoolique, désinfectant. Et je ne parle du Narcan !

Elle fait référence à la naxolone en spray nasal, qui est un antagoniste des récepteurs des opioïdes. Vendredi dernier, elle a eu à gérer un cas d'overdose dans une ruelle – deux cas simultanés, en fait. Et toutes ses réserves de Narcan y sont passées.

— Les deux junkies ont commencé par les antidouleurs et sont maintenant totalement accros à l'héro. Cela faisait plusieurs fois qu'on les sauvait in extremis. Je ne sais pas ce qu'ils avaient pris ce coup-là, mais c'était une belle saloperie ! Il faut vraiment être au fond du trou pour acheter sa came dans la rue. La prochaine overdose leur sera fatale, s'ils ne crèvent pas d'autre chose avant.

— Je vous en donnerai.

J'exige que mes enquêteurs et médecins ne sortent jamais sans Narcan, ou sans EpiPen en cas de choc anaphylactique. Cela peut être une question de vie ou de mort, pour les victimes, voire pour eux-mêmes.

Marino et Ryan, avec leur combinaison blanche, ont des allures de fantômes tandis qu'ils explorent la terrasse avec leur lampe torche. Fruge trottine vers eux pour rendre les clés à Marino. Les voisins qui promènent leurs chiens dans la rue essayent de voir ce qui se passe. J'envoie un SMS à Benton pour le prévenir que je rentre à la maison et qu'une agente me raccompagne.

`Et pas d'arrêt whisky !` m'écrit-il.

Au bout du jardin, Marino et Ryan s'éloignent vers les grilles et le ponton. Je lui réponds de m'en préparer un double pour mon retour.

— L'idéal serait que vous me déposiez à l'IML, dis-je à Fruge qui revient, prête à m'emmener. (Elle ouvre son Ford Explorer Interceptor de patrouille.) Parce que ma voiture est restée là-bas. Ça devrait bien rouler à cette heure. Ce serait très aimable à vous.

— Négatif. (Elle ouvre la portière arrière du SUV.) J'ai ordre de vous ramener directement chez vous, pour que vous soyez en sécurité.

Inutile de demander d'où viennent ces instructions. Ce cher Marino ! Encore une fois, je me retrouve prise en otage, sans véhicule. Comment vais-je aller au bureau demain ? Si on m'appelle sur une autre scène de crime, je risque d'avoir un problème. Fruge pose ma caisse sur la banquette. J'ouvre les loquets de plastique et soulève le couvercle.

— Tenez, avec ça vous devriez être tranquille un moment. (Je lui tends quatre doses de Narcan.)

— Merci, mais je ne veux pas épuiser votre stock.

— J'en ai encore au bureau, ne vous inquiétez pas. Je referai le plein.

Elle s'installe au volant. Son gros ceinturon crisse contre le siège, son trousseau de clés tinte. Elle installe sa radio portable sur son socle et ajuste son équipement. Elle a un pistolet à droite et un Taser à gauche.

— C'est vrai, je suis du genre fouineuse, déclare-t-elle comme pour se justifier. Certes, c'est mon travail de flic, mais c'est aussi ma responsabilité individuelle de protéger les habitants importants d'Old Town. Les politiciens, les gens comme vous et votre famille, tous ceux qui peuvent avoir une influence sur notre monde.

9.

Fruge démarre, sans boucler sa ceinture – comme Marino.

Contre toute logique, il estime que ses chances de survie sont augmentées en n'étant pas harnaché sur son siège. Au cas où son véhicule serait attaqué au cocktail molotov ou coincé par une foule haineuse armée jusqu'aux dents.

— C'est mon devoir de savoir ce qui se passe chez les gens quand je patrouille, annonce-t-elle en s'arrêtant aux portes du lotissement. Old Town est une toute petite ville. C'est pas bien compliqué de savoir si les résidents sont chez eux, s'ils s'entendent bien ou se disputent. Tout se sait.

Elle attend que le portail achève de s'escamoter pour me parler de Lucy. Elle veut savoir comment ça se passe depuis qu'elle est chez moi.

Voyant que je ne réponds pas, elle reprend :

— J'ai appris ce qui est arrivé. Cela doit être dur pour elle. Je n'ose imaginer ce qu'elle ressent. Perdre sa compagne et son fils en même temps.

— J'ignorais que vous connaissiez Lucy.

— Juste de vue. Je l'aperçois de temps en temps avec Marino quand ils se baladent en Harley. L'autre semaine, elle sortait de chez le vétérinaire avec son chat dans sa cage.

Comment sait-elle qu'il s'agissait d'un chat ? Cela pouvait être un tout autre animal.

— Et je suis quasiment certaine que c'était son hélicoptère qui survolait le Potomac il y a quelques mois. Même si je ne suis jamais montée dans un de ces engins.

— Vous étiez de service vendredi soir ? m'enquiers-je pour changer de sujet.

— Absolument. Mais, comme je l'ai dit, j'étais coincée avec les deux overdoses, à qui j'ai filé tout mon Narcan.

— Vous n'avez donc vu aucun véhicule suspect aux alentours de l'heure où Gwen Hainey a pu être attaquée et emportée.

— À ce moment-là, je me trouvais à plusieurs kilomètres à l'ouest, dans la ruelle où les deux junkies s'étaient shootés, pas très loin d'un centre de distribution de méthadone. J'y suis restée des heures, et c'est bien dommage. Si j'avais été dans ma voiture de patrouille, j'aurais peut-être remarqué quelque chose.

— À mon avis, celui qui est entré chez Gwen Hainey connaissait bien le secteur. Il a dû faire des repérages, à pied ou en voiture, pour trouver le meilleur moyen d'entrer et de repartir sans se faire remarquer, en passant par les petites rues, comme nous le faisons en ce moment. (Je descends ma fenêtre de quelques centimètres pour avoir un peu d'air frais.)

Il a cessé de pleuvoir, et les gens commencent à sortir. Devant le Fish Market, j'aperçois quelques personnes qui attendent leur commande. Lucy est fan de ce restaurant, en particulier de leur crème de palourdes et de leur toast de homard à l'avocat. Le Bugsy's est juste à côté, célèbre pour ses pizzas et ses ailes de poulet, les meilleures du monde selon Dorothy. Quelques voitures sont garées devant.

J'interroge Fruge sur son parcours, toujours pour faire diversion. Elle est sortie de la Virginia Commonwealth University (la VCU) avec une licence, il y a quinze ans. Depuis qu'elle était petite, elle voulait devenir procureure et son rêve était d'intégrer la faculté de droit. Mais cela ne s'est pas réalisé.

— Maman parlait de tous ces procès où elle avait témoigné. Ça paraissait si excitant. Mais, comme vous vous en êtes rendu compte, ce n'est pas demain la veille que je siégerai dans un tribunal.

Je perçois du regret derrière son ton badin. Et cette désinvolture peut vite passer pour de l'arrogance. Pourtant, ce qui l'anime, c'est juste de la conscience professionnelle, de l'exigence. Elle veut agir au mieux, réussir dans sa carrière, se faire un nom et sortir de l'ombre de sa mère.

— Vous aviez déjà quitté Richmond, poursuit-elle, lorsque mon père est tombé d'une échelle en nettoyant les gouttières. Je venais de terminer l'université. Et je suis restée à la maison pour m'occuper de lui.

— Effectivement, je l'ignorais. Désolée pour votre père.

— Adieu la fac de droit. Alors j'ai décidé de devenir flic. Mais pas à Richmond. À cause de ma mère.

— Pour ne pas travailler dans la même juridiction, c'est ça ?

Je la comprends. C'est très gênant de se retrouver à témoigner dans une même affaire avec des gens proches. J'ai connu ça. Non seulement avec Marino et Benton, mais aussi avec ma nièce qui pourrait être carrément ma fille !

— Tout le monde à Richmond connaît ma mère, reprend Fruge en baissant le ton comme tout à l'heure. Elle adore les caméras, c'est plus fort qu'elle.

Nous roulons lentement sur les pavés mouillés, longeant les jardins des maisons classées aux monuments historiques. La jeune policière a baissé entièrement sa fenêtre et, avec son projecteur de recherche, elle fouille les fourrés, les arbres et les massifs alentour. De nombreuses propriétés, comme celle que Benton et moi occupons, sont plus anciennes encore que le pays. Notre maison et ses deux dépendances ont été construites par un ancien capitaine de marine en 1770.

Fruge scrute tous les abords où le tueur aurait pu abandonner un vêtement, une couverture, une arme ou quelques indices. Mais j'en doute fortement. Il a dû se débarrasser de tout ça dans un endroit plus discret.

— Peut-être dans une benne à ordures ou une décharge, entre Colonial Landing et Daingerfield Island, précisé-je tandis que nous explorons ces petites rues destinées autrefois aux passages des chevaux et des carrioles.

Fruge suit un chemin tortueux, comme Marino plus tôt à l'aller. Il est impossible de longer le fleuve en ligne droite. Trop de lotissements bardés de grilles, trop de chantiers où de nouveaux se construisent. Sans compter les parcs, les plages, les hôtels, les clubs de voile.

— Où habitez-vous ? m'enquiers-je alors que j'aperçois les lumières de ma maison entre les arbres. J'espère que je ne vous ai pas fait faire un trop grand détour.

— Sur Wilkes Street, à côté de l'immeuble Tannery House. Ce n'est pas très loin d'ici.

— C'est tout près de chez ma secrétaire !

— Oui. Je l'ai déjà vue sortir son Corgi. (Maggie a le même chien que la reine d'Angleterre. J'aurais dû m'en douter !)

— Appuyez sur le bouton de l'interphone, dis-je alors que nous arrivons à notre portail. On va nous ouvrir.

Je ne veux pas lui donner mon code. Non, pas même à la police. Elle baisse à nouveau sa fenêtre. Un bip grave se fait entendre et, dans un cliquetis, la porte métallique roule sur son rail. Alors que nous nous engageons dans l'allée, plusieurs caméras nous filment – des appareils installés par Lucy. Je suis sûre qu'en ce moment même, elle est derrière les écrans. Ou Benton. C'est rassurant de se savoir attendue, protégée. Peut-être même je leur ai manqué.

Tous les gens qui comptent dans ma vie sont là, et je suis heureuse de rentrer, indemne, en bonne santé. C'est un bonheur nouveau. Un effet de la pandémie qui spolie autant qu'elle offre, si l'on sait où regarder.

Les arbres se dressent dans la nuit, leurs branches nues oscillent sous les bourrasques. Les lampadaires ont du mal à percer les ténèbres alors que nous remontons l'allée pavée et dépassons la petite maison où loge Lucy.

Petite, mais douillette, avec des briques blanchies à la chaux, et un toit d'ardoise – comme la demeure principale et le garage. Quand Benton et moi avons trouvé cette propriété, nous ne pensions pas que ma nièce y séjournerait. La première chose que Lucy a faite en arrivant a été d'installer des volets occultants. Lumières, télévision, écrans d'ordinateur, on ne voit rien de l'extérieur. Je ne peux pas savoir si elle est chez elle. En tout cas, je suis surprise qu'elle ne soit pas sortie m'accueillir.

Fruge s'arrête devant notre perron. Des bougies électriques luisent aux fenêtres, les buis sont décorés de LEDs. La porte s'ouvre et Benton apparaît. Il est en costume cravate et son ombre s'étire sur les marches. Ses cheveux gris brillent dans le faisceau des phares.

— Waouh ! articule Fruge en le dévorant des yeux. Benton Wesley, la légende vivante ! Et dans ma bouche, c'est un vrai compliment, parce que d'ordinaire je n'aime pas beaucoup les fédéraux, et encore moins le FBI !

— Il n'est plus au FBI depuis longtemps, dis-je en ouvrant ma portière.

— Mais il a commencé avec eux. Il a été leur profileur vedette. Et aujourd'hui, il réalise le même genre de prodiges pour le Secret Service. (Fruge est une vraie fan, quitte à embellir un peu le CV de mon mari.)

— Bonjour, je suis Benton, se présente-t-il, tandis que je descends du SUV avec ma mallette. Merci mille fois d'avoir ramené Kay.

Fruge se présente à son tour et s'empresse d'ajouter qu'elle sait qui il est, et que sa mère lui a souvent parlé de « L'homme qui murmurait à l'oreille des psychos ».

— Ce n'est pas à vous que je vais recommander d'être prudent, poursuit la jeune femme en se penchant vers ma portière encore ouverte. Mais celui qui a tué Gwen Hainey est un expert.

Benton attrape ma caisse de terrain sans sourciller. Bizarre. Où est-il donc allé aujourd'hui ?

— Allez, viens, me lance-t-il. Rentrons.

Nous remercions à nouveau Fruge et nous la regardons partir dans un crissement de pneus un peu appuyé. J'ai l'impression qu'elle est vexée.

— Elle espérait sans doute que tu l'inviterais à entrer, m'annonce Benton. À l'évidence, elle apprécie ta compagnie.

— Je ne sais pas trop ce qu'elle aime ou pas. En tout cas, le trajet n'en finissait pas. J'ai cru qu'on n'arriverait jamais ! Elle fouillait avec sa lampe tous les buissons, toutes les allées, en me posant des tas de questions sur nous.

— C'est bien ce que je me suis dit.

— Je pense qu'elle est toute seule, et non, je n'ai pas été très sociable. Mais après la journée que j'ai eue, mon capital sympathie est réduit à zéro.

— Me voilà prévenu.

Le système d'alarme émet un bip quand nous pénétrons dans la maison, le vieux plancher en pin craque sous le tapis. J'entends la télévision dans le salon (les infos), et la chaîne stéréo diffuse en sourdine des chants de Noël. Je me passerais bien des deux !

— J'ai parlé à Marino tout à l'heure, annonce Benton. Quand il m'a dit qui te ramenait, j'ai eu l'impression de revenir au bon vieux temps !

— Tu te souviens de sa mère ?

— Comment l'oublier ! (Il n'était pas un aficionado à l'époque.)

— Laisse ma caisse à côté de la porte, s'il te plaît. (Je retire mon manteau, soudain très lasse.) Je ne veux pas l'oublier demain. Les deux sont ici, et je n'en ai plus une seule au bureau. Et je dois refaire le plein de Narcan dans celle-ci.

— Je suis content que tu sois là. (Il m'embrasse.) On a beaucoup de choses à se dire.

Je vois dans ses yeux noisette qu'il est préoccupé. Il pose ma caisse de terrain, et de mon côté je laisse ma mallette sur la console. Je le serre dans mes bras. Il est très beau dans son costume rayé. Son nœud de cravate, une cravate bleue en soie, est impeccable et chatoie sur sa chemise anthracite. Une élégance que soulignent ses boutons de manchettes à ses initiales.

Comme toujours, il sent bon. Ses cheveux argentés, coiffés en arrière, mettent en valeur son visage anguleux. Plus il vieillit, plus il est séduisant. Du moins à mes yeux. Tandis que moi, j'ai l'air d'un épouvantail. Je lui présente mes excuses de me montrer dans cet état.

— Et d'arriver en retard et d'avoir fichu en l'air la soirée de tout le monde, ajouté-je en ouvrant la penderie dans le vestibule. Je croyais que tu étais en télétravail aujourd'hui ? Qu'est-ce qui s'est passé ?

— Une réunion urgente au QG.

— À quel sujet ? dis-je en accrochant mon manteau.

— Gwen Hainey, répond-il à ma grande surprise.

— Comment as-tu pu être au courant avant moi ? Tu rentrais à la maison quand j'ai été prévenue de sa disparition. Le Secret Service a eu l'info avant la police ? Pourquoi donc ?

— Parce que Gwen Hainey était déjà dans notre collimateur. Pour autre chose. (Il n'en dira pas plus parce que Dorothy arrive, clignotante comme un arbre de Noël.)

Elle porte une grenouillère Grinch, avec des petites hottes brodées et des chaussons pointus bardés de clochettes. Des cordons lumineux décorent ses bras, son cou, en spirales vertes et rouges. C'est si criard que ça pique les yeux.

— Comment ça « dans votre collimateur » ? bredouille ma sœur. Vous parlez de Gwen, ma voisine qui est morte ? Quelle horreur ! Je suis restée scotchée devant la télé, il y avait même Dana Diletti devant chez elle.

— Oui, tout le pays est au courant, déclare Benton.

— C'est sur Fox News, CNN. Partout ! renchérit Dorothy. (Ses accessoires clignotent à tout va, ses cheveux sont peinturlurés de zébrures grises, attachés avec un brin de gui.)

Avec son mascara vert pomme, elle ressemble à une extraterrestre ! Depuis que la télécommunication est devenue la norme avec la pandémie, elle verse dans le grimage et les tenues extravagantes.

Tous les jours, ma sœur trouve une bonne raison de se filmer, à cela s'ajoutent ses podcasts et ses innombrables selfies. Et évidemment, sa tenue festive de ce soir est sans le moindre rapport avec l'anniversaire de sa fille unique, qui vient de connaître l'année la plus douloureuse de sa vie !

C'est comme s'il lui manquait les gènes de l'empathie et du remords. Avec le temps, Dorothy devient la copie conforme de ma mère, décédée l'année dernière dans une maison de retraite de Miami, après avoir fait un AVC, en plein pic covid. Ma mère, « Doro » Scarpetta, qui a donné son prénom à ma sœur, était un personnage charismatique et narcissique. Le fruit ne tombe jamais loin de l'arbre.

Comme pour moi, sauf que l'arbre en question serait plutôt celui de mon père, un taiseux et un acharné de travail. À en croire Dorothy, je suis ennuyeuse comme la pluie, bien trop sérieuse, dépourvue de toute fantaisie et d'humour. Et je porte sur mes épaules « toute la misère du monde », dixit ma sœur !

Elle ne doit pas se souvenir de notre enfance, hormis le fait que je m'appelle comme mon père : Kay Scarpetta. Je suis l'aînée, celle destinée à poursuivre la lignée. J'avais donc un statut spécial, du moins aux yeux de ma sœur. Et la confiance infaillible que mon père plaçait en moi l'a toujours agacée.

10.

— Tu veux bien éteindre tes loupiotes ? dis-je à Dorothy. J'ai eu mon compte d'agressions visuelles pour la journée.

— Ça m'aurait étonnée ! répond-elle en poussant un long soupir. Surtout ne pas être gaie ! (Elle obtempère néanmoins.) C'est mieux comme ça ? Me voilà tout éteinte, comme toi.

Elle m'examine de la tête aux pieds avec une mine de dégoût.

— Tu ressembles à un chien mouillé. Et tu dois puer pareil !

Quand il s'agit de me lancer des piques, ma sœur n'y va jamais avec le dos de la cuillère.

— Pour ta gouverne, je sens plutôt le rénovateur plastique. Cadeau du chiffon que m'a passé ton homme pour me sécher.

— Je ne suis pas devin ! Il ne répond pas à mes appels, ni à mes textos. Comme chaque fois qu'il joue aux gendarmes et aux voleurs avec toi !

— Cela fait des heures que je ne l'ai pas vu. Il doit encore être sur place avec l'inspecteur.

— Donne-moi des détails ! exige-t-elle tandis que Benton assiste encore une fois à nos chamailleries. Je veux savoir à quoi on a affaire et si je risque quelque chose. Ce dingue dehors n'en a peut-être pas terminé ici ?

— Je ne peux rien te dire, Dorothy.

— Ce n'est pas normal ! J'ai le droit de savoir. Une femme vient d'être kidnappée et assassinée à deux pas de chez moi !

Elle m'explique qu'il faisait un temps de chien vendredi soir. Elle et Marino avaient décidé de passer la soirée devant la télévision. Ils buvaient des grogs en mangeant les restes de Thanksgiving, ignorant ce qui se passait chez leur nouvelle voisine.

— C'est ça le plus terrible, se lamente ma sœur avec des accents de tragédienne. Si seulement on avait su. Si seulement ! Nous aurions pu faire quelque chose. Pete y serait allé avec l'un de ses gros fusils, et ç'aurait été réglé.

— Tu as entendu une voiture passer pendant que vous regardiez la télé ? s'enquiert Benton.

— Non, mais cela ne veut pas dire grand-chose.

Les maisons sont pourvues de double vitrage et de murs épais. Entre l'isolation, le vent dehors et la télé à l'intérieur, ils ne risquaient pas d'entendre un véhicule rouler dans la rue. Et avec les rideaux tirés, ils ne pouvaient pas plus la voir. Mais ils ont des caméras au-dessus de chaque porte donnant à l'extérieur. Marino a-t-il visionné les images ?

— Bien sûr que oui, répond Dorothy. Mais on ne voit rien. Les caméras ne couvrent pas la rue. Oh, c'est si terrifiant. Je connaissais à peine Gwen ; et c'était déjà trop, soit dit en passant. Jamais, je n'aurais dû me mêler de ses affaires.

— Il va falloir donner ton ADN à la police, puisque tu es entrée dans la maison, l'informe Benton, en dénouant sa cravate. Combien de fois es-tu allée chez elle ?

— Une seule. À son arrivée. Lorsque je suis passée lui souhaiter la bienvenue. (Je me garde bien de lui raconter comment Gwen Hainey a traité ses fleurs.) Puis Pete et Lucy sont allés faire leur tour d'inspection, pour évaluer la sécurité de sa maison.

— En parlant de Lucy, où est-elle ? dis-je.

Elle a dû me voir rentrer sur les caméras du portail et les autres disséminées sur la propriété. Elle a les images sur son ordinateur, et aussi sur son téléphone. Je suis un peu vexée qu'elle ne vienne pas me saluer. J'espère qu'elle ne m'en veut pas d'être arrivée en retard pour son anniversaire.

— Gwen n'était ni reconnaissante ni sympathique, résume Dorothy. Avec le recul, il est évident qu'elle avait des trucs à cacher.

— Tu l'as eue au téléphone après ta visite ? poursuit Benton.

— Je n'ai pas son numéro. Sentant qu'elle ne me l'aurait pas donné, je me suis abstenue de le lui demander.

— Et Lucy ? Marino ? interviens-je. Ils ne sont tout de même pas passés chez elle à l'improviste.

— Quand j'étais avec Gwen, on a convenu d'une date, mi-octobre.

— C'était longtemps après qu'elle a emménagé ? insiste Benton.

— Deux semaines. Mais quand je suis passée la voir, elle venait juste d'arriver. Quel chantier c'était ! Je ne sais pas comment elle pouvait supporter ça.

Dorothy m'explique que la maison n'était pas réellement habitable. Ça sentait la peinture à plein nez. Et les ouvriers, qui déblayaient les gravats, faisaient un raffut de tous les diables.

— On les entendait marcher au-dessus, ramasser leurs outils, installer des bâches et je ne sais quoi encore ! précise-t-elle.

— Combien de temps es-tu restée avec elle ?

Je m'efforce de me remémorer les lieux, les crochets aux murs, les cintres vides.

— Une grosse demi-heure, pas plus. Quand elle m'a parlé de ses problèmes avec son ex, je lui ai proposé l'aide de Lucy et Pete. Elle n'était pas très intéressée mais j'ai insisté. Je lui ai dit que c'était absolument nécessaire. Alors nous avons fixé une date. Je n'étais pas présente quand ils y sont passés.

— L'histoire est loin d'être terminée, annonce Benton. Je le crains.

— J'espère que cela ne va pas me gâcher l'existence, réplique Dorothy qui, comme toujours, ramène tout à elle. Comment se sentir en sécurité après ça ! Et on parle de Colonial Landing sur toutes les chaînes. Adieu notre belle tranquillité !

— Tu sais que tu es toujours la bienvenue chez nous, dis-je en n'en pensant pas un mot.

Vivre sous le même toit que ma sœur serait un enfer. Il y a des limites à tout – quitte à passer pour la méchante.

— Je suppose que vous avez arrêté son ex pour l'interroger ? reprend-elle. Il s'appelle Jinx, je me souviens. Et à mon avis, c'est le premier suspect, d'après ce qu'elle m'a dit.

— Justement, je veux savoir ce qu'elle t'a dit, déclare Benton. On va parler de tout ça pendant que Kay va prendre une douche. Et je vais te préparer un verre. (Là, il s'adresse à moi.) Un single malt, douze ans d'âge, double dose.

— Super programme, mais d'abord, je veux prendre des nouvelles de Lucy. Elle doit être dans la petite maison, mais au fond je n'en sais rien. Ses rideaux sont tirés.

— Va savoir ce qu'elle fiche encore ! lâche Dorothy. Elle est devenue une vraie recluse. Cela dit, la sociabilité n'a jamais été son fort. Malgré mes efforts, je n'ai jamais pu lui enseigner les bonnes manières, ni lui apprendre à voir le positif.

Je me tourne vers Benton :

— Comme va-t-elle aujourd'hui ? Elle a parlé à des gens au téléphone ? Elle a eu de la visite ? Elle a fait quelque chose d'amusant, s'est changé les idées ?

— Puisqu'elle s'est enfermée, c'est que son moral n'est pas au mieux, intervient sa mère.

— Quand l'as-tu vue pour la dernière fois ? m'enquiers-je.

— À midi, lorsque l'ouvrier est venu finir de repeindre le treillage. Lucy et moi, on s'est retrouvées dans le jardin quelques minutes. Mais elle n'a pas mis le nez dehors depuis.

J'imagine ce qu'a fait ma nièce depuis que je l'ai croisée ce matin. Avant de partir au travail, je suis passée chez elle pour lui souhaiter un bon anniversaire. Elle buvait un café à son bureau. Je voulais lui donner le petit cadeau que j'avais fait réaliser pour elle – plus un symbole qu'un bijou.

Le bracelet était en titane et or rose, une simple bande de métal avec des fragments d'os de dinosaure et une incrustation de météorite en forme du signe infini. J'y avais fait graver la date et *À Lucy, avec tout mon amour, tante Kay*. Je savais que cet anniversaire était un jour sinistre pour elle, et son remède serait le même que d'habitude. Quand ça ne va pas, elle se plante devant son ordinateur, et se perd dans le monde invisible des IA open source. Les plateformes de *machine learning* qu'elle utilise sont accessibles à tout le monde et je la soupçonne de profiter de l'anonymat du cyberespace pour travailler en réseau.

Peut-être, d'ailleurs, ne cache-t-elle pas son identité ? Allez savoir qui se trouve à l'autre bout de la chaîne ? Quel camp ? Celui des gentils ou des méchants ? Et d'abord est-ce un humain ? Il pourrait très bien s'agir d'un bot Internet.

Plus inquiétant encore, c'est ce que peut faire Lucy heure après heure, jour après jour. Qu'est-ce qui occupe son attention quand personne ne la regarde, quand elle n'est pas connectée à ses sites de partage ? Je l'imagine plongée dans un état extatique, prononçant des incantations telle une magicienne, pour faire apparaître ceux qui lui manquent, pour donner un sens à sa vie, une raison de se lever.

— Elle serait peut-être mieux ailleurs, toute seule, en paix, suggère Dorothy en me jetant un coup d'œil qui en dit long.

Ses bottes de Grinch font *ding ! ding !* chaque fois qu'elle bouge les pieds, et elle n'arrête pas de pianoter sur son téléphone.

— Vivre avec nous à ses côtés lui rappelle constamment ce qu'elle a perdu, explique-t-elle. Il est temps qu'elle bouge, qu'elle aille de l'avant. (Comme si c'était si simple !)

— Moi, je ne l'ai pas vue de la journée, annonce Benton. D'ordinaire, elle vient me dire bonjour quand je rentre la voiture dans le garage. Mais pas aujourd'hui.

— Je vais aller la voir. Lui proposer de venir. Tâchons de sauver cette soirée d'anniversaire !

— Tu as raison, répond-il sans offrir de m'accompagner.

Et je sais pourquoi. Benton tient à ce que Lucy et moi ayons du temps pour nous. Hormis ses rares sorties – séances à la salle de gym, virées à moto ou emplettes à la supérette du coin –, ma nièce reste terrée dans sa petite maison depuis son arrivée cet automne. Il peut se passer des jours sans que je la voie. J'aperçois juste son chat qui se promène dans le jardin. Et pourtant, ce n'est pas faute de la guetter !

Parfois elle se montre au dîner. Parfois pas. De temps en temps, elle me donne un coup de fil, ou vient bavarder. Rien d'inhabituel, au fond. Mais elle s'est retrouvée totalement isolée pendant le pic de la pandémie ; Janet et Desi étaient bloqués à Londres, et Lucy ne pouvait les rejoindre là-bas.

Coincés dans leur appartement londonien, Janet et Desi avaient été d'une prudence irréprochable durant les mois qui avaient suivi les vacances. C'était avant l'arrivée du vaccin et mère et fils étaient parvenus à se tenir loin de tout le monde… jusqu'à ce qu'un plombier vienne en urgence réparer une fuite d'eau.

On a appris plus tard que l'homme était infecté, un porteur asymptomatique. Pendant qu'il changeait le joint d'un tuyau, les fenêtres étaient restées fermées pendant deux heures, et parfois l'ouvrier tombait le masque. Quelques jours plus tard, Janet avait perdu l'odorat. Et Desi s'était mis à tousser et à avoir de la fièvre. Et Lucy ne pouvait être avec eux.

Le taux de mortalité était si haut au Royaume-Uni que les pompes funèbres étaient à court de sacs mortuaires. Mes collègues m'ont raconté qu'on n'en trouvait plus nulle part. Les hôpitaux entassaient les morts dans des camions frigorifiques, les cimetières avaient recours à des fosses communes.

Les visites étaient interdites, que ce soit dans les morgues ou dans les cimetières. Aucun service funéraire, aucune cérémonie pour accompagner le défunt vers sa dernière demeure et, bien sûr, pas de rapatriement des corps vers les familles. Les gens qui succombaient au coronavirus étaient incinérés pour la plupart, les cendres enfermées dans des boîtes scellées et envoyées aux proches par la poste ou UPS. C'est un colis de ce genre que Lucy avait reçu. Rien ne pouvait être plus froid et sinistre.

Elle n'a jamais pu leur dire adieu. Comment faire son deuil, accepter que Janet et Desi ne soient plus de ce monde ? Elle n'a jamais vu les corps, n'a aucune preuve. Rien à quoi se raccrocher. Lucy se retrouve dans une sorte d'entre-deux, la zone crépusculaire des limbes, où sa famille n'est ni là, ni absente, et la technologie, loin de soulager cette incertitude, ne fait que l'aggraver.

— À tout de suite ! me lance Benton alors que je me dirige vers la porte. En attendant, on va préparer à manger.

Je lui donne quelques recommandations d'ordre culinaire avant de partir. Dorothy peut sortir les fromages du réfrigérateur. Du provolone piquant, du cheddar et de la mozzarella. Il y a aussi du jambon, des poivrons grillés et des cœurs d'artichauts.

— Je ferai une entrée et réchaufferai du pain à l'ail. Et sortirai une bonne bouteille, leur promets-je avant de m'aventurer dans la nuit.

L'eau dégoutte des arbres au-dessus de l'allée. En été, ils forment carrément un tunnel de verdure. Le vent souffle par bourrasques, les feuilles mortes voltigent. S'il ne fait pas assez froid pour qu'il y ait du verglas, je fais quand même attention en marchant. J'aurais dû prendre mon manteau !

Par chance, je n'ai pas loin à aller. La maison d'amis, nichée sous de grands épicéas et des magnolias, se trouve au bout du jardin qui, trop longtemps laissé à l'abandon, est quasiment redevenu une forêt. Seules les anciennes archives gardent la trace des merveilles qui se trouvent ici.

Comme une archéologue, j'ai patiemment dégagé les buissons, ronces et lierres qui avaient étouffé l'ancien gazon et submergé les parterres de fleurs. Au fil de mes fouilles, j'ai découvert un griffon en marbre, un cadran solaire sur sa colonne et autres trésors datant du XVIIIe siècle. Impossible de savoir depuis combien de temps cela est resté enfoui, oublié de tous. Je crois bien que l'ambassadeur excentrique qui nous a précédés dans cette maison ignorait tout des beautés cachées que recelait sa propriété.

En même temps, il n'a jamais pris grand soin de ce domaine. J'allume la lampe de mon téléphone. Je perçois l'odeur de peinture fraîche et contemple mon nouveau treillage d'un beau vert anglais. J'y imagine déjà mes rosiers grimpant vers le ciel. Le jardin sera de nouveau en fleurs et j'installerai une table en fer forgé et des chaises. Ce sera si agréable de prendre le café ici !

J'envoie un message à Lucy pour la prévenir que j'arrive. Mais elle ne répond pas. Est-ce que cette fois, en me voyant approcher sur ses écrans, elle viendra m'accueillir ? À moins qu'elle ne soit trop occupée.

11.

Les pavés mouillés sont glissants. Les flaques luisent sous la lumière pâle des lampadaires. Des ombres s'agitent à la périphérie de mon champ de vision, le vent mugit dans les frondaisons. Les poils se dressent dans ma nuque. J'ai l'impression qu'on m'observe.

Les volets remplissent leur office. Aucune lumière ne filtre des fenêtres de Lucy. J'éteins ma lampe, craignant de faire une cible trop facile. Quelque chose est dans les buissons, me scrute, j'en suis persuadée ! C'est peut-être mon imagination... Mon pouls s'accélère quand j'examine les alentours, l'oreille aux aguets. Car j'ai de bonnes raisons d'être tendue après une journée pareille.

Je remonte l'allée de briquettes qui mène à la porte de derrière. Je sors mes clés. Les buis bruissent derrière moi. Le capteur, percevant ma présence, allume la lumière quand je gravis les marches du perron. Je manque de pousser un cri quand quelque chose effleure ma jambe. Merlin ! Il m'a suivie. Encore une fois !

— Avec toi, je vais finir par avoir une crise cardiaque ! Y a pas idée de sortir comme ça de nulle part !

Le chat scottish de Lucy me regarde de ses yeux ronds. Il est trempé et pas content. Il miaule pour me signifier son inconfort. Je trouve bizarre qu'il soit dehors, sans collier. Il se frotte contre moi. Il a une idée en tête, c'est évident. Il est nerveux et tremble. Je continue à regarder autour de moi, et moi aussi je me mets à frissonner.

— Merlin, qu'est-ce que tu fais dehors par un temps pareil ? Qu'est-ce qui se passe ?

Je toque à la porte qui est équipée d'une chatière en plastique.

— Et où est ton collier ?

Je frappe à nouveau, plus fort, redoutant presque qu'un monstre hideux jaillisse des buissons derrière nous.

— Attends. Je vais te faire rentrer.

Il miaule en sourdine, se pelotonnant entre mes pieds. Lucy ne l'aurait jamais laissé sortir sans son collier d'identification, un modèle qu'elle a amélioré. Le signal radio de la puce déverrouille la trappe et lui permet d'aller et venir à sa guise. Un dispositif identique a été installé à la porte de notre cave.

Les deux chatières high-tech sont trop petites pour qu'un humain puisse s'y introduire, et le loquet électronique empêche les autres animaux de pénétrer dans les maisons, tels que mouffettes, ratons laveurs, opossums, voire chevreuils ou jeune ours. Merlin peut donc entrer et sortir, sans intervention humaine ni compromettre la sécurité des lieux. Mais pour l'instant, il est enfermé dehors.

Ce n'est pas le genre de Lucy. Comment peut-elle être devenue si distraite ? Cela fait un moment que ça dure. Et elle semble s'en moquer. Décidément, je n'aime pas qu'elle reste seule ainsi toute la journée. Certes, les anniversaires et autres fêtes sont des moments difficiles pour elle.

— Allez, croisons les doigts, dis-je au chat. (Jamais, je n'entrerai ainsi chez elle sans la prévenir. Mais je crains soudain que quelque chose de terrible soit arrivé.)

J'ouvre la porte.

— Il y a quelqu'un ? (L'alarme est coupée.) Lucy ? C'est moi !

Merlin me suit. Je continue d'appeler mais personne ne répond. Doucement et sur le qui-vive, je referme le battant.

— Lucy ?

J'ai laissé ma mallette dans la grande maison. Avec mon pistolet dedans. Pourquoi je pense à ça ? Dans la petite cuisine, je perçois l'odeur familière du lubrifiant pour arme à feu. À première vue, je ne remarque rien de particulier.

J'appelle encore :

— Lucy ! C'est moi !

Le comptoir en stéatite est rangé. L'évier est vide. Il y a juste une assiette et une tasse de café sur l'égouttoir. Juste à côté, je repère la caisse en Kevlar de Lucy – la même que la mienne. Son fusil à pompe calibre 12 est posé dans le coin, comme d'habitude, et sur le billot je découvre son Heckler & Koch P30 démonté avec son kit de nettoyage.

Ma nièce a une belle collection d'engins de mort. J'ouvre le tiroir sous le gril électrique et trouve son autre pistolet. (Elle le range toujours là.) Un Smith & Wesson calibre .40, double action avec chargeur double pile. Enfin, j'entends sa voix provenant du salon.

— D'accord, d'accord ! dit-elle à quelqu'un. Oui, je sais que tout est une question de point de vue…

Apparemment, il n'y a pas péril en la demeure. Dieu merci ! J'attrape un torchon et sèche Merlin qui se met à ronronner. Je n'entends qu'un côté de la conversation. Je ne sais pas à qui parle ma nièce, mais j'ai ma petite idée.

— Et pour couronner le tout, quelqu'un qu'on aurait pu aider se retrouve avec la gorge tranchée ! déclare-t-elle. J'ai manqué de vigilance, voilà ! Et ça, avant, ce ne serait jamais arrivé – que j'apprécie ou non la personne !

Je laisse le torchon sur le lave-linge.

— Tu crois que je n'essaie pas ? Tu crois que c'est facile ? insiste Lucy.

Elle ne sait pas que je suis entrée dans le salon. La pièce est encore dans son jus – poutres de chêne apparentes, murs de brique nus.

— Tu serais dans le même état à ma place, ajoute-t-elle, et tu me tiendrais les mêmes propos. Du moins je l'espère.

Merlin s'avance sans bruit et saute sur son pouf préféré. Il me regarde fixement, la queue frémissante. Lucy est à son bureau devant la cheminée, dos à moi, et j'aperçois de temps en temps son profil quand elle tourne la tête en parlant.

Elle a coiffé ses écouteurs, et est entourée d'une batterie de moniteurs. En m'approchant, je vois sur l'un d'eux le joli minois de Janet. Un éperon de regret me transperce. Je ne peux entendre ce qu'elle dit mais je lis sur son visage de la gentillesse, de la compréhension, mais également de la fermeté.

— Je sais que tu veux alléger mes remords, répond Lucy. Mais c'est peine perdue !

Je ne parviens toujours pas à m'y faire. Et c'est peut-être mieux ainsi, quand on songe aux risques...

— Si j'avais été là, cela aurait été différent. (Elle dit ça, mais c'est pure conjecture.)

Selon moi, que Lucy soit rentrée ou non à Londres n'aurait rien changé. Et Janet est de mon avis, rien qu'à voir sur l'écran son expression chagrinée.

— J'ai merdé sur toute la ligne, s'entête Lucy. Voilà ce que me rappelle cet anniversaire, si tu veux tout savoir ! Je n'étais pas avec toi. Et aujourd'hui, tu n'es pas avec moi. Quoi que je fasse, tout va de travers et ce sera peut-être comme ça jusqu'à la fin de mes jours.

Le chat saute sur le bureau. En tournant la tête vers lui, Lucy m'aperçoit. Elle n'est ni surprise ni gênée. Ses grands yeux verts sont lumineux, éclairés d'un feu intérieur, comme chaque fois qu'elle parle à une morte.

— Coucou, je t'ai vue arriver, lance ma nièce et ôtant son casque. Où est ton manteau ? On se les gèle dehors.

— Tu peaufines ton IA ? m'enquiers-je sans une once de reproche. Ou tu lui as rendu visite ?

C'est la dernière hypothèse qui m'inquiète le plus. Elle passe trop de temps avec sa défunte compagne, pour lui demander conseil, avoir son avis. À force, n'oublie-t-elle pas qu'elle s'adresse à une illusion numérique ? L'image animée à l'écran est une interface, un avatar copie conforme de Janet de son vivant.

Elle et Janet travaillaient sur ce programme – nom de code Adam – depuis plusieurs années. Les deux femmes, l'une et l'autre génies de l'informatique, s'étaient connues à l'académie du FBI. Et je n'aime pas que Lucy passe autant de temps avec le clone numérique de la femme de sa vie. Cela vire à l'obsession.

— Je ne voulais pas être indiscrète et débarquer comme ça, poursuis-je en posant ma main sur son épaule. (Ses cheveux méchés de rose n'ont jamais été aussi courts, en tout cas pas depuis l'université.) Tu sais que Merlin était dehors sans collier ?

— Ah bon ? Ce n'est pas normal. (Elle soulève le chat et le pose sur ses genoux.)

— Tu ne l'as pas vu sur tes écrans ? demandé-je en jetant un œil au moniteur où s'affichent les images des caméras de surveillance.

— Quand il se balade dans les fourrés ? Bonne chance ! Son collier a dû se prendre dans une branche.

— Puisque tu n'as répondu ni à mes messages, ni quand j'ai frappé à la porte, j'ai décidé de le raccompagner au chaud – à l'ancienne.

— Je le croyais chez toi. Merci de me l'avoir ramené. Ça ne s'est jamais produit jusqu'ici.

— En fait, je ne l'ai pas trouvé. C'est lui qui est venu à moi. Encore une fois, je ne suis pas fan de ces chatières, connectées ou non. La preuve ! Il est sorti mais n'a pas pu rentrer. Et chacune pensait que Merlin était chez l'autre !

— Ça ne me plaît pas plus qu'à toi, mais il a toujours aimé se balader. Un vrai chat de gouttière ! Et crois-moi, j'ai tenté de lui faire passer cette sale habitude. Où es-tu allé vilain Merlin ? Qu'as-tu fait de ton collier ? Tu l'as perdu en pourchassant un écureuil, c'est ça ?

Le chat se contente de ronronner comme un petit moteur. Les drames et les tribulations des humains lui sont étrangers. Si tant est qu'un chat soit capable de faire des suppositions, il doit penser que Janet et Desi sont toujours à Londres, bien au chaud dans leur appartement du XIXe avec vue sur les jardins de Victoria Embankment.

Je leur ai souvent rendu visite là-bas. C'est à deux pas de New Scotland Yard, où Janet et Lucy étaient consultantes avant la pandémie. Elles partageaient leur temps entre l'Angleterre et Boston. Et quand les pourparlers ont commencé concernant mon nouveau poste en Virginie, il n'a jamais été question qu'elles me suivent ici.

Ma nièce ne serait pas chez moi si un virus n'avait pas fait ces ravages. En particulier chez les immunodéprimés, tels que les personnes souffrant d'asthme ou de la maladie de Crohn.

Testée positive elle-même, coincée en quarantaine, Lucy n'avait pas le droit de prendre l'avion, et certainement pas pour se rendre à l'étranger ! Elle s'est confinée, souffrant de symptômes légers. Et bien sûr, elle s'en veut d'avoir survécu et pas eux.

— De quoi vous parliez toutes les deux ? demandé-je en désignant l'avatar sur l'écran.

— Ne prends pas cet air-là, comme si je faisais un truc tordu. (Son visage a beau rester de marbre, ses yeux émeraude continuent de briller.)

— Je sais, ta soirée d'anniversaire a été gâchée. À cause de moi. (Je vois avec plaisir qu'elle porte le bracelet que je lui ai offert ce matin. Le symbole infini luit à son poignet.)

Elle est en survêtement noir, avec de grosses baskets aux pieds. Son corps est toujours aussi sec et tonique mais je perçois une lassitude enfouie profond, comme si un disjoncteur avait sauté en elle, plongeant dans l'obscurité certaines parties de son esprit qu'elle ne parvenait plus à éclairer.

— Tu me connais. Les anniversaires, ce n'est pas mon truc, dit-elle.

— Celui-ci devait être joyeux. (Combien de fois ai-je dit ça après avoir tout fait capoter !) Bien sûr, il fait un temps de chien et je rentre à point d'heure, mais il n'est pas trop tard pour sauver les meubles. Comment s'est passée ta journée ? Je vois que tu as discuté un moment avec Janet.

Je désigne du menton l'image animée sur le moniteur, résultat de milliards de paramètres gérés par un réseau de neurones artificiels. Le modèle ainsi créé semble humain. L'algorithme prévoit le comportement, les événements, et répond même aux questions. Les performances dépassent de loin les capacités des logiciels conventionnels. Et quand j'ai découvert Adam j'ai cru à un canular.

Il sait tout faire. Raconter des histoires, composer des chansons, écrire du code informatique, tout en conversant avec son interlocuteur, tantôt affable, sombre, mélancolique, tantôt tempétueux suivant la situation. Janet l'avatar peut se montrer taquine ou charmeuse, scruter Lucy au fond des yeux, comme son modèle de son vivant. Lorsque je la regarde, j'ai l'impression d'avoir affaire à la vraie Janet ; elle a les mêmes rides de sourire, les mêmes petites mèches blondes.

Elle reste cependant un hologramme high-tech, une reconstitution, un clone qui ne peut ressentir des émotions, qu'on ne peut toucher ni étreindre. Cette Janet 2.0 ne sera jamais faite de chair et de sang, mais continuera d'évoluer comme la vraie. Du moins, c'était le projet initial. Hélas, c'est terminé à présent.

Janet n'est plus là pour interagir avec son avatar et lui transmettre sa manne de données et ses richesses. Elle n'est plus de ce monde. La Janet originale ne découvrira plus rien, n'aura plus de nouvelles expériences à partager, bonnes ou mauvaises, pour affiner les paramètres.

Les versions futures vont devenir de moins en moins conformes à son modèle, car l'IA est en constante évolution et se nourrit de son créateur – et aujourd'hui, c'est Lucy qui assume ce rôle. Plus ma nièce peaufine le programme, l'améliore et le façonne, plus il devient son reflet. Avec toutes ses failles et ses défauts, sans compter ses propres regrets et les tourments qu'elle y projette.

La technologie GPT-3, pour Open-source Generative Pre-trained Transformer de niveau 3, est aussi étonnante que terrifiante. Ce ne sont que les balbutiements, et déjà l'IA renvoie les capacités humaines à l'Âge de pierre. Un avatar peut regarder, parler, bouger et réagir, mimer n'importe quel humain au choix de ses concepteurs.

La plupart du temps ce prodige est réalisé en nourrissant l'IA d'enregistrements audio et vidéo de l'individu à imiter – souvent le programmeur lui-même par commodité. Mais les modèles peuvent être des proches, des amis, des conjoints. Il n'y a aucune limite. Et c'est ainsi que ça a commencé pour Lucy et Janet.

Toutefois leur avatar ne devait pas remplacer l'originale, et encore moins faire office de partenaire pour l'une ou l'autre. Mais le mal est fait. Après tout, qui suis-je pour critiquer ? Comment savoir ce qui est le mieux quand la technologie explore des champs d'expérience jusqu'alors inconnus des humains.

Je viens d'une autre ère. Lorsque je regarde ma nièce interagir avec ce double numérique, j'ai l'impression d'être dans *Star Wars* ou *Star Trek*. Aujourd'hui, je sais que je n'ai pas les réponses, y compris à la question fondamentale : qu'est-ce que la vie et la mort ? Nos conceptions sont-elles justes ? Comment en être certain ?

En observant cet avatar, je ne suis plus sûre de rien. Car j'ai l'impression d'être devant la personne que j'ai connue et aimée. Et si c'est ce que je ressens, je n'ose imaginer l'état dans lequel est Lucy ! Si Benton ne devait plus être de ce monde, ne passerais-je pas moi aussi mes nuits et mes journées avec son fantôme ?

12.

— Tu étais sur ton ordinateur toute la journée ? dis-je en m'asseyant sur le pouf.

— Oui, j'ai travaillé, répond Lucy en ouvrant un menu déroulant.

— C'est encore le jour de ton anniversaire. On peut toujours le fêter. Qu'en pense Janet ?

— Elle va te le dire elle-même.

D'un clic, elle ranime l'image qui bat des paupières et sourit.

— Coucou, chérie, me revoilà. J'espère que je ne te dérange pas ?

— Si, l'enquiquineuse ! réplique Janet en l'affublant du surnom qu'on donnait à Lucy quand elle était petite. Qu'est-ce que tu veux ?

— Tu peux me répéter ce que tu m'as dit tout à l'heure à propos de ce putain d'anniversaire ?

— Un dollar dans le pot à gros mots ! (C'est du Janet tout craché !) Je t'ai dit que tu devrais le fêter et en profiter. Les gens te prendraient peut-être plus au sérieux s'ils découvrent que tu n'as pas dix-neuf ans ! ajoute-t-elle, d'un ton charmeur.

— Très drôle. J'ai passé cette putain de journée à bosser comme d'hab ! Tu crois que j'ai eu tort ?

— Te voilà à deux dollars maintenant ! Et quelle question idiote ! Tu travailles tout le temps. Anniversaire ou pas, le monde continue de tourner. Il y a toujours des trucs à gérer. Et reconnais-le, Lucy, tu es heureuse et en paix quand tu règles un problème, répares un tort, accomplis quelque chose.

La Janet numérique se montre aussi calme et réservée, attentive et patiente, que l'originale. Tandis qu'elles discutent toutes les deux, je finis par remarquer que les mouvements de tête, les battements de paupières et autres expressions de visage, sont un peu répétitifs. Toutefois, malgré ce petit manque de naturel, tout le monde se ferait berner.

Jamais je ne pourrais imaginer que je suis en présence d'une Cyberjanet. Un être virtuel. Un robot, comme Siri ou Alexa, doté d'une voix et d'un visage familiers, avec une personnalité si crédible que j'en ai un pincement au cœur chaque fois que je découvre la nouvelle version du programme.

— Devine avec qui je suis ?

— Coucou Janet, dis-je en dissimulant mon émotion. Je suis ravie de te voir.

— Bonjour. (Elle tourne ses yeux bleus vers moi et me regarde fixement.)

— Tu te souviens de tante Kay ? Pour mon anniversaire, elle est venue faire un brin de causette avec moi. C'est gentil de sa part, non ?

Mais la Janet à l'écran ne m'a jamais parlé. Je n'ai été qu'une observatrice furtive, et je ne me suis jamais adressée à elle directement. Disons qu'elle me connaît juste de vue, je suis le visage qui parfois apparaît derrière l'épaule de Lucy, ou qui visionne les vidéos qu'elle envoie.

— Bien sûr que je me souviens, répond Janet avec un grand sourire, le même sourire que de son vivant. Nous avons souvent conversé. Et c'est toujours un plaisir, docteur Scarpetta. (Elle m'appelait souvent comme ça pour plaisanter.)

— Je parie que tu sais exactement le temps que vous avez passé ensemble toutes les deux, reprend Lucy.

Montre à tante Kay ce que tu sais faire. Vas-y, fais le calcul.

— Avec joie. Le docteur Scarpetta et moi, depuis notre première rencontre, nous nous sommes vues mille deux cent vingt et une fois.

— Et où était-ce la première fois ? (Lucy contemple le visage de Janet comme Narcisse son reflet dans l'eau.)

— À l'Académie du FBI, à Quantico, quand Lucy et moi étions de jeunes agentes.

— Et au téléphone ? Combien de temps vous avez passé au total ? s'enquiert Lucy.

— Nos conversations téléphoniques, cumulées, ont duré vingt et un mille neuf cent six minutes et vingt et une secondes. Tu veux savoir le nombre d'e-mails et de SMS que nous avons échangés ?

— C'est bon. Arrête de frimer ! s'exclame Lucy, fière de sa création.

Mon bracelet fitness vibre. Un e-mail de Ryan.

— C'est peut-être important, dis-je en ouvrant la pièce jointe. C'est l'enregistrement des caméras au portail de Colonial Landing. Ça peut t'intéresser.

— On y voit quoi ? demande Lucy.

— Pas grand-chose, en fait. Les caméras ont été couvertes pendant près d'une heure vendredi soir.

Puisque Marino fait désormais partie de l'équipe, pourquoi ne pas engager aussi Lucy ? Ces deux-là m'ont toujours aidée dans mes enquêtes. Tout soutien est le bienvenu. Je lui transfère le fichier, qu'elle ouvre aussitôt sur son ordinateur. À l'image, apparaît l'allée menant aux portes du lotissement, plongée dans la nuit.

À 17 h 13, l'un des deux objectifs est couvert. Puis l'autre. On entend bien le bruit de plastique froissé dont parlait Ryan. Deux minutes plus tard, le code de Gwen Hainey est composé, et le portail s'ouvre. Pas de ronronnement de moteur.

Juste le vent et la pluie, et des notes de musique – un orgue – montant en crescendo comme dans *Le Fantôme de l'Opéra*. Mais ce n'est pas un morceau d'Andrew Lloyd Webber !

Ensuite, le portail se referme, puis plus rien. Apparemment, tout est calme pendant cinquante-deux minutes.

Je fais une avance rapide. Nous écoutons le grincement du battant métallique s'escamotant à nouveau. Puis la même musique bizarre.

— Cela fiche la chair de poule ce truc ! dis-je. Tu as déjà entendu cette musique ?

— Peut-être. Mais tous les thèmes de film d'horreur se ressemblent. (Elle rembobine pour lancer une seconde écoute.) Demandons à Janet... Chérie, tu peux identifier ce morceau ?

— C'est le générique de *Shock Theater*, la série de télévision, répond-elle du tac au tac.

— Jamais entendu parler, reconnais-je.

— Ils passaient des vieux films d'horreur des années 1940, comme *Frankenstein*, *Dracula*, *Le Loup-garou*, annonce Lucy après avoir consulté son téléphone sur lequel Janet vient de lui transmettre les informations.

La musique du générique est sur YouTube. Et quand je l'écoute, un mauvais pressentiment m'envahit, comme si une présence maléfique tirait les ficelles. Je songe à cette femme morte à côté de la voie ferrée, sa gorge tranchée, sa tête quasiment détachée du corps, ses mains coupées. Et l'éclat cuivré de la pièce de un cent aplatie sur le rail. D'un coup, je me retrouve là-bas, sous les bourrasques et la pluie.

— Allons montrer ça à Benton, suggéré-je, et on trinquera à ton anniversaire. Il n'est pas trop tard ! (Ma montre indique 23 heures.) Janet, merci pour ton aide.

Elle nous regarde, aussi attentive et parfaite qu'une Mona Lisa, avec un petit clignement des yeux.

— Il n'y a pas de quoi, répond-elle tandis que son sourire lui fripe délicieusement le coin des yeux.

— À tout à l'heure, lui lance Lucy. (Et je perçois le regret chez ma nièce parce que rien de tout cela n'est réel.)

— Elle est donc devenue ta Siri personnelle ?

— Bientôt tout le monde fera pareil, répond Lucy en éteignant l'écran.

Je ne veux pas jouer à la luddite rétrograde mais je trouve cela très dérangeant. J'imagine les gens téléchargeant une appli pour communiquer avec des cyberfantômes.

Bien sûr, la tentation sera trop grande. Comment résister ? Pouvoir invoquer des proches, des amis, des ennemis, des chefs d'État ou des célébrités, qu'ils soient morts ou vivants. Tout individu sur terre, avec qui on a eu ou non des liens, d'un coup à portée de clic. Une aubaine pour les harceleurs et tous les détraqués de la planète !

— Je ne sais pas où nous mènent ces technologies qui nous isolent chaque fois un peu plus les uns des autres, commenté-je. Que va-t-il se passer si l'on ne peut plus faire la distinction entre ce qui est réel ou pas ? À qui se fier ? À quoi ?

— Avec les réseaux sociaux et la pandémie, on en est déjà là. Et tout dépend de ce que tu appelles « réel ». Quand tu te sers d'un outil de ce genre, c'est aussi *réel* que le reste. Mais adieu la vie privée, évidemment ! Tout est là, offert. Plus besoin de pirater des comptes. Même si nous savons très bien faire.

— « Nous » ?

Ce « nous », c'est CyberJanet et elle.

— C'est inéluctable, poursuit Lucy en se levant de sa chaise. Il n'y a déjà plus de marche arrière possible.

Elle explique que, bientôt, il sera normal de poursuivre ses relations dans le cyberespace. Les déceptions, les coups durs que réserve la vie seront réparés. Du jamais vu ! L'insupportable, l'abomination ne seront plus que des points de vue de l'esprit, comme le dit Janet. Des abstractions. L'irrémédiable ne sera plus.

Il y aura des patches et des pansements pour les ruptures et tous les maux – la maladie, les divorces, le handicap, les mauvais choix, les erreurs de comportement, tout pourra être effacé ! Et la mort aussi ! Certes, cette résurrection numérique, toute miraculeuse et merveilleuse qu'elle puisse paraître, pourrait se révéler sinistre si elle est la cible de malwares humains.

— Ces derniers temps, nous y avons beaucoup réfléchi toutes les deux, poursuit-elle. Janet est une source intarissable de connaissances et elle est vraiment époustouflante dans ses analyses. Elle m'apporte une aide précieuse et oui, j'ai l'impression qu'elle est toujours là. Aussi fou que cela puisse paraître, notre collaboration est identique à ce qu'elle était, avant.

— Donc tu dis « nous ». Et tu l'emploies beaucoup, Lucy. Mais les choses ne sont justement pas comme avant, même si nous le regrettons tous. Ce n'est pas à la véritable Janet que tu parles.

— Encore une fois, cela dépend du point de vue. D'une certaine manière, c'est bien elle. (Elle enfile son blouson et se dirige vers la cuisine.) C'est peut-être bien son énergie que j'injecte en elle numériquement, va savoir ? Nous ignorons tant de choses. Évidemment, elle ne va pas apparaître physiquement dans la pièce comme avant.

— Je veux juste que tu fasses attention à toi. Ce n'est pas Janet, insisté-je malgré moi.

— Toute cette simulation émane d'elle, me rétorque Lucy. L'algorithme s'inspire de ses enregistrements, de ses écrits. Par exemple, quand je lui demande ce que je dois préparer à dîner, sa réponse est celle qu'elle m'aurait donnée de son vivant, au regard des circonstances du moment.

Le programme tient compte de l'humeur de ma nièce, de son attitude, de son état de santé, de l'endroit où elle se trouve. Et aussi de l'heure de la journée et d'autres paramètres – par exemple si elle a fait du sport ou si elle est seule.

— Tant que tu fais la différence entre un robot et une personne qui n'est plus de ce monde…

Je la suis dans la cuisine. Merlin nous emboîte le pas.

— Bien sûr que je fais la distinction ! Mais avec les progrès de la rétro-ingénierie en biologie moléculaire, les limites deviennent de plus en plus floues. Un jour peut-être, on finira tous sur une puce électronique. Et les portes de l'éternité nous seront ouvertes.

— En parlant de puces. Qu'est-ce qu'on fait pour le collier de Merlin ?

— J'ai déjà prévu le coup. (Elle ouvre le placard où elle range la nourriture pour chat.) J'en ai fabriqué quelques-uns de rechange.

Joignant le geste à la parole, elle en attache un nouveau au cou de son animal.

Avec sa puce d'identification flambant neuve, Merlin se dirige aussitôt vers la porte. Le battant de la chatière se soulève à son approche avec un clic électronique. Il s'assoit devant, se lisse les moustaches et admire son œuvre.

— Je n'aime pas qu'un de ces machins se balade dans la nature, fais-je remarquer. Il y a quand même son nom, un numéro de téléphone, et un émetteur qui ouvre toutes les chatières.

— Le numéro mène à un téléphone à cartes prépayées, sans adresse associée au compte. (Elle sort du tiroir son pistolet et un holster de poche.)

— Je préférerais quand même le retrouver.

Merlin repasse devant la porte, le battant s'ouvre à nouveau. Puis il recommence, à droite à gauche, activant chaque fois le mécanisme. Comme s'il voulait nous dire quelque chose.

— On jettera un coup d'œil en chemin.

— T'inquiète, j'ai une appli qui le localise. Donc aucun souci. Et quand bien même quelqu'un le trouverait, la belle affaire ! m'explique Lucy en coinçant son arme sous son pantalon. Aucun humain ne peut passer dans une chatière. Sans compter qu'on le verrait approcher sur les caméras. Et en ce moment Janet les surveille toutes.

Encore une innovation que Lucy a ajoutée à son IA.

— S'il y a un truc bizarre, poursuit-elle, je recevrai une alerte sur mon téléphone ou ma montre connectée. C'est le système que Gwen Hainey aurait eu chez elle si elle avait suivi mes conseils.

Elle récupère un gilet en duvet sur le portemanteau et me le tend.

— Tu sais que Marino et moi l'avons vue ? Une rencontre plutôt déplaisante. À l'époque, je ne me doutais pas de ce qui allait lui arriver. Mais avec le recul, je me dis que c'était prévisible.

— Pourquoi donc ?

— On récolte ce que l'on sème, dit-elle alors que Merlin saute sur le comptoir. Quand tu gâches des vies, ton karma en prend un coup. Et il t'arrive des bricoles.

J'enfile le gilet. Le col sent son parfum. Une odeur capiteuse.

— Beaucoup de gens finissent par mourir de la façon dont ils ont vécu, poursuit ma nièce. (C'est ce que je dis depuis le début de ma carrière !) Dès la première minute, cette Gwen ne m'a pas plu. Elle était arrogante, totalement égocentrique. Et il était évident qu'elle cachait des choses. On ne voyait que la partie émergée de l'iceberg.

Lucy branche l'alarme, ouvre la porte et se tourne vers Merlin.

— Si tu restais dans la maison, bien au chaud, comme un bon garçon ? (J'espère effectivement qu'il ne va pas nous suivre.)

Je sors sur le perron. Merlin n'est pas un chat d'intérieur. Il s'était débrouillé tout seul dehors après avoir été abandonné chaton, et cela laisse des traces. Et, un beau jour, il avait aperçu Janet et Desi sur un parking et avait foncé droit sur eux. Il n'allait pas laisser passer sa chance !

Quatre ans plus tard, le scottish fold est toujours un aventurier dans l'âme, en particulier la nuit. L'appel du large et des grands espaces est alors irrésistible. Si on l'empêche de sortir, il se met à miauler comme s'il était pris dans un piège à ours, et attention aux rideaux et aux tissus des fauteuils, car il n'hésitera pas à tout déchiqueter !

— Tu as raison, dis-je à Lucy alors que nous nous éloignons. En visitant sa maison, cette Gwen Hainey ne m'a pas fait bonne impression.

Je lui parle du papier soluble dans l'eau, des feutres. Selon moi, tout laisse penser que cette ingénieure versait dans des activités illicites. Peut-être même qu'elle avait débarqué à Old Town pour se faire oublier.

— Et par-dessus tout, je crois qu'elle voulait être au plus près de Thor Laboratories, ajouté-je en allumant la lampe de mon téléphone.

Où est passé ce satané collier ?

13.

Lucy s'arrête soudain, le nez rivé sur son téléphone, dont la lueur bleutée de l'écran éclaire son visage pâle.

— À moins d'un bug avec l'appli, on a un problème, annonce-t-elle.

Tandis que je scrute les fourrés de part et d'autre de l'allée, elle m'explique qu'elle ne reçoit pas le signal du collier. Des lambeaux de brume flottent dans l'air, l'eau ruisselle des arbres, comme dans ces vieux films d'horreur dont nous avons parlé plus tôt.

— Qu'est-ce que ce chat a fichu ? s'agace Lucy, son souffle formant un panache blanc dans la nuit.

Elle me montre son téléphone et je lis : *Appareil non détecté*.

— Je ne reçois que le signal du nouveau collier. Si l'ancien traîne dehors, l'appli devrait le repérer aussi !

— Il est peut-être hors de portée ?

Parfois, son chat aux oreilles couchées s'aventure à plusieurs centaines de mètres, intéressé par les mangeoires à oiseaux dans les autres jardins.

— Merlin l'a peut-être perdu chez un voisin.

— Ou alors il y a un problème. Il est peut-être endommagé.

Le vent devient plus cinglant alors que nous dépassons le garage. Encore une fois, je me sens observée. À plusieurs reprises, je me retourne.

— J'ignore ce qui est arrivé à cette femme, mais elle agissait comme si quelqu'un était à sa recherche, poursuit Lucy. Quand on était chez elle – une dizaine de jours après son emménagement –, ses affaires n'étaient pas encore arrivées.

— Et elles ne le sont toujours pas, à en croire ce que j'ai vu ce soir. J'ai l'impression qu'avec sa paranoïa et son goût du secret, elle avait une double vie. Et je suis prête à parier que nous allons lui découvrir un autre domicile.

— Je suis d'accord. Où sont ses affaires ? (Lucy éclaire les alentours avec sa lampe. Aucune trace du collier.) Pas à Boston, ni ici. Et rien n'est au garde-meuble, à en croire Jinx Slater, son ex. Du moins pas à sa connaissance. Il dit aussi qu'elle est plutôt dépensière.

— Tu lui as parlé ?

— Pas moi. Benton. Vers midi aujourd'hui.

— Comment c'est possible ? La police a été alertée de sa disparition des heures plus tard. J'ai encore raté un truc ?

— Benton t'expliquera. Slater affirme qu'elle transmettait des informations sensibles, vendait des technologies protégées. Autrement dit, elle versait dans l'espionnage industriel. Et cela ne m'étonne pas.

Cela a commencé dès sa sortie du MIT. D'un coup, elle a remboursé ses dettes, dont un gros prêt étudiant. Et a quasiment cessé de se servir de cartes bancaires. C'était peu après sa rencontre avec Jinx Slater, et pendant des années elle a réussi à le berner.

— Elle vivait largement au-dessus de ses moyens. Rien n'était jamais assez beau, résume Lucy alors que nous approchons de la maison principale. Une étudiante talentueuse, futée, aimant le luxe et l'argent et d'une ambition sans limite – un mélange fatal. Ses comptes étant dans le rouge, elle a choisi de vendre son âme au diable.

Après le MIT, elle changeait de société tous les ans, au dire de Slater. Elle restait dans un service juste le temps d'en comprendre les rouages.

— Puis elle partait ailleurs parfaire son initiation. Slater a commencé à croire qu'elle voyait quelqu'un en cachette.

— Un amant ? Un contact pour ses trafics ? demandé-je en ouvrant la porte d'entrée.

— Les deux, mon colonel ! C'est ce que suppose son ex. Et lorsqu'il a exigé des réponses en juillet dernier, elle a mis les voiles et a commencé à raconter des mensonges sur lui.

— Où elle était depuis juillet, avant de venir ici ?

— Dans une location à Boston.

L'alarme est coupée quand nous entrons dans le vestibule. En arrière-plan, j'entends encore la télévision et des chants de Noël. Personne. Benton est sans doute monté à l'étage se changer. Ou alors, il est avec Dorothy dans la cuisine.

— Je ne comprends pas, poursuis-je. Elle n'a pas de voiture. Comment se déplaçait-elle ? (Je prends le blouson de Lucy et l'accroche avec mon gilet d'emprunt à la patère.) Quelqu'un jouait le chauffeur ?

— Très bonne question. Et je m'interroge également sur son ex. (Nous traversons le salon.) D'après ce qu'a dit Benton, il est encore accro à elle.

— Il l'espionne ou il l'a juste emmenée de Boston ? Ils sont encore ensemble ou pas ?

— Tout ce que je sais, c'est qu'il a tenté de la recontacter.

— Ah oui ?

— Par les fadettes de la compagnie de téléphone.

Comment Lucy a-t-elle eu accès à ces documents ? Joue-t-elle à nouveau les hackeuses ? Elle ou bien Janet ? En même temps, dans le monde de l'open source, tout est à disposition.

— Il lui a passé des coups de fil, envoyé des SMS, précise Lucy. Et apparemment, elle l'a bloqué.

— Elle n'a pas changé de numéro ?

— Non, et si son ex était une telle nuisance pour elle, ça ne tient pas debout.

Je m'arrête devant le téléviseur. À l'écran, je me vois marcher tête baissée, comme une coupable, pour échapper aux caméras de Dana Diletti. Et j'ai l'air pitoyable avec mes cheveux dégoulinants. Je passe sous les rubalises jaunes, trempée, sans manteau, et fonce vers l'entrée de la maison. Le pire, c'est la légende sous l'image :

Le Dr Scarpetta, chef de la médico-légale de Virginie, évitant les journalistes sur la scène de crime…

— Ce meurtre excite les médias. Et cela ne fait que commencer, déclare Lucy.

Elle ramasse deux boules de Noël tombées du sapin – un sapin artificiel, énorme, surchargé de décorations et de LEDs, avec des babioles et des figurines en tout genre. Une décoration criarde qui n'est pas de notre goût, ni à Benton ni à moi, et qui n'évoque en rien notre enfance.

Comme cet ange rococo doré trônant au sommet. Ou les paquets cadeaux au pied de l'arbre, aussi faux et clinquants que tout le reste. Si on nous avait laissé le choix, nous aurions choisi un vrai Nordmann ou un épicéa que nous aurions pu ensuite replanter dans le jardin.

Mais Marino et Dorothy n'ont rien voulu entendre. Ils ont décidé de passer Noël ici avec nous et se sont autoproclamés responsables des festivités et de la « décoration intérieure », comme le déclare pompeusement Dorothy. Je n'ai rien dit. Il y a d'autres combats à mener.

— J'ai surpris Merlin ce matin au pied du sapin. Et il semblait très intéressé, dis-je pendant que Lucy raccroche ces trucs à leurs branches de plastique. Je ne l'accuse en rien, bien sûr.

En vérité, je l'ai vu plus d'une fois bondir et faire voler boules et autres breloques aux quatre coins de la pièce.

Dans la salle à manger, le lustre et les vasques d'albâtre diffusent une lumière chaude, les fenêtres à meneaux sont occultées par de lourdes tentures.

Nous suivons le martèlement d'un couteau qui résonne dans la cuisine. La pièce est en brique nue, avec de grosses poutres et une ancienne cheminée. Benton s'active sur le billot, préparant un plateau de fromage. Aucun signe de ma sœur.

Il a retiré sa veste, sa cravate et ses boutons de manchette. Ses manches de chemise sont remontées avec soin sur ses avant-bras. Il a enfilé le tablier Tissage de l'Ouest que je lui ai rapporté de mon dernier séjour en France. Il s'essuie les mains sur le torchon assorti, puis dispose des crackers dans un panier tapissé d'une serviette.

— Désolée d'avoir été si longue. (J'ai hâte d'aller prendre une douche pour oublier cette sale journée.) Alors comme ça Gwen Hainey vendait nos inventions aux Russes ou à Dieu sait qui ?

— Je n'ose imaginer les dégâts qu'elle a causés, renchérit Lucy en piochant un cracker.

— C'est à cause de gens comme elle que le pays subit tant de cyberattaques, ajoute Benton en ouvrant un bocal de poivrons rouges marinés. Il suffit de quelques personnes malveillantes pour faire s'écrouler le château de cartes.

— J'ai raconté à tante Kay ta conversation avec Jinx Slater, annonce Lucy en goûtant cette fois un morceau de provolone. Dommage qu'il ne soit pas venu te parler plus tôt.

— Depuis quand Gwen Hainey ou lui étaient surveillés par le Secret Service ? (Je goûte à mon tour le fromage. Je meurs de faim !)

— Nous avons entendu parler d'elle seulement ce matin. C'est pour cela que j'ai dû me rendre au QG. Un scientifique de Thor nous a contactés, un gars prêté par la NASA. C'est le directeur du labo où travaillait Gwen Hainey.

Il devait avoir une réunion importante avec elle et le Département de la Défense à 9 heures, et elle ne s'était pas montrée.

— Elle ne répondait pas aux appels et sa boîte mail était pleine, poursuit Benton en décorant le plateau de mini-carottes.

— Elle travaillait sur quoi à Thor ?

— Un programme top-secret. Sur des cellules-souches et l'impression 3D d'organes humains. Depuis son arrivée, voilà six semaines, certains de ses collègues la trouvaient bizarre, m'explique Benton en se lavant les mains à l'évier. Et pour couronner le tout, elle était injoignable ce matin. Alors le directeur du labo nous a prévenus.

— Et Slater ? Il est venu tout seul toquer à votre porte ? lancé-je en allumant le four.

— Non. C'est moi qui suis allé le voir.

— Benton est au courant de notre visite chez Gwen, intervient Lucy. Je lui ai dit ce qu'elle nous a raconté. (Elle se juche sur un tabouret du bar alors que j'ouvre le réfrigérateur.) Où est maman ?

— Elle a eu un souci avec son costume, répond mon mari alors que je sors le pain à l'ail enveloppé de papier aluminium. Elle est montée réparer ça et doit maintenant être occupée à répondre aux messages sur ses réseaux sociaux. Mais elle finira bien par réapparaître.

— Ce pain va dans le four, annoncé-je. Faites-le préchauffer un quart d'heure. Je vais prendre une douche et me changer, mais avant je vais aller chercher le vin idéal pour l'occasion. Comme ça, il aura le temps de s'aérer.

Pour bien terminer cette journée, je sais exactement ce qu'il nous faut. Je traverse la buanderie et ouvre la porte menant à la cave. J'allume la lumière de l'escalier et m'accroche à la rampe. Mes pas résonnent sur les vieilles marches de bois, l'air est humide et sent le renfermé.

Le plafond est bas, les murs en pierre brute. L'endroit déborde de cartons et de caisses. Il nous reste tant d'affaires à déballer. C'en est déprimant. Il y a aussi des outils, des meubles et tout un bric-à-brac que nous n'avons toujours pas trié.

J'allume une autre lampe qui repousse à peine les ténèbres. Alors que je passe devant la porte donnant dehors, je sursaute quand la chatière s'ouvre brusquement sur Merlin doté de son collier rouge Ferrari. Ben voyons ! L'affreux nous a suivies !

— J'ai encore frôlé la crise cardiaque ! Comment tu savais que j'étais là ? (Je me penche pour caresser le matou qui se met aussitôt à ronronner.) Au moins, tu as gardé ton collier. Mais j'aurais préféré que tu restes chez ta maîtresse.

Il me suit jusqu'à la cave à vin qui n'est rien d'autre qu'un vieux réfrigérateur que j'ai réglé sur 13 °C. J'ai recouvert les étagères de mousse pour protéger les bouteilles, chacune ayant son histoire. En ouvrant la porte, je reçois une bouffée d'air frais.

— Bien sûr, tu es le bienvenu à la fête, précisé-je au chat qui se frotte contre mes jambes. Toi comme moi, on ne veut plus la voir aussi triste. (Je contemple ma petite collection, qui est en *terra interdicta* – même pour Benton.)

Personne n'a le droit de toucher à ces bouteilles que j'ai rassemblées au fil des ans. Il en reste quinze, du rouge pour la plupart. Je sors un bordeaux Premier Grand Cru Classé de 1996 que j'ai rapporté de France le mois dernier – offert par la secrétaire générale d'Interpol. Je suis sûre qu'il sera magnifique.

J'éteins la lumière et retourne vers l'escalier. Je sens passer un courant d'air froid. J'ai l'impression de traverser un nuage glacé. Soudain, Merlin fonce devant moi. Des ombres bougent, et j'aperçois une forme du coin de l'œil au moment où il grogne. Il bondit, griffant l'air de ses pattes alors qu'il n'y a rien, comme s'il attaquait un spectre. Ce chat a parfois des petits accès de folie...

Puis il grimpe l'escalier à toute allure, et je le retrouve dans la cuisine. Dorothy est enfin de retour avec sa tenue de Grinch. Elle m'explique qu'elle a perdu une clochette et que, voulant la rattacher, elle a dû fureter dans ma salle de bains à la recherche d'un fil et d'une aiguille. Elle n'a pas hésité à ouvrir tous les tiroirs, tous les placards.

— À un moment, j'ai pensé fouiller dans ta caisse de terrain, ajoute-t-elle alors que je pose le vin sur le comptoir. (Benton hoche la tête, impressionné par l'étiquette.) Du fil chirurgical au pire pouvait faire l'affaire. Mais j'ai trouvé mon bonheur, un petit nécessaire de couture dans ta trousse de maquillage.

— Heureusement que tu n'as rien pris dans ma caisse ! dis-je en retirant la collerette en aluminium du goulot. (Je constate avec satisfaction que le bouchon est encore humide.) Ce serait extrêmement problématique s'il me manquait du matériel une fois sur les lieux. (Une façon aimable de lui ordonner de ne rien toucher.)

Avec l'aide de Lucy, Dorothy prépare des serviettes en papier et des petites assiettes. Benton s'occupe des verres tandis que j'ouvre la bouteille. Le bouchon sort du goulot avec un *pop !* bien agréable à l'oreille. Je l'approche de mon nez pour savourer les riches arômes.

— Normalement, ce devrait être une merveille. Je croise les doigts ! (J'en verse un peu dans un verre.) En particulier quand il se sera oxygéné. Tu veux le goûter ? demandé-je à Benton.

— À toi l'honneur.

Je remue le vin, admire sa robe grenat et hume à nouveau ses parfums.

— Le temps que je sorte de ma douche, il sera parfait.

Je prends une gorgée. Fais rouler le vin sur ma langue avec un filet d'air comme un sommelier savourant son terroir. Il y a de la mûre, des fleurs, une belle minéralité. Benton m'observe… Lucy aussi.

— Qu'est-ce qui se passe ? bredouillé-je. (Le sol tangue sous moi.) Je ne me sens pas bien… pas bien du tout… (Je repose le verre maladroitement, manquant de le renverser.) Le vin… il y a quelque chose dans le vin !

— Tante Kay ? (La voix de Lucy paraît si lointaine.) Qu'est-ce que tu as ?

— Kay ! s'écrie Benton alors que je suffoque.

— Ma caisse… dans ma caisse…

Je manque d'air. Ma vue se brouille.

14.

Les coups de tonnerre retentissent, le vent mugit comme une bête blessée. La pluie martèle le toit au-dessus de moi, des hallebardes furieuses qui veulent tout déchiqueter.

Les chiffres rouges de l'horloge flottent et défilent dans l'obscurité, tantôt rapides, tantôt lents... parfois aveuglants, parfois diaphanes.

... 8 h 37...

... 8 h 38...

Où suis-je ? Est-ce le printemps ou l'été ? L'hiver ou l'automne ?

Pourquoi ai-je l'impression d'être morte ?

J'ai été renversée par un camion, c'est ça ? Comment puis-je voir encore alors que j'ai les yeux fermés ?

... 8 h 40...

... 8 h 41...

Qu'ai-je fait ?

... 8 h 42...

... 8 h 43...

Qu'est-ce qui m'est arrivé ?

Le cadran ondule dans l'air, s'approche en menaçant, se met à vrombir comme une scie chirurgicale traversant un crâne. De l'eau cascade dans un évier en inox, du sang ruisselle d'un brancard. Une odeur d'os brûlés plane dans l'air. Elle est partout. S'insinue en moi.

Puis tout disparaît… Il ne reste que le vacarme de la pluie… le vent hurlant comme une horde de fantômes venant m'emporter… et une image nimbe mes pensées, s'accroche telle une nappe de brouillard… le bordeaux… Les images me reviennent. Je le hume, l'agite dans mon verre, le goûte… puis le vertige.

Quelle idiote ! continue la petite voix dans ma tête.

Je suis dans la chambre à l'étage, sous les couvertures. Ça cogne dans ma tête. J'ai mal partout. Il faut que je me lève. J'aurais dû le faire depuis des heures. Derrière les lames des volets, des éclairs illuminent les trombes d'eau. Je me souviens du déluge quand Marino m'a fait monter dans son gros pick-up.

On doit être mardi matin, le dernier jour de novembre… Ma voiture est toujours au parking de l'IML… j'ai raté la réunion… Je ne ferai pas mon rapport de 9 heures… Il y a tant de choses à vérifier dans les labos… sans compter toutes les affaires qui ont pu tomber dans la nuit… Et Maggie, sait-elle où je suis ?

— Comment tu te sens ? murmure une autre voix.

Benton apparaît assis sur mon lit, une présence douce et rassurante.

Il dépose un baiser sur mon front. Il est en pull et pantalon de toile et porte son bracelet fitness. Ainsi que sa montre mécanique à aiguilles lumineuses. À l'évidence, il est debout depuis un moment.

— Ça va mieux ? (Je sens l'odeur de son après-rasage, et l'arôme du café dans son haleine.)

— Mieux que je ne le mérite.

Je me redresse, heureuse d'être vivante et en même temps furieuse contre moi.

Tu aurais dû faire attention !

— L'important, c'est que tu ailles bien. Tout le monde est soulagé. Moi le premier, répond Benton. Du café ?

Je secoue la tête.

Tu aurais pu tuer quelqu'un !

— Merci. Un peu plus tard, peut-être. (J'ai la langue sèche comme du papier.) Tu as de l'eau ?

Il prend la bouteille sur la table de nuit et l'ouvre. Les souvenirs me reviennent par bribes. Je ressens de la honte, de l'inquiétude, de la colère aussi. C'est le contrecoup. Mon organisme est encore shooté. Je m'en veux tellement de leur avoir posé tant de problèmes.

— Tu peux remercier ta caisse de terrain. Et d'avoir eu cette présence d'esprit. (Le visage de Benton est dans l'ombre, ses dents luisent d'un blanc laiteux.)

C'est un pur hasard si je lui ai indiqué que je devais remettre du Narcan dans la caisse que j'avais rapportée du travail. Il n'a pas perdu de temps. Il savait quoi chercher, me dit-il. Et oui, c'était stupide de donner toutes mes doses à l'agent Fruge. Heureusement qu'il y en avait dans l'autre caisse !

— Les astres étaient bien alignés, conclut Benton en me caressant le bras. Et tu vas bien. Tu es comme neuve.

— Ce n'est pas l'impression que j'ai. (J'avale encore quelques gorgées d'eau.)

— Et moi, je ne me suis jamais senti aussi impuissant. Si le Narcan n'avait pas marché… Je n'aurais rien pu faire.

— Tout le monde va bien ? Lucy ? Dorothy ?

D'un coup, je suis prise de panique en me souvenant de leurs regards interloqués.

— Oui. J'ai veillé à ce que personne ne touche au vin.

Sage précaution. Car il n'y avait que deux doses dans la caisse à l'étage. Et la drogue était si puissante qu'il a fallu utiliser les deux. Et encore, c'était un peu juste, m'explique mon mari. Je ne me souviens pas qu'il m'ait administré le spray nasal, pas plus que Marino a rapporté de chez lui des doses supplémentaires. Et que Benton m'en a donné une troisième, un peu plus tard.

Il a surveillé mes constantes toute la nuit, suivant mes instructions. Et là encore, un grand blanc a investi ma mémoire. Heureusement que je n'ai pas fait goûter le vin à tout le monde ! À son retour, Marino nous aurait trouvés tous morts. Et si, en attendant les secours, il s'était laissé tenter par une lampée de bordeaux, il serait mort aussi.

— Je ne me sens vraiment pas bien, dis-je.

J'ai l'impression d'avoir le crâne serré dans un étau. Mon cœur tambourine dans ma poitrine, mes pensées vont et viennent, m'emportent dans leur flot tumultueux, le sol tangue et roule, mon estomac se soulève.

— Tu veux un Advil ? me propose Benton en replaçant les oreillers derrière moi.

— Pas tout de suite.

Je me masse les tempes, prends de grandes inspirations. Je suis épuisée. Et le sommeil ne peut réparer ça.

— Et si je t'apportais un toast ?

Il prend ma main et m'aide à me redresser.

— C'est trop tôt pour avaler quoi que ce soit.

— Une douche te fera du bien. Mais chaque chose en son temps.

Des images défilent en une succession psychédélique. Ma main qui repose brutalement le verre sur le comptoir, manquant de le briser… Mes jambes qui vacillent… moi qui articule : « Je ne me sens pas bien… pas bien du tout. Le vin… il y a quelque chose dans le vin ! » La pièce qui tourne… je demande à Benton d'aller chercher ma caisse à l'étage… Mais c'est Lucy qui y va…

Il m'allonge sur le sol… Tout devient noir… puis Marino est là, prend les choses en main. Il porte des gants, un masque, et récupère le verre, la bouteille, le bouchon, et tout le reste. J'entends sa grosse voix, avec son accent du New Jersey. Il est au téléphone, réveille Rex Bonetta, mon chef du labo toxicologie, et lui annonce la nouvelle : quelqu'un a tenté d'empoisonner la directrice de la médico-légale !

Je suis assise par terre, adossée au mur. Marino marche de long en large, en pleine conversation. Il aboie ses ordres, précise qu'il est le nouveau consultant de l'IML. Il va passer directement chez Bonetta pour lui remettre en mains propres les indices – et pas un mot à personne !

Cette affaire est hautement confidentielle, il y aura une enquête au niveau international, promet-il, et dans sa bouche ça sonne carrément comme une menace. Pendant qu'il ramasse ses sacs en papier kraft scellés d'un scotch rouge, il me réprimande à nouveau. Dorothy s'y met aussi. Ils tirent à boulets rouges ! Comment ai-je pu accepter un tel cadeau ? Une chose consommable, donc susceptible d'être trafiquée ! Je vis encore au pays des Bisounours ou quoi ? Même si c'était le Président ou le pape qui m'avait offert cette bouteille, je reste d'une naïveté indécrottable !

C'est injuste, car je suis une victime collatérale ; cette bouteille frelatée avec un opioïde était sans doute destinée à occire la secrétaire générale d'Interpol.

Du moins je suppose que c'était un opioïde puisque l'antidote a fonctionné. Deux doses de naxolone et l'effet a été inversé. Mais de quelle substance s'agit-il exactement, mystère !

— Et si cette bouteille n'est pas la seule à avoir été empoisonnée ? bredouillé-je en réprimant un nouveau haut-le-cœur.

— On va vérifier tout ça, ne t'inquiète pas, me rassure Benton.

J'étais à Lyon fin octobre. Un mois, c'est une éternité si d'autres bouteilles ont été transformées en bombes à retardement. Il peut y avoir eu déjà des morts aux quatre coins de la planète.

— L'urgence, pour l'instant, c'est que tu te rétablisses, insiste-t-il. Il faut que tu manges quelque chose. C'est le meilleur remède. Nous allons trouver qui est responsable, je te le promets. Si tant est qu'il y ait un coupable, et qu'il s'agisse d'un acte délibéré.

— Parce que tu vois une autre explication, toi ? réponds-je sèchement. (J'ai les nerfs à fleur de peau et j'en suis la première surprise.)

— Une réaction allergique à des tannins ou à autre chose ? avance-t-il d'une voix posée.

— Possible. Mais ce n'est pas le cas ici.

Les symptômes auraient été différents. Un choc anaphylactique aurait obstrué mes voies aériennes. Et il m'aurait fallu de l'épinéphrine. Pas de la naxolone.

C'est bizarre, mais j'ai une impression de déjà-vu.

— Un EpiPen n'aurait servi à rien, reprends-je. J'ai tout de suite compris que j'avais affaire à un produit qui provoquait une insuffisance respiratoire et que j'allais tomber dans les pommes.

— Tu sais que tu m'as déjà expliqué tout ça hier soir quand je t'ai mise au lit ?

— La mémoire ne m'est pas entièrement revenue, figure-toi ! réponds-je encore une fois avec agacement. (J'aimerais pourtant mieux me maîtriser.) J'ai oublié un tas de choses. Il y a de gros trous et j'espère que c'est temporaire. (Je prends une longue inspiration.) Pardon, Benton. D'avoir rapporté ce vin à la maison. De l'avoir ouvert. Et pardon aussi pour mon humeur de chien. Pardon pour tout.

— Tu n'y es pour rien. Alors arrête ça. La bonne nouvelle, c'est que tu as peut-être sauvé la vie de Gabi. (C'est comme ça qu'il appelle Gabriella Honoré.) Et celle de ses proches.

— N'empêche que j'ai été imprudente. Une belle bourde.

— C'est le branle-bas de combat à Lyon, m'explique Benton qui a eu la secrétaire générale au téléphone ce matin. Tout le monde est sur le pont.

La bouteille était un cadeau du chef de la police belge, en qui Gabriella a toute confiance. Il est au courant que des invités de marque arrivent à Interpol avec des bons vins, de l'alcool, du fromage, du caviar. On est en France, après tout.

Bonne dégustation, Kay. Vous trinquerez à ma santé.

C'étaient les paroles exactes de la secrétaire générale quand elle m'avait offert cette bouteille encore dans son sac cadeau, avec l'étiquette d'un caviste renommé de Bruxelles.

Nous déjeunions dans son bureau d'angle, qui donne sur les toits en tuiles canal et le pont Winston Churchill. Le QG d'Interpol est un bâtiment de métal et de verre qui se dresse en bordure du parc de la Tête d'or telle une base spatiale futuriste. Ce jour-là, les arbres avec leur feuillage d'automne étaient magnifiques sous le bleu du ciel.

— *De l'espace à six pieds sous terre !* avait déclaré Gabriella en français, pour me rappeler l'ampleur du danger que représentaient les nouvelles technologies.

Et ce ne sont pas les scénarios catastrophes qui manquent ! Il nous faut tout envisager. Bien sûr, il ne faudrait pas que des psychopathes mettent la main sur des armes nucléaires. Mais la menace peut aussi être invisible. Il y a le poison, les virus, les cyberattaques. Tout peut être une cible, même les satellites et les stations spatiales.

— Les bonnes actions comme les mauvaises toucheront les gens où qu'ils soient, sur terre comme au ciel, avait repris la secrétaire générale avec emphase, en ouvrant une bouteille de chablis avant d'ajouter, alternant l'anglais avec le français : La lune, Mars et au-delà… *le mal ne connaît pas de limite.* Partout les hommes peuvent commettre des abominations.

Puis elle avait reporté son attention sur le vin qu'elle nous servait. Mais pas question d'oublier les plaisirs de la vie, avait-elle plaisanté avec son sourire désarmant. Le chablis était sec, avec une note citronnée qui se mariait à merveille avec les huîtres.

Ensuite, nous avions eu des quenelles de brochet sauce Nantua, une spécialité de Lyon, en dissertant sur la chimie du vin et la complexité des bourgognes blancs.

— Je dois toutefois avouer que j'ai un faible pour les bordeaux rouges, tels que les Pauillac, les Margaux. Je pense que vous, comme Benton et Lucy, apprécierez ce 1996. *C'est un millésime exceptionnel.*

Elle n'avait pas cherché à dissimuler sa provenance. C'était effectivement une très bonne année, mais également un cadeau de seconde main. Elle, la cheffe du plus grand service de police au monde, voulait me montrer son amitié et sa reconnaissance. Et aussi sa compassion pour le drame qu'avait vécu ma nièce. Elle espérait que boire ce grand vin serait une fête pour nous tous.

Quelle ironie ! Pauvre Gabriella ! Elle doit être mortifiée à l'heure qu'il est, parce qu'elle a failli semer la mort dans ma famille. Reste cependant une grande question : qui a trafiqué ce bordeaux ?

15.

— Comment est-ce arrivé et qui était visé ? s'interroge Benton. Sans doute Gabi, non ?

Mon mari n'était pas avec moi à Lyon. Trop occupé à déjouer le dernier complot terroriste, il n'avait pu représenter les États-Unis au premier colloque international de la Commission Apocalypse. À mon grand regret, j'avais fait le voyage toute seule. Une fois encore.

— Gabi est la première femme à la tête d'Interpol et les violations des droits humains sont son cheval de bataille, reprend Benton. Poutine est son premier suspect. Inutile de rappeler que l'empoisonnement est la spécialité de Moscou.

— Les relations avec la Chine ne sont pas au beau fixe non plus. L'ancien président d'Interpol était chinois. Et d'un coup il a fui la France et a été arrêté depuis. Ça a fait les choux gras de la presse.

— Je suis d'accord avec toi, conclut-il alors que je pose ma tête contre son épaule. Il est très peu probable que ce vin t'était destiné, à toi ou quiconque de tes proches, y compris moi.

Celui qui a mis le poison dans ce grand cru ne pouvait pas savoir que Gabi allait le donner à quelqu'un. Et il est difficile de croire que le chef de la police belge soit derrière tout ça. Ce serait trop simple, trop évident.

— N'empêche qu'il va être interrogé, et probablement être sanctionné par sa hiérarchie. (Benton se lève et pose une nouvelle bouteille d'eau sur ma table de chevet.) Sans compter que sa réputation va en prendre un coup si cette affaire sort. On va se poser des questions, avoir de sérieux doutes à son sujet.

— C'était peut-être lui la cible ? Ou bien le caviste de Bruxelles, va savoir !

— Oui, on ne sait pas grand-chose. Et sans preuve, on ne peut même pas affirmer qu'il s'agit d'une tentative de meurtre.

— En tout cas, l'auteur se fichait bien des victimes collatérales – maris, femmes, enfants, n'importe qui pouvait y passer. Ça fait froid dans le dos !

— C'est évident.

Benton se lève, passe devant la vieille cheminée et se dirige vers la fenêtre. Il ouvre les volets pour laisser entrer la lumière de l'aube.

— Si on veut savoir qui était visé, il nous faut découvrir à quel moment la bouteille a été trafiquée. Et avec quoi.

— Absolument. Je vais voir ça avec le labo, dès que j'aurai les idées claires.

De mon lit, j'aperçois derrière les carreaux les arbres vénérables agités par le vent, le ciel gris et moutonneux au-dessus du Potomac. Le dernier bulletin météo prévoyait des averses et l'arrivée d'une nouvelle dépression. Celle-ci pourrait apporter des pluies verglaçantes et donc des coupures de courant.

Durant les tempêtes, les gens se terrent chez eux et s'inquiètent pour des chutes d'arbres sur leurs toits. Rues et allées sont inondées, la police est débordée avec les AVP et autres incidents générés par le mauvais temps. Les agents n'ont guère envie de faire des patrouilles sous les trombes d'eau. Et Fruge était occupée à gérer ses deux drogués vendredi soir.

Par mauvais temps, les caméras de surveillance au sol sont moins efficaces. Et totalement inopérantes en orbite. Tous ces facteurs offraient les conditions idéales pour l'assassin de Gwen Hainey… À nouveau, je sombre dans cet abîme de ténèbres tandis que Benton ne pense qu'à ce vin qui a failli me tuer.

— Il faut faire la liste de ceux qui ont pu s'approcher de cette bouteille, lance-t-il en s'arrêtant devant sa commode.

Et soudain ça me frappe : Benton est en col roulé et pantalon cargo noirs. Et il a ses rangers. Il a l'air de sortir d'une revue de détail. Il récupère son 9 mm, un Sig Sauer, comme le mien.

— Revoyons tous les maillons de la chaîne. Gabriella t'a donné le vin au siège d'Interpol. (Il glisse le pistolet dans un étui de poche qu'il coince sous sa ceinture.) Ensuite, tu l'as emporté directement à l'hôtel, où tu as passé plusieurs jours, c'est bien ça ?

Je revois le sol en tommettes, les poutres sculptées, les murs tendus de tissus. Je me souviens de l'odeur des bougies et des savons dans la chambre, et des fragrances du pot-pourri rouge sang.

— C'est exact. Et comme tu le sais, je suis pas mal sortie, pour des rendez-vous, des déjeuners et des dîners de travail. (On ne s'était quasiment pas téléphoné de la semaine, tellement on était tous les deux débordés.) Je n'ai pas beaucoup occupé ma chambre. Et la bouteille a séjourné dans son emballage, sur le dessus du coffre dans l'armoire.

— Autrement dit, à la portée de n'importe qui.

— Désolée. (Ça y est, le remords me retombe dessus !) Ensuite, la bouteille était dans ma valise pour le vol jusqu'à Londres.

Quelle horreur si, à mon tour, j'avais refourgué ce cadeau, ce vin empoisonné à quelqu'un ! J'avais dîné avec la directrice de Scotland Yard et passé la soirée chez elle, une soirée charmante. Heureusement que je ne lui ai pas offert ce grand cru.

— Comme tu le sais, je ne suis restée qu'une nuit à Londres et la bouteille n'est pas sortie de ma valise. Le lendemain, j'ai pris l'avion pour l'aéroport de Dulles.

— Ce qui fait encore d'autres possibilités. Et depuis ton retour, la bouteille est demeurée à la cave ?

— En termes de probabilité, c'est chez nous que quelqu'un a eu le plus d'occasions de toucher à cette bouteille. Mais ça ne tient pas debout. Même si des ouvriers sont venus pour les travaux.

En vérité, depuis mon retour de France, il n'y a pas eu tant de passages que ça. Surtout des dépanneurs pour réparer l'alarme et quelques policiers quand le système les appelait pour rien.

— Comment vivre dans cette suspicion continuelle ! fais-je en repoussant les couvertures. En plus des gens infectés par le coronavirus, maintenant il faut se méfier de ce que nous mangeons et buvons. Et de ceux que nous laissons entrer chez nous. Et sans cesse s'évertuer de démêler le vrai du faux !

— Celui qui a trafiqué ce vin n'est pas un vulgaire péquin. Cela a été préparé avec minutie. Cette personne s'y connaît.

J'ai un nouveau haut-le-cœur. J'ai l'impression que ma tête va éclater.

Comment as-tu pu te faire avoir ? Toi ?

C'est difficile d'être toujours sur ses gardes. Et j'avais la tête ailleurs, je le reconnais, lors de ce premier séminaire de la Commission Apocalypse. Je pensais au drame que vivait ma nièce. Je m'inquiétais pour elle.

J'avais tellement envie de réparer son cœur brisé, combler ce vide béant en elle, alléger son chagrin. Quand la secrétaire générale m'a offert ce bordeaux, j'ai aussitôt songé à l'anniversaire de Lucy qui approchait. J'imaginais sa surprise quand j'ouvrirais cette bouteille exceptionnelle pour accompagner son plat favori.

Plus précieux encore, je pensais au moment qu'on allait passer devant le feu toutes les deux – juste elle et moi (toute autre personne aurait été déclarée *non grata* !). On aurait parlé du bon vieux temps, et des jours heureux à venir. On aurait trinqué à l'avenir, et je lui aurais rappelé les chemins innombrables qui s'offrent à elle.

Ne jamais accepter de la nourriture ou une boisson d'un inconnu ! On ne t'a jamais dit ça ?

Sauf que Gabriella Honoré n'est pas une inconnue. Et la voix dans ma tête, ce n'est pas la mienne, mais celle de Marino. Il n'a pas arrêté de me faire la morale et des reproches, comme ma mère qui a toujours critiqué mes choix, jusqu'à mon métier. Un médecin pour les morts, parce que je n'étais pas fichue de m'occuper des vivants ! Voilà ce qu'elle pensait de moi.

— C'est peut-être l'occasion de rester tranquille à la maison, de travailler au lit par exemple, propose Benton. Tu dis toujours que tu as un tas de dossiers à lire. Profites-en. Pendant ce temps, je prépare le petit déj. Je sais exactement ce qu'il te faut.

— C'est trop tôt. Mon estomac n'est pas prêt. Et il faut que j'aille au bureau. Pour voir où ils en sont de l'identification du corps. La police doit prévenir la famille de Gwen Hainey. Même si sa mort est déjà annoncée partout.

— Le meurtre fait le buzz sur Internet, me confirme Benton, et tout le monde y va de sa petite théorie du complot.

Je pose mes pieds au sol et tente de me lever. Ça tangue. Benton se tient à proximité, prêt à me rattraper.

— C'est quoi ton programme aujourd'hui, à part me déposer à l'IML afin que je récupère ma voiture ? On croirait que tu es habillé pour partir en opé, lui dis-je en passant mon bras autour de sa taille. Ou alors que tu as décroché un rôle dans le prochain James Bond.

— Je ne me suis pas vraiment couché, répond-il tandis que j'essaie de marcher seule. J'ai mis une tenue confort, c'est tout. Et il n'est pas question que tu conduises. Pas avant un bon moment. Même si tu t'en crois capable. Comment tu te sens ?

— Ça va aller.

— Ce n'est pas ce que je te demande.

— J'ai connu des jours meilleurs, mais ça va. Qu'est-ce que tu as fait toute la nuit ?

Il élude la question, se contentant de dire qu'il a dû superviser tout le monde. Lucy épluche en ce moment les vidéos des caméras pour s'assurer que personne n'est entré dans la propriété à notre insu.

— Il y a des heures d'enregistrement. Je suis resté avec elle une bonne partie de la nuit.

Je me dirige vers la fenêtre, pieds nus, en blouse de malade. Je ne me rappelle pas l'avoir enfilée.

— Nous vérifions toutes les images, poursuit-il, y compris avant notre emménagement. Pour être certains que personne n'est venu repérer les lieux.

Je passe devant une glace où se reflètent les tableaux accrochés au mur opposé. Il fait trop sombre encore pour distinguer les détails du Miró et autres chefs-d'œuvre que je ne pourrais jamais m'offrir avec mon salaire de fonctionnaire. Tout ce qui est rare et cher ici ne vient pas de mon côté. Cette propriété en est un parfait exemple.

Comme la table basse Stickley, le canapé en cuir, la bibliothèque victorienne emplie de vieux volumes. La noble lignée de mon mari remonte aux Pères pèlerins de la Nouvelle-Angleterre. Alors que moi, je suis la descendante des premiers Italiens qui se sont installés à Miami après la Seconde Guerre mondiale.

Mon père avait une petite épicerie dans le quartier italo-cubain. Je n'ai eu aucune fortune en héritage, ni meubles anciens, ni œuvres d'art. Alors une chose est sûre : Benton Wesley ne m'a pas épousée pour mon argent !

— Quand nous sommes arrivés il y a un mois, j'ai mis toutes nos bonnes bouteilles à la cave, expliqué-je.

— Par acquit de conscience, Marino et moi sommes descendus au sous-sol, m'informe Benton en s'asseyant sur le lit. On s'est intéressés en particulier à l'endroit où tu stockes le vin. Histoire de s'assurer qu'il n'y avait eu aucune trace d'intrusion.

— Sauf qu'on ne sait pas ce qu'on doit chercher. Si un détail ne nous a pas frappés avant, il y a peu de chance qu'on le remarque aujourd'hui, si tant est qu'il y ait quelque chose à voir.

— C'est vrai.

— Si quelqu'un était entré par effraction dans la cave, on le saurait déjà, réponds-je en contemplant par la fenêtre le Wilson Bridge qui enjambe le Potomac, reliant la Virginie au Maryland.

16.

Ce matin, la couleur du fleuve est gris vert, comme un vieux vitrail. Saillant de la surface, je distingue l'enchevêtrement des poteaux de bois, vestiges des docks qui se trouvaient là il y a plusieurs siècles. J'imagine le capitaine qui a fait construire cette maison, accoudé à cette même fenêtre, regardant son bateau amarré au quai.

— Je peux descendre à la cuisine et te laisser toute seule ? Ou tu préfères que je reste là, le temps que tu prennes ta douche ? Si ça tourne trop, dis-le-moi, et je reste.

— Non, non, inutile. Ça va beaucoup mieux. (Je lui fais un bisou, heureuse qu'il prenne soin de moi.) Tu aurais dû épouser quelqu'un de plus facile à vivre. Je te l'ai répété cent fois.

— Mais ce serait d'un ennui mortel, lâche-t-il en quittant la pièce.

Le vieux plancher est doux et frais sous mes pieds tandis que je me dirige vers la salle de bains avec ses murs carrelés de faïence blanche, sa baignoire ancienne à pattes de lion et sa cabine de douche vitrée. Lorsque j'allume la lumière, je découvre mon visage dans la glace au-dessus du lavabo.

— Quelle horreur…

J'ai une tête de zombie, comme dirait ma sœur, et les cheveux en bataille. J'entends le téléphone de Benton sonner dans l'escalier. Puis, c'est au tour du mien. L'indicatif est le 202. Washington. Et les trois chiffres suivants : 538 – et ça, ce n'est pas bon du tout !

— Docteur Scarpetta, j'écoute, dis-je en mettant le haut-parleur.

— C'est Tron, me répond une voix familière.

Le diminutif de Sierra Patron, enquêtrice à la cellule cybersécurité du Secret Service, et membre de l'unité opérationnelle de la Commission Apocalypse. Elle n'appelle pas pour papoter. Ce n'est pas le genre. Je finis de mouiller un gant sous l'eau chaude, l'essore et la prie de m'excuser pour le bruit.

— Attendez une seconde.

Je ferme le robinet et m'assois sur le siège des toilettes pour passer le gant sur mes yeux. Impossible de lui dire que je me sens mal et encore moins pourquoi.

— Comment ça va, Tron ? Que se passe-t-il ?

— On vous attend à la Maison Blanche. Toute affaire cessante. (Pourquoi faut-il que ça tombe maintenant ? Alors que j'ai une gueule de bois carabinée.)

— Je suppose que Benton est aussi du voyage. Nos deux téléphones ont sonné en même temps. (Je retire le gant, et l'imbibe à nouveau d'eau chaude.)

— Exact.

— Tous les deux, c'est sûr ? Pas juste lui ?

Benton a raison. Je ne suis pas en mesure de conduire. Je ferme les yeux, presse le tissu-éponge sur mes paupières.

— Absolument. On a un problème, et c'est urgent.

À son ton, j'ai l'impression qu'elle sait que je suis dans un sale état. Tout à l'heure, je m'en voulais. Maintenant, je suis contrite ! Elle doit me prendre pour une irresponsable totale ! Il se trouve qu'on était toutes les deux à Lyon à cette réunion de la commission.

Mais Tron n'aurait jamais rapporté de France des cadeaux qui se mangent ou se boivent, et les aurait encore moins distribués à toute sa famille ! Elle n'est pas si gourde, elle.

— Je m'habille et saute dans la voiture, lui annoncé-je avec un peu trop d'entrain. (Je me lève, ouvre l'armoire à pharmacie.) Il y a des infos, des instructions particulières ?

Elle ne répond pas à ma question. L'experte en cybercriminalité ne veut rien me dire, et ma parano monte en flèche.

Bien sûr qu'elle sait !

En même temps, je m'affole peut-être pour rien. Hormis la famille, et bien sûr Rex Bonetta, que Marino a tiré de son lit en pleine nuit, personne n'est au courant. Et les secours n'ont pas été appelés.

Il n'y a eu aucun rapport de police, aucune fuite dans les médias, sinon Dana Diletti et consorts s'en seraient donné à cœur joie. Un frisson me traverse à cette pensée. Je me revois fuyant les caméras devant le domicile de Gwen Hainey. Quelle image pitoyable ! Et cela tourne en boucle sur toutes les chaînes.

Je prends quatre Advil et les avale en me regardant dans le miroir. Je ne suis pas sûre de pouvoir me rendre présentable. Au téléphone, Tron m'explique que les gardes ont déjà nos noms sur leur liste.

— Je vous attendrai à l'entrée ouest, indique-t-elle avant de raccrocher sans autre explication.

Benton est toujours au téléphone. Sa voix résonne dans l'escalier. Je ne distingue pas ses paroles, mais le fait qu'il soit encore en ligne en dit long. Il y a des échanges de renseignements et ce, avec lui seul. Puis le son s'éloigne et je ne l'entends plus. Il a dû entrer dans la cuisine. J'enlève ma blouse et la fourre dans le panier à linge.

Un nuage de vapeur m'enveloppe et les larmes coulent. Une fois sous la douche, tout me tombe dessus. Je ne voulais pas retourner en Virginie. J'ai été folle d'accepter ! Et j'ai entraîné tout le monde avec moi.

Ils sont venus sans même que je leur demande de me suivre. Mais ils ont tous répondu présent.

Où avais-je la tête ? Bien sûr, la route devant moi est plus courte que celle que j'ai parcourue, et il n'y a plus de marche arrière possible. Peut-être que lorsqu'on m'a proposé de redevenir cheffe de l'IML, je me suis pris à espérer un retour à la case départ, une remise à zéro, la possibilité de reprendre nos vies là où nous les avions laissées.

Ou alors était-ce simplement une fuite ? Parce que je ne voulais pas affronter la perte de Janet et Desi. Et voir ce que ma nièce endurait. La mort est la seule chose que je ne peux vaincre, quoi que je fasse, quoi que je veuille. Et en définitive, je n'ai rendu service à personne en revenant là où tout a commencé.

Ça fait à peine un mois que j'ai pris mes fonctions, et tout va déjà de travers. Et j'en suis la seule responsable. Il est temps que j'attrape le taureau par les cornes, que je cesse de me laisser porter par les événements en croisant les doigts pour ne blesser personne.

Tu es trop gentille.

Combien de fois Lucy m'a répété ça.

Tu dois leur montrer qui est le patron, tante Kay.

Rien ne changera si je m'inquiète de déplaire à tel ou tel. Et une colère sourde me gagne. Je sors de la douche, me sèche. Quand on tombe de cheval, il faut aussitôt remonter en selle !

Tout en enfilant mon peignoir, j'appelle le labo des analyses ADN. Je ne connais pas la standardiste qui répond d'une voix enjouée, comme si elle travaillait dans une onglerie :

— Candi à votre service !

Lorsque je donne mon nom, j'ai droit à un petit grognement d'assentiment. J'ajoute pour faire bonne mesure :

— Bonjour.

— Euh oui, bonjour. Qui demandez-vous ? (Une réponse totalement automatique.)

Techniquement, je ne suis pas sa supérieure directe. Mais le directeur du labo, lui, est sous mes ordres. Je pourrais lui attirer un tas d'ennuis si je voulais.

— Nous ne nous sommes pas encore rencontrées. Je suis le nouveau médecin chef de la médico-légale.

— Oui, oui, je sais. Je vous ai vue aux infos quand Dana Diletti a voulu vous interroger. Comment elle est en vrai ?

— Je voudrais parler au Dr Givens, s'il vous plaît.

— Il doit être occupé quelque part, répond-elle. (Je crois bien l'entendre bâiller.) Essayez de rappeler un peu plus tard.

— Candi ? dis-je en poussant un long soupir. (Rien de tel pour avoir l'attention de quelqu'un.) Je me fiche de savoir où il est et ce qu'il fait. Je veux l'avoir en ligne. Maintenant !

— Oh. Bien, madame. D'accord… Ne quittez pas.

Et dans la seconde, j'ai Clark Givens au bout du fil.

— Où on en est ? (Il sait très bien de quoi je parle.)

— On aura un résultat dans une petite heure, me répond-il tandis que je coupe une longueur de fil dentaire.

Je le prie de m'envoyer un SMS dès que l'identification de Gwen Hainey sera faite. Et de prévenir aussi August Ryan.

— August m'a appelé plusieurs fois déjà. Les médias sont hystériques ! Quand je suis arrivé tout à l'heure, il y avait un van de la télé dans la rue, et ils filmaient les employés qui sortaient de leurs voitures, les pourchassaient jusqu'à l'entrée de l'immeuble.

— Je sais déjà de qui il s'agit. (J'ouvre un tiroir et sors du gel coiffant.) Dana Diletti, n'est-ce pas ?

— Son producteur me harcèle au téléphone. Elle fait un gros reportage sur « Le Boucher de Daingerfield Island », comme elle a surnommé l'assassin de Gwen

Hainey. Et c'est sûr que ça va faire trembler dans les chaumières !

— Et nous compliquer le travail !

Je lui parle alors de cette Cammie Ramada qu'on a retrouvée sur les berges, morte dans le même parc que Gwen Hainey.

— C'était en avril, lui expliqué-je en passant le peigne dans mes cheveux humides. Et on a conclu à une noyade, une mort accidentelle donc. Mais l'agente de police que j'ai vue hier soir soutient que cette femme a été tuée. Apparemment, la gestion de ce dossier soulève pas mal de questions.

— Quelle agente ? s'enquiert-il, visiblement sur ses gardes.

— Blaise Fruge. (J'ouvre un placard et bien sûr tout est sens dessus dessous. Merci Dorothy !) Nous avons passé un moment ensemble au domicile de Gwen Hainey.

— Qu'est-ce que je peux faire pour vous, au juste ?

— Je voudrais avoir votre avis sur cette affaire, puisque vous travailliez déjà ici quand cette Cammie Ramada s'est mystérieusement noyée.

Je lui rappelle que j'étais encore dans le Massachusetts à l'époque. L'affaire n'a pas fait les gros titres, et je n'en ai jamais entendu parler. Je l'informe que l'inspecteur Ryan de la Park Police ne m'a pas parlé non plus de ce dossier. Et que j'espère bien ne pas me retrouver face à une omerta.

— À cause du tourisme. De l'économie locale, précisé-je. De la politique ou que sais-je encore ? Je veux être certaine que sa mort est sans aucun lien avec celle de Gwen Hainey.

Curieusement, il marque un silence.

— Pour que les choses soient bien claires, docteur Scarpetta, j'étais en vacances dans les Outer Banks quand le corps de Cammie Ramada a été retrouvé.

Son labo ne pratique que les analyses qu'on lui demande. Givens a parlé un peu à la police, lu leurs rapports. Rien de plus.

— Le FBI a ordonné que les prélèvements soient envoyés directement chez eux, à Quantico, indique-t-il.

Et les fédéraux vont tenter la même entourloupe avec moi, j'en suis sûre ! Mais je ne vais pas les laisser faire. Le corps de Gwen Hainey et tous les échantillons sont sous la garde de l'IML. Y compris le penny écrasé sur le rail comme les autres indices que j'ai collectés et que mes labos, en ce moment même, analysent.

— Nous étions pieds et poings liés, comme vous le savez si vous avez lu nos rapports, poursuit Givens. Une fois que le FBI y met son nez, c'est plié.

— Le souci, c'est que je n'ai pas encore lu vos rapports, réponds-je, en me battant avec mes cheveux dans le miroir. Jusqu'à hier soir, je n'avais jamais entendu parler de Cammie Ramada. Mais je compte bien me rattraper.

— Après que le FBI a tout récupéré, ç'a été silence radio. Le dossier a été classé.

Il m'explique que la scène de crime a été saccagée. Trop de marmitons dans la cuisine. Tout était contaminé.

— Je ne sais pas si vous connaissez notre ancien chef, poursuit Clark Givens. (Hélas, oui. Malheureusement !) Mais il venait rarement sur les lieux. Pour ne pas dire jamais.

— C'est ce qu'on m'a dit.

Je me retiens de lui confier ce que j'ai sur le cœur : Elvin Reddy est plus politicien que médecin. Il n'a ni intérêt ni passion pour le travail de médecin légiste, et encore moins pour les patients, qu'ils soient morts ou vivants. Il préfère les caméras et la compagnie des puissants plutôt que de parler aux familles des victimes qui viennent de perdre brutalement un être cher.

En revanche, quand je l'ai connu, il n'était pas le dernier à faire des blagues affreuses. Quoi de plus amusant que de demander à une nouvelle recrue d'ouvrir un sac mortuaire grouillant d'asticots ? Ou de faire des remarques salaces sur une morte : « Taillader une belle plante comme ça, quel dommage ! » J'en ai soupé de son humour lourdingue.

Il était du genre à garder des trophées – prothèses de hanches, implants mammaires –, jusqu'à ce que j'en sois informée. Inutile de dire que les conflits ont été légion durant mes années à Richmond, lorsqu'il était l'un de mes internes en pathologie médico-légale, le pire que j'ai eu sous mes ordres.

17.

— D'après ce qu'on m'a raconté, poursuit Givens, quand le Dr Reddy est arrivé sur les lieux, il a encore aggravé la situation. Les flics n'osaient rien lui dire, même s'il faisait d'énormes bourdes.

— Quel genre ?

— Ne pas porter de combinaison. Juste un masque, des gants. Et encore, il a fallu lui dire de les enfiler.

Clark Givens a vu des photographies où mon prédécesseur examinait le cadavre avec une lampe électrique – un pied de nez manifeste à toutes les procédures. Il se fichait de préserver l'intégrité du site.

— C'était aussi un bel imbroglio juridique, car cela s'était produit dans un parc national. Le pré carré des fédéraux ! Techniquement, sous la juridiction de la Park Police.

Mais Daingerfield Island se trouvait sur le territoire de la ville d'Alexandria, et donc sous l'autorité de la police locale. Quant au FBI, il pouvait aussi exiger de prendre l'affaire en main. Et pour couronner le tout, le corps de Cammie Ramada était en partie sur le sol de la Virginie, et en partie dans l'eau, donc dans le District de Columbia. Autrement dit, on avait affaire à un super cluster d'egos, comme dirait Marino.

— Comment voulez-vous travailler quand vous avez sur le dos la police fédérale des parcs nationaux, les flics locaux et le FBI ? continue Givens dans le haut-parleur de mon téléphone posé à côté du lavabo. Sans compter que le chef de la médico-légale et ses équipes étaient d'ores et déjà certains qu'il s'agissait d'un accident.

— C'est bizarre qu'Elvin Reddy se soit déplacé. Pourquoi il a fait ça ?

J'ouvre ma trousse de maquillage. Là aussi, Dorothy a mis un sacré bazar en cherchant le nécessaire de couture.

— Aucune idée. Tout ce que je peux dire, c'est qu'on a retrouvé partout son ADN. On l'a exclu des pièces, évidemment. C'est la fameuse contamination du site dont je parlais.

L'enquête n'est allée nulle part puisque mon prédécesseur avait déclaré la mort accidentelle.

— Les échantillons n'ont jamais été analysés, ni été entrés dans une base de données.

Un frisson me parcourt l'échine.

— Vous voulez dire que le FBI n'a pas passé l'ADN dans le fichier national ?

— Que je sache, non. Aucun prélèvement n'a fait l'objet d'une recherche.

— Pourquoi donc ?

Non seulement Elvin est négligent, mais totalement incompétent !

— On ne consulte pas le fichier des empreintes génétiques comme le bottin, réplique Givens.

L'ADN doit provenir d'un suspect, or il n'y a eu officiellement aucun crime. Les échantillons contaminés ne sont pas non plus recevables. Mais Givens comme moi, savons que ces garde-fous bureaucratiques peuvent être contournés, si on veut réellement que justice soit faite. Pour peu qu'on s'en donne la peine et que l'intérêt personnel ne prime pas.

— Un meurtre reste un meurtre, même si quelqu'un en décide autrement. (Face au miroir, je me refais une beauté. J'y vais doucement avec le fard à paupières, j'applique juste une ombre marron.) Si le Dr Reddy avait simplement déclaré que le décès était de cause inconnue, les indices auraient été analysés. Et nous n'aurions pas cette discussion ubuesque.

— Je suis bien d'accord.

— Bref, voilà ce que je voudrais, Clark. (Je pose un petit trait d'eye-liner.) Reprenez le dossier Cammie Ramada, et recommencez tout à zéro.

— À zéro ? Mais l'enquête est close.

— Plus maintenant. Je viens de la rouvrir. Voyez ce qui reste comme indices et prélèvements à l'IML. (Je tire mes cheveux en arrière pour voir le résultat. Ce n'est pas trop mal.) Analysez tout ce qui peut receler de l'ADN, en partant du principe que sa mort n'est peut-être pas accidentelle.

Je lui suggère de porter une attention particulière aux échantillons écouvillonnés à la surface de la peau, dans tous les orifices, sous les ongles...

— Comme aux vêtements qu'elle portait quand son cadavre a été découvert, ajouté-je en envoyant dans le même temps un texto à Lucy pour lui demander de fouiller le passé de Cammie Ramada.

— Elle avait encore tous ses vêtements quand on l'a retrouvée, m'explique Givens pendant que j'écris cette fois à Marino. Il ne semblait pas y avoir eu agression sexuelle.

Je le préviens que je passerai le voir en fin de journée. En attendant, qu'il fasse le maximum pour trouver ce qui est arrivé à cette femme en avril dernier.

— Elle portait des collants de jogging, des baskets, une veste à manches longues, se remémore Givens. Encore une fois, vous verrez tout ça sur les photos.

Lucy m'envoie un pouce levé. Elle se met sur le coup. Ou plus précisément, elle *et* Janet.

— Nous avons toujours les échantillons de ses habits, mais ils n'ont jamais été analysés.

— Qu'est-ce qui est parti au FBI ?

— Ils se sont servis. Je ne sais pas trop ce qu'ils ont pris. Mais le gros est encore ici.

— Avec votre équipe, mettez-vous au boulot sur-le-champ. Au moindre brin d'ADN inconnu, passez-le dans le fichier du FBI, et si vous ne trouvez aucune correspondance, essayez un test généalogique.

— Vous avez conscience que ces échantillons ne répondent pas aux critères exigés pour une telle recherche.

Un SMS arrive sur mon téléphone. C'est Marino.

`J'ai entendu parler du cas Ramada. Une affaire bizarre.`

— C'est à nous d'en juger. Pas au FBI.

Je sors de la salle de bains en emportant mon téléphone. Je demande à Givens de comparer les profils ADN – les inconnus comme les incomplets – avec ceux trouvés dans l'affaire Hainey. Et de faire ça au plus vite. S'il s'agit de deux homicides et que l'auteur est la même personne, il faut savoir qui va être la prochaine victime.

Les essuie-glaces vont et viennent sous la pluie fine. Au loin, de gros nuages noirs approchent. Il est 10 h 30. La circulation est plus difficile que de coutume, ce qui n'est pas peu dire au regard des embouteillages continuels dans ce coin de la Virginie.

Benton est au volant de sa Tesla Model X, il porte des lunettes ambrées pour atténuer l'éblouissement en cas de brouillard. Il a troqué sa tenue « confort » pour l'un de ses costumes impeccables. Un gris anthracite à rayures tennis. Dessus, il a enfilé un trench noir.

Comme de coutume, il est bien plus élégant que moi, avec mon tailleur-pantalon bleu et mes bottines à semelles antidérapantes. Ma veste marron est faite dans un tissu matelassé imperméable. Juste du pratique. Si j'avais été plus en forme, je me serais donné la peine de mettre une jupe et des chaussures plus seyantes.

— Personne n'a pris réellement la peine d'enquêter sur sa mort, me dit Benton en parlant du cas Ramada. Un tas de gens espéraient que l'affaire serait enterrée.

— Ils ne se sont pas contentés d'espérer. Ils ont agi.

— Sans doute.

— C'est bien le jour de nous appeler en urgence à Washington, alors que j'ai un nouveau meurtre sur les bras ! Je ne suis pas près de lire le dossier de Cammie Ramada, mais je peux déjà mettre mes équipes sur le coup.

J'appelle en premier Lucy pour savoir si elle a progressé dans ses recherches – et aussi pour m'assurer qu'elle va bien.

— Vous êtes bientôt arrivés ? (Sa voix, sortant des haut-parleurs de la voiture, paraît tonique.)

— Ça dépend de la circulation, répond Benton. Encore un quart d'heure, je dirais. Sans compter les contrôles.

— Elle t'a dit ce qu'ils vous veulent ? demande Lucy en faisant allusion à Tron, la collègue de Benton au Secret Service.

Les deux femmes se connaissent un peu. Mais je savais que ça ne collerait pas entre ces deux-là. En tout cas, pas au début. Elles se ressemblent trop.

— Non. Je suis dans le flou le plus total, réponds-je.

Sans mentionner la Maison Blanche, nous lui avons simplement indiqué que le Secret Service a besoin de nous et que nous nous dirigeons vers une zone ultrasécurisée de la capitale. Lucy doit se douter de notre destination. Mais elle n'est pas du genre à poser des questions.

— Comment ça avance avec Cammie Ramada ? dis-je en buvant une gorgée d'eau. Ce qui s'est passé soulève un tas d'interrogations.

— Je suis dessus, mais je n'ai pas trouvé grand-chose pour l'instant. Il n'y a presque rien eu dans les médias. (Je l'entends pianoter sur son clavier.) Juste quelques réactions sur les réseaux sociaux. On continue de creuser. (Je suis certaine qu'elle regarde CyberJanet en me parlant !)

— Je vais être injoignable un petit moment, peut-être toute la matinée, expliqué-je. Mais n'hésitez pas à communiquer, Marino et toi.

— Tu es sûre que ça va ? s'inquiète-t-elle. (Je me souviens de sa terreur quand le vin empoisonné a commencé à faire effet sur moi.)

— Suis fraîche comme un gardon ! (Ce qui est faux.) J'espère que ce soir on va pouvoir enfin faire ce dîner d'anniversaire !

Je termine l'appel alors que Benton s'engage sur la George Washington Memorial Parkway. Daingerfield Island est sur notre droite. Ce n'est pas vraiment une île, juste une bande de terre boisée à la pointe nord d'Alexandria, coincée entre l'autoroute et le fleuve.

— C'est sûr que l'affaire Ramada tombait mal, résume Benton.

— C'est ce qu'a dû penser Elvin Reddy. Et comme dirait ma mère, une idée a fait *pop !* dans sa tête, ajouté-je en regardant les arbres squelettiques qui défilent derrière la fenêtre.

Le parc à Daingerfield Island est prisé par les joggeurs, les cyclistes, les ornithologues en herbe. On y trouve une marina et un club de voile que je ne peux apercevoir avec ce mauvais temps. Il y a aussi un restaurant où Benton et moi avons mangé quelquefois, avec une belle vue sur le Potomac et les bateaux. On peut admirer des buses à queue rousse et même des aigles pêcheurs.

J'aperçois le Tidal Basin et la rotonde blanche du Mémorial Jefferson au loin, image évanescente dans la brume. Je consulte mes messages. N'ayant pas de nouvelles de Rex Bonetta, je l'appelle et le préviens qu'il est sur haut-parleur.

— On peut parler. Je suis en voiture avec Benton.

— Comment allez-vous ?

— Beaucoup mieux, je vous remercie.

— J'en suis ravi. Toutes mes équipes sont à fond pour trouver ce que vous avez ingéré hier soir. Et qui a failli vous tuer.

— Encore désolée, Rex, que l'on vous ait dérangé en pleine nuit. (J'espère que Marino ne lui a pas fait trop peur en tambourinant à sa porte.) Présentez toutes mes excuses à votre famille. Comme vous l'avez compris, les circonstances étaient tout à fait inhabituelles.

— L'important, c'est que vous alliez bien.

— De temps en temps, des images bizarres me reviennent. Mais autrement, ça va. Et je me rends à une réunion, dis-je sans lui préciser où.

— J'ai de bonnes et de mauvaises nouvelles, m'annonce-t-il. Surtout des mauvaises.

Arrivés sur la 14th Street, nous dépassons le Bureau of Engraving and Printing où sont imprimés les billets de banque, avec ses banderoles colorées suspendues derrière une colonnade austère. Des plots de béton sont disposés tout le long de la façade pour empêcher quiconque de s'approcher de ce bâtiment fédéral, précaution désormais nécessaire dans ce monde de terreur.

— J'en ai profité pour examiner la capsule, la jupe d'aluminium et le bouchon, explique Bonetta. Je voulais savoir comment cette toxine s'est retrouvée là. Pour être certain que le vin avait été trafiqué après la mise en bouteille.

— J'espère bien ! lance Benton. Je n'aimerais pas que des hectolitres de grand cru empoisonné se baladent dans la nature. En même temps, si c'était le cas, on le saurait. Il y aurait déjà un ou deux morts, voire plus.

C'est surréaliste. Ma maison est devenue une scène de crime ! Et j'ai failli me retrouver dans ma propre morgue. J'imagine mes fluides et autres prélèvements passant d'étages en étages pour être analysés. Quel retour en Virginie ! Comment finir là où tout a commencé pour moi.

— J'ai trouvé la trace d'une piqûre dans la capsule et le bouchon. Elle est bien visible à la loupe binoculaire, explique Bonetta tandis que nous tournons à gauche sur H Street. Et je ne pense pas que la bouteille ait été choisie au hasard. Il y avait une cible.

— Le trou se voit à l'œil nu ?

— On peut facilement passer à côté, surtout quand on ne se doute de rien.

Heureusement que j'ai utilisé un tire-bouchon bilames, m'explique-t-il, avec un modèle classique, j'aurais endommagé le liège et fait disparaître toute trace du passage de l'aiguille.

18.

Avec ses nouveaux plots de béton et ses grilles, la Maison Blanche ressemble à une forteresse ou à une prison. Au loin, dans le ciel, se dresse l'obélisque du Washington Monument, comme un doigt donneur lancé aux terroristes.

— Le poison a été injecté à travers la capsule et le bouchon.

— Je n'ai rien remarqué en l'ouvrant, dis-je. (Benton secoue la tête. Lui non plus n'a rien vu.)

La bouteille semblait absolument normale, le vin plein de promesses. La seringue était l'outil idéal.

— Jamais je n'aurais pensé que ce bordeaux pouvait être empoisonné. Un petit trou dans la capsule… qui ferait attention à ça ? (Mais je ne me cherche pas d'excuses.) Et le produit ? Ça donne quoi ?

— C'est la mauvaise nouvelle. (Le Lafayette Square est grillagé, et des colonnes de camions de l'armée sont garées dans la rue.) Il s'agit d'une substance inconnue.

— Ce n'est pas du carfentanil ?

Un opioïde de synthèse dix mille fois plus puissant que la morphine. Et il y a eu de multiples cas d'overdoses lorsqu'il était mélangé à de l'héroïne ou autres drogues.

— C'est vrai que les Russes s'en servent pas mal, confirme Benton.

Il me rappelle qu'en 2002 ils ont envoyé ce produit en aérosol lors de l'assaut du théâtre de Moscou pris par des Tchétchènes. Le gaz présenté comme un sédatif avait été efficace, trop même, puisque la majeure partie des otages ne s'étaient jamais réveillés. Bilan : plus de cent morts.

— À en juger par la rapidité des effets, répond Bonetta, c'est la première chose à laquelle j'ai pensé. Mais son spectre ne correspond à aucun produit connu. Et en aucun cas au carfentanil.

Il est catégorique. Effectivement, c'est de mauvais augure. Identifier une nouvelle molécule promet d'être long. Et dans ces cas-là, l'analyse toxicologique est quasi impossible.

Peut-être la mère de Blaise Fruge aura-t-elle une idée ? Humainement, je ne l'appréciais guère, mais je dois reconnaître qu'elle était douée dans son domaine. Elle avait l'art de sortir des sentiers battus.

Je reviens à ma conversation avec Bonetta et lui donne mes consignes : faire une recherche d'ADN et d'empreintes digitales sur la bouteille, le bouchon et la capsule d'aluminium.

— Puis envoyez le tout à la criminalistique, ajouté-je. Et aussi le vin. Je veux qu'on s'intéresse à la moindre particule qui a pu se déposer au fond de la bouteille.

— Merci, Rex. Tenez-moi au courant. Mais je ne serai sûrement pas joignable dans les heures à venir.

En règle générale, ce n'est pas au service toxicologie d'examiner les indices en premier. Et je n'aurais pas eu à lui dire quoi faire ensuite. Mais quand Marino est passé chez Bonetta au milieu de la nuit, il a fichu par terre toutes les procédures.

Nous roulons lentement sur la 17th Street et nous nous rapprochons de notre destination. Je cherche dans ma mallette mon rouge à lèvres, et me recoiffe dans le miroir du pare-soleil. Le Hay-Adams apparaît sur notre droite, l'un de nos hôtels préférés. Je contemple son portique à colonnes et ses quatre drapeaux flottant dans la brume.

La garde nationale et la police occupent tous les coins de rue, armés jusqu'aux dents, des blindés stationnent aux endroits stratégiques. L'Ellipse est barricadée comme tout le reste, et le sapin de Noël est dressé, mais pas encore illuminé. Benton ne m'a toujours pas expliqué pourquoi on nous convoquait.

Au premier poste de contrôle, la Maison Blanche luit au loin comme une coquille d'œuf sous le ciel de plomb.

Juste en face, s'élève l'imposant bâtiment Eisenhower, dont l'architecture rappelle celle du Louvre avec ses décorations de toits en fonte et ses encadrements de fenêtres ouvragés.

Arrivés aux barrières suivantes, nous baissons à nouveau nos vitres. Les soldats de la garde nationale en tenue de combat ne rigolent pas quand ils examinent nos papiers tandis qu'un chien renifleur tourne autour de notre véhicule. Encore des appels radio. Finalement, nous sommes autorisés à poursuivre notre chemin. Mais pas pour longtemps, car il y a déjà un autre point de contrôle.

Enfin, nous pénétrons sur le domaine de la Maison Blanche, derrière ses grilles de fer forgé hautes de quatre mètres. Jamais la sécurité n'a été aussi extrême. Le passage au poste de garde est défendu par des plots d'acier, des herses, et bardé de panneaux d'avertissement guère engageants. De là où je me trouve, le parking derrière me paraît plein.

— Bonjour, lance Benton au gars du Secret Service en uniforme, équipé d'un gilet pare-balles et d'un MP5 en bandoulière.

— Vos papiers s'il vous plaît ! (Ce n'est jamais que la troisième fois qu'on nous les demande !)

Benton et le gars doivent se connaître, pourtant qu'ils soient frères de sang ou de cuite, rien ne transparaît. Non seulement Benton est profileur et psychologue expert pour le Secret Service, mais il travaille en étroite collaboration avec les unités de cybersécurité et de lutte antiterrorisme. Il a donc les deux pieds dans les services de renseignements. Mais à voir la façon dont ce garde nous traite, cela n'entre pas en ligne de compte.

Même le niveau d'accréditation de Benton, qui lui donne pourtant accès à presque toute la Maison Blanche, n'émeut pas outre mesure ce soldat taillé comme un super-héros Marvel. Imperturbable, il examine nos badges, scanne nos papiers d'identité comme si nous étions du menu fretin, tout en surveillant les alentours.

À l'aide d'un miroir au bout d'une perche, un autre soldat se met à inspecter le dessous de notre SUV, pour être sûr que nous ne transportons ni explosifs ni armes ou autre objet de contrebande. Puis un maître-chien, avec son malinois, entre en scène. Il ouvre nos célèbres portes en ailes de faucon, puis le coffre. Le chien se met à flairer partout, et ne repère que le pistolet de Benton – il ne le quitte jamais.

— C'est bon, lâche un garde en nous faisant signe de passer.

— On mesure l'importance du rendez-vous suivant l'endroit où on te demande de te garer, m'explique mon mari.

Toutes les places sont prises dans l'allée que nous remontons.

— D'ordinaire, je suis bon pour le parking des employés à côté de l'Ellipse. Et quand tu sors de voiture, les manifestants te huent – ou t'insultent carrément.

Le drapeau américain est hissé à mi-hauteur du mât sur le toit de la Maison Blanche, là où des tireurs d'élite du Secret Service montent la garde sous la bruine.

Ils sont en tenue, armés de mitraillettes ou de fusils longue portée, à vingt mètres au-dessus du sol, sans harnais de sécurité. Heureusement que je ne suis pas à leur place. Je les vois marcher de long en large. Au dire de Benton, des caméras dans l'espace et au sol leur transmettent les images sur des tablettes ou autres appareils. Ils surveillent ainsi en temps réel toute personne ou véhicule pénétrant dans le périmètre, par exemple nous, dans notre Tesla, qui roulons sur West Executive Avenue. Je ne suis pas retournée à la Maison Blanche ou au Capitole depuis l'attaque du 6 janvier dernier par des militants pro-Trump. Voilà près d'un an. Et maintenant, à voir ces militaires partout, j'ai l'impression que notre pays est en état de guerre.

— Ça aurait pu être un massacre, commenté-je alors que nous roulons lentement entre les files de voitures en stationnement.

Et s'il y a aussi peu de visiteurs, ce n'est pas à cause du temps.

— J'y pense chaque fois que je vais au bureau, me confirme Benton. (Le QG du Secret Service n'est qu'à quelques centaines de mètres d'ici.) Désormais, il faut aussi s'inquiéter du terrorisme national. Deviner quelle nouvelle sorte d'extrémistes va nous tomber dessus.

Tron apparaît au milieu de la route, tenant un grand parapluie. Elle nous indique une place réservée entre deux Cadillac Escalade du Secret Service. Elle ôte un cône de signalisation, s'écarte pour que Benton fasse son créneau. Nous rassemblons nos affaires et sortons du SUV.

— Bienvenue ! lance Tron en nous tendant le parapluie.

Personne ne pourrait deviner qu'elle est membre du Secret Service, spécialiste de la lutte antiterroriste et agent détaché à la CIA – entre autres choses.

Elle pourrait passer pour une cheffe d'entreprise, ou une journaliste de la télévision. Elle est jolie, look *business woman*, la quarantaine fringante, avec un sourire communicatif et des cheveux coiffés derrière les oreilles.

— Comment s'est passé le voyage dans ton machin à piles ? (Elle ne rate jamais une occasion de se moquer de la Tesla de Benton.) Tu as dû t'arrêter pour la recharger ?

— C'était moins une, répond-il, entrant dans son jeu.

— Elle tient plus de cinquante kilomètres ?

— Tout juste.

Ses moqueries sont bon enfant. Mais il ne faut pas s'y fier. Il suffit de voir ses mains puissantes, ses ongles coupés court, ses muscles saillants sous son costume noir et sa chemise blanche. Pas de talons hauts, mais des mocassins – parfaits pour piquer un sprint. Et elle ne porte jamais de bijoux, et autres accessoires qui pourraient entraver ses mouvements ou se révéler dangereux pour elle.

Elle n'a pas de manteau ; c'est donc qu'elle sort à l'instant du bâtiment. Elle a dû nous voir arriver grâce aux caméras de surveillance – dont la plupart sont dissimulées. Son pistolet est caché, et seul un petit pin's sur le revers de sa veste indique son véritable statut.

— Je suis ravie de vous voir en un seul morceau, Kay. Cela a dû être effrayant comme expérience, ajoute-t-elle tandis que Benton verrouille les portières. (Elle se tourne vers lui.) Juste pour info, personne ne va te voler ta voiture ici.

— On ne sait jamais, réplique-t-il en glissant la clé dans sa poche.

Nous nous éloignons de son SUV électrique. La pluie tambourine sur notre parapluie.

— Heureusement, ça s'est bien terminé, reprend Tron en redevenant professionnelle. Il faut vraiment être lâche et irresponsable pour faire une chose pareille. Il aurait pu tuer n'importe qui.

En filigrane, elle insinue que je n'ai pas été assez prudente.

— Oui, cela aurait pu être bien pire. J'ai eu beaucoup de chance. Tout le monde a eu beaucoup de chance.

— Comment vous vous sentez ?

Elle ne me pose pas cette question par gentillesse. Ce qu'elle veut savoir, c'est si j'ai retrouvé toutes mes facultés, comme si j'allais monter sur un ring ou faire face à un jury de tribunal. Je réponds que je me sens bien, peut-être pas à cent pour cent, mais ça ira. Benton garde le silence, comme s'il ignorait ce qui nous attend !

— Il n'y a jamais de bons moments pour les horreurs de ce monde, déclare Tron, mais cela aurait été absolument catastrophique si vous n'aviez pas pu venir. Merci encore de nous aider à régler ce nouveau problème.

Quel problème ? Je ne vois pas comment ma présence pourrait être indispensable, quelles que soient les difficultés auxquelles doit faire face la Maison Blanche. Je lève les yeux vers Benton. Nous tenons tous les deux le parapluie, sa main est chaude contre la mienne, son visage reste de marbre.

Le Secret Service est au courant pour le vin empoisonné, mais ce n'est pas pour cette raison que je suis ici. On m'a convoquée *malgré* ce qui vient de m'arriver. Et Benton ne me dira pas ce qui se passe. Il suit le protocole à la lettre.

Nous sommes ensemble depuis longtemps, et je suis habituée à être dans le flou. Nos fonctions respectives nous empêchent de tout nous dire. Notre couple est champion du secret toutes catégories. Mais malgré tout cela m'agace quand il me tient à l'écart. En particulier maintenant.

— Comment êtes-vous au courant pour le vin que j'ai rapporté de Lyon, demandé-je à Tron puisque mon mari ne veut rien lâcher.

— Par Interpol.

L'allée qui mène à la Maison Blanche est bordée de voitures et de conteneurs. Les drapeaux américains flottent au sommet des lampadaires, des gardes armés patrouillent, tandis que l'eau dégoutte des arbres. Les jardins sont nus pour l'hiver. Pas la moindre fleur. Je ne vois pas la foule habituelle de touristes, mais plutôt des gens en costumes et tailleurs.

— La secrétaire générale m'a prévenue ce matin, explique-t-elle. Cette affaire nous préoccupe beaucoup car Benton, comme vous, avez été nommés par le Président.

— Pour l'heure, nous ignorons qui était la cible, précise-t-il. Mais ce n'est ni moi ni Kay, j'en mets ma main à couper.

— C'est sûrement Gabriella Honoré qui était visée, renchérit Tron. Mais il y a d'autres incidents auxquels nous avons affaire, d'autres événements inquiétants. Et peut-être que tout est lié, plus ou moins directement, à cause d'un facteur commun : les Russes.

19.

Elle n'en dira pas plus alors qu'elle surveille les gens autour de nous, comme chaque véhicule garé devant l'aile ouest. En un rien de temps, le moindre individu suspect se retrouverait à terre, menotté. Je n'en ai aucun doute, après avoir vu ses prouesses sur le pas de tir et au volant d'une voiture.

Comme dit Benton, Tron est une vraie *superwoman*, qui gère les soucis discrètement, reste toujours calme, n'élève jamais la voix. Nous la suivons jusqu'aux doubles portes vitrées surmontées du sceau présidentiel.

Elle dépose le parapluie dans un rack et je découvre à notre gauche une série d'armoires. Elles n'étaient pas là lors de notre dernière visite. À l'intérieur, il y a des casiers où l'on doit laisser nos appareils électroniques. Nous déposons donc téléphones, montres connectées, bracelets fitness. Je constate, en revanche, que Tron et Benton conservent leur arme.

Nous franchissons une autre porte, et un garde nous demande de nouveau nos papiers, sans nous accorder le moindre sourire, tandis que Tron bavarde avec lui. Je jette un coup d'œil autour de moi. Rien ne semble avoir changé. Mais je remarque que les femmes portent des pantalons et des chaussures confortables comme moi.

Derrière le bureau, le hall est décoré de peintures sur lesquelles figurent des convois de pionniers dans leurs chariots bâchés blancs, et un tableau du Old Faithful, le geyser du parc de Yellowstone. Je reconnais aussi le *Washington traversant le Delaware* ainsi que d'autres œuvres de l'école américaine.

La salle est à la fois spartiate et animée. Une ambiance purement de travail. Rien de solennel. Il n'y a aucun endroit où se poser, aucune assistante pour prendre les manteaux ou proposer du café. Quant au mobilier, il est loin d'être somptueux alors que nous sommes au sein de la plus grande instance du pays !

Ce mardi matin, le dernier jour de novembre, il plane une sorte d'électricité dans l'air. Tron m'annonce que le Premier ministre britannique va bientôt arriver. Pendant ce temps, des visiteurs – des professeurs d'écoles triés sur le volet – se rassemblent devant la porte menant à la colonnade ouest. J'ai l'impression qu'ils viennent du Middle-West. Ils sont tout souriants et posent timidement des questions.

— On appelle ce passage « la navette de quarante-cinq secondes », explique leur guide. C'est le temps que ça prend d'ici pour rejoindre les appartements du Président dans le bâtiment principal. En chemin, vous pourrez admirer la roseraie, le bureau ovale...

Les guides et autres membres du personnel en uniforme dépendent tous du White House Military Office, le WHMO (prononcez *whamo*) qui gère l'accueil à la Maison Blanche, et la restauration. Le bureau militaire s'occupe aussi du service médical et du transport du Président, que ce soit en limousine, à bord d'*Air Force One* ou de l'hélicoptère qui se pose sur la pelouse sud.

Des soldats spécialement formés servent comme aides de camp du Président, H-24, prêts à répondre au moindre de ses besoins. Il y a donc toujours beaucoup de haut gradés et d'uniformes ici. Et ce matin l'endroit bourdonne d'activité ; on se croirait dans un hall de gare. Les gens vont et viennent dans toutes les directions, les bras chargés de dossiers, le téléphone vissé à l'oreille, en trottant d'un pas pressé.

Certains s'arrêtent pour une petite conversation à voix basse, le temps de se saluer ou promettre de se parler plus tard. Des invités de marque patientent dans les canapés et les fauteuils bleus. Les sièges ont été poussés quasiment contre les murs pour faire de la place aux employés qui ne cessent de passer dans la pièce. Il y a peu de meubles, juste de vieilles lampes de cuivre et la grosse horloge qui est là depuis toujours.

Et aussi la vieille bibliothèque d'acajou datant d'avant la guerre d'Indépendance, où sont rangés des livres rares et des notes manuscrites historiques. Quand je pense à tous ceux qui se sont assis dans ce salon depuis que le président Theodore Roosevelt a décidé que son bureau devait se trouver à l'écart de ses appartements privés. Tous, grands de ce monde ou petit peuple, doivent attendre ici.

Qu'il s'agisse d'un chef d'État, d'une princesse, d'un milliardaire de la biotechnologie, d'une star de cinéma ou d'un simple quidam, tous sont logés à la même enseigne même s'ils ont rendez-vous avec les plus hauts membres de l'exécutif – à l'exception, aujourd'hui, du Président et de la vice-présidente. Car quelque chose me dit que ces deux-là sont trop occupés en cet instant pour tenir audience.

Dans un petit couloir, les murs jaune pâle sont décorés de photographies représentant le Président avec la First Lady, et la vice-présidente avec le Second Gentleman. Ils distribuent des vivres, se font vacciner, reçoivent des enfants réfugiés, des victimes de violences ou de catastrophes naturelles. Nous descendons un escalier et nous nous retrouvons au sous-sol. Aussitôt des odeurs de cuisine me chatouillent les narines.

Le restaurant est sur notre gauche, le fameux Mess Hall. Un autre sceau présidentiel trône au-dessus du guichet des plats à emporter, où il m'est arrivé de prendre des sandwiches. En passant, j'aperçois la jolie moquette bleue, les murs lambrissés et décorés de peintures marines. Quelques serveurs en costumes noirs s'activent avec des carafes d'eau et autres boissons.

La salle, aux dimensions modestes mais élégante, est gérée par la Navy, les tables sont couvertes de nappes en damas doré, surmontées de bouquets de fleurs, avec des serviettes de lin et de la vaisselle de porcelaine aux armes de la Maison Blanche. Les militaires veillent à ce que la cuisine soit excellente tout en demeurant totalement sans risque pour les plus hauts dignitaires de l'État. Il ne faudrait pas qu'une contamination à l'*E. Coli* ou autre infestation, involontaire ou non, mette HS tout le gouvernement – et de nos jours, la liste des dangers est sans fin.

À moins de 11 heures du matin, il n'y a pas foule dans le restaurant. L'administrateur de la santé publique prend un café en bavardant avec un jeune représentant du Michigan qu'on a beaucoup vu à la télévision. Le chef de cabinet s'entretient avec un cardinal du diocèse de Washington et la porte-parole du gouvernement est dans un coin avec Lesley Stahl, la journaliste de *60 Minutes*.

Mais ce qui attire mon attention c'est l'homme assis dos à la porte. Je reconnais ses épaules étroites, sa tache de vin à la Gorbatchev au bas de son crâne chauve. Je n'en reviens pas ! Elvin Reddy ! Par chance, il ne m'a pas vue.

Il est en pleine conversation avec le directeur des CDC, les centres pour le contrôle et la prévention des maladies. Je lance un regard interrogatif à Benton.

— Qu'est-ce que le nouveau commissaire à la Santé de Virginie fait ici ? demandé-je à Tron.

Question purement rhétorique, car je suis certaine que Reddy place ses pions pour sa prochaine promotion.

Il brigue peut-être le poste de conseiller médical en chef de la Maison Blanche à la place du Dr Fauci. Par pitié, non ! Je ne veux pas qu'Elvin décide de la politique sanitaire de notre pays. Comme le dit Marino, « la merde monte toujours ».

— Je n'en sais rien, répond Tron. Juste que les deux figurent sur la liste des visiteurs et qu'ils doivent rencontrer le secrétaire à la Santé.

Nous longeons un autre petit couloir qui se termine sur une porte de bois flanquée d'un téléphone rouge. Tron passe son badge dans la serrure électronique et nous débouchons dans la zone protégée de l'aile ouest où se tiennent des conversations top-secret.

Nous nous arrêtons à la réception devant le bureau en forme de « L », équipé d'une batterie d'écrans, comme un cockpit d'avion. La gardienne du temple est très élégante. Avec ses lunettes, elle me rappelle Maggie, sauf qu'elle est bien plus sympathique. Elle m'adresse un large sourire quand Tron nous annonce.

L'employée pianote sur son clavier. Il n'y a aucun portique de sécurité à passer, personne non plus pour nous fouiller. Ma mallette n'est même pas ouverte. Parce que c'est inutile.

En plus des caméras et des microphones dont l'endroit doit être truffé, je suis certaine qu'il y a des analyseurs de spectre cachés dans les parois, à l'affût du moindre signal émanant d'un appareil électronique qui aurait échappé aux contrôles à l'entrée.

Passé ce point, nourriture et boissons sont interdites – sage précaution, après ma mésaventure d'hier. Mais le vrai danger, c'est l'espionnage et je pense aussitôt à Gwen Hainey. Peut-être suis-je convoquée ici à cause de ses activités ? Auquel cas, je ne vois pas en quoi je pourrais être utile aux occupants de ce mont Olympe.

— Vous êtes dans la salle Kennedy, annonce la secrétaire.

Des lampes rouges luisent au-dessus de plusieurs portes, indiquant que des réunions sont en cours.

— Nous sommes venus le plus vite possible, expliqué-je en guise d'excuses.

— La circulation est un cauchemar, commente-t-elle, compréhensive. Et c'est encore pire avec tous ces barrages et ces contrôles.

Mais la vérité, c'est que je suis au ralenti ce matin. Si Benton ne m'avait pas préparé un solide petit déjeuner avec des œufs au fromage, des toasts beurrés et du café bien sucré, jamais je n'aurais pu venir jusqu'ici. Ou alors j'aurais été d'une humeur de dogue et eu l'esprit complètement embrumé – et dans ce cas, tout le monde aurait préféré que je reste chez moi.

— Ils viennent juste de commencer, me rassure l'employée. (Quel bonheur d'avoir une secrétaire comme elle !) Ils vous attendent.

Peut-être est-ce l'effet de mon imagination, mais j'ai l'impression qu'elle sait ce qui m'est arrivé, et que je ne suis pas au top de ma forme.

Malheureusement, il n'y a ni café ni thé dans la salle, nous explique-t-elle. Juste de l'eau. Nous accrochons nos manteaux à une penderie déjà bien chargée. J'ignore qui se trouve derrière ces portes, participant à des conversations qui auront un impact sur le bien de toute l'humanité. Évidemment, avec un pincement au ventre, je pense à Elvin Reddy.

Quoi qu'il mijote, cela ne va pas me plaire. Mais je dois le chasser de mon esprit – ce n'est pas le moment ! Tron nous conduit dans un autre couloir et s'arrête devant une porte où une lampe rouge est également allumée. Nous pénétrons dans une grande pièce. Je n'y ai jamais mis les pieds, mais je la connais bien grâce aux nombreuses photos. Une vingtaine de personnes sont assises sur des sièges de cuir. C'est la salle de crise de la Maison Blanche !

Le président des États-Unis est au bout de la longue table de réunion, devant des piles de documents. Il a tombé la veste, roulé ses manches de chemise, et il étudie un dossier en prenant des notes. La vice-présidente est à sa gauche. Il y a de la tension dans l'air, et la pièce est surchauffée par la proximité de tous ces corps.

Des images défilent sur les écrans muraux. Sur l'un d'eux on voit un satellite orbitant autour de la terre – il s'agit d'un modèle inhabituel. Sur un autre, une fusée Soyouz décolle du cosmodrome de Baïkonour. À en croire le bandeau, le lancement a eu lieu mi-septembre. Sur un autre écran encore, il y a juste quelques heures, une capsule, freinée par un parachute à rayures rouges et blanches qui ressemble un bonbon, a atterri dans le désert du Kazakhstan.

Toutes ces images me donnent le tournis. Un Time Square miniature ! Apparemment, il y a eu une catastrophe dans l'espace. Mais j'ignore laquelle. En toute logique, la santé et l'intégrité physique d'humains doivent être en jeu, sinon je n'aurais rien à faire ici.

Tron nous conduit vers les deux seuls fauteuils libres. Nous nous retrouvons, Benton et moi, côte à côte, à la gauche de la vice-présidente. Avec son tailleur-pantalon bleu et ses bottines, elle est un peu habillée comme moi.

— Mille excuses de vous avoir fait attendre, bredouillé-je.

— Vous n'avez rien raté, me répond-elle avec un sourire. Tout le monde fait de son mieux. Et nous sommes ravis que vous soyez là. Nous savons que vous avez eu une nuit difficile. Dieu merci, ça s'est bien terminé.

Donc, elle aussi est au courant.

— Si je peux être utile…

Je souris, mais ne suis guère rassurée.

— Docteur Scarpetta, Benton, je vous remercie d'être venus ainsi, au pied levé, commence le Président.

Je n'ai jamais été présentée à ces gens, mais je les connais quasiment tous de vue. Un échantillon impressionnant de puissants : le secrétaire à la Défense, l'administrateur de la NASA, les directeurs du Secret Service, de la Sécurité intérieure, de la CIA, et de la DARPA, l'agence qui s'occupe des nouvelles technologies militaires. Il y a aussi les sénateurs de la Virginie, de la Floride, du Nouveau-Mexique, de la Californie, du Massachusetts et du Texas.

En face de moi, de l'autre côté de la table, je reconnais Jake Gunner, le commandant de la Space Force, avec qui j'ai travaillé parfois au Pentagone. Avec sa longue veste bleue et son col indien à la *Star Trek,* le général quatre étoiles me rappelle le capitaine Kirk, mais en version vieux sage avec des lunettes et une coupe en brosse.

Nos regards se croisent. Il me salue d'un petit signe de tête. Il a l'air inquiet et reporte son attention sur ses dossiers. À en juger par la couleur de leurs rubans, ce sont des documents classés secret-défense. L'officier assis à côté lui indique un détail important sur l'une des pages.

— Je suis désolé qu'on vous ait laissée dans le flou jusqu'ici, m'annonce la vice-présidente. Mais quasiment tout le monde ici a été logé à la même enseigne, parce qu'il était crucial que rien ne filtre.

— Pas avant de savoir ce qui s'est réellement passé, lance le général Gunner. (Comme la vice-présidente, il s'adresse à moi, pas à Benton.) Merci de vous être déplacée, docteur Scarpetta. Je crains que nous ayons besoin de vos lumières. Et pour tout dire, cela s'annonce mal.

— J'ai l'habitude. Quand on fait appel à mes services, c'est qu'il y a un problème.

— Il nous faut élucider tout ça, et vite. Avant qu'une avalanche de mensonges ne déferle, ajoute le Président comme si je n'avais pas saisi la gravité de la situation.

Benton sait déjà, bien sûr. Sa mission était de veiller à ce que je sois ici. Certes, c'est de bonne guerre. Mais je me sens tout de même manipulée. Il aurait pu me faire un topo, j'aurais été mieux préparée et plus efficace.

— Ce que nous allons vous montrer risque de déclencher une panique à *La Guerre des Mondes*. (La VP nous regarde chacun tour à tour.) Vous connaissez ce canular radiophonique de 1938, n'est-ce pas ? Celui qui annonçait l'invasion des Martiens...

Tout le monde hoche la tête.

— Nous avons tous conscience des dégâts que peuvent causer des faits déformés ou des inventions pures, commente le Président. Et beaucoup d'auditeurs à cette époque ont cru que c'était la réalité.

— Et si cela a déclenché une pagaille générale il y a quatre-vingts ans, ajoute la vice-présidente, imaginez aujourd'hui ! Avec les fakes news, les réseaux sociaux, la propagande sur Internet, et j'en passe !

— On a su réagir, réplique le sénateur de la Californie, qui était né à l'époque. C'est comme Roswell et sa soucoupe volante. La supercherie a été dûment révélée.

— Mais quand le gouvernement veut discréditer quelque chose, cela provoque souvent l'effet contraire, rétorque le sénateur du Nouveau-Mexique où ladite soucoupe s'était prétendument crashée.

20.

— La discréditation, cela revient à donner une version officielle des faits et espérer que les gens vont y croire, insiste le sénateur du Nouveau-Mexique. Même si, dans le cas de Roswell, il s'agissait bel et bien d'un vulgaire ballon-sonde !

— Une fois que l'on commence à nier qu'il puisse exister quelque chose, lance le sénateur du Massachusetts, le mal est fait.

— On a un tas d'images déclassifiées montrant des ovnis, ajoute le secrétaire à la Défense. Beaucoup de ces apparitions ont été expliquées. Mais beaucoup aussi restent mystérieuses.

— Et je ne vous parle pas des indices anciens, renchérit l'élu de la Floride. Quid de ces peintures dans les grottes, de ces rochers taillés datant de milliers d'années, montrant l'arrivée de vaisseaux et d'extraterrestres ?

Tout le monde y va de son commentaire. Personne ne semble savoir à qui ou quoi se fier, où est la vérité, où est la supercherie. Moi aussi, alors que j'observe toutes ces images sur les écrans muraux, je ne sais plus quoi penser.

— Revenons à ce qui nous occupe, ici et maintenant, ou plus précisément à cinq cents kilomètres d'altitude, à savoir l'orbite terrestre basse, annonce le Président en parcourant ses notes. Et, oui, nous devons faire très attention à ce qui va sortir dans les médias.

Sinon, certains vont croire que nous avons été attaqués dans l'espace, comme le précise la NASA. Qu'on a été carrément canardé ce matin par des ET !

— Et que la terre est leur prochaine cible, ajoute la DARPA avec un sérieux qui fait froid dans le dos. Alors que la chose est très improbable. (Il ne dit pas « impossible », mais « improbable » !)

Je n'ose pas me tourner vers Benton. Si quelqu'un surprenait mon regard... Bien sûr, je n'ai jamais eu l'arrogance de croire que nous étions seuls dans l'univers, mais à aucun moment je ne m'attendais à participer à ce genre de discussion, et encore moins dans les murs de la Maison Blanche.

— On ne peut certifier qu'il y ait eu une attaque, ni qui l'aurait lancée, ajoute le Président. Mais on peut assurer que quelque chose de terrible s'est produit.

J'attrape une bouteille d'eau, l'ouvre. J'ai la bouche si sèche que ma langue me colle au palais. J'ai beaucoup bu pendant le trajet. J'aurais dû faire un passage aux toilettes avant. Surtout ne pas y penser, faire comme si je me trouvais sur une scène de crime sans accès aux sanitaires.

Le Président croise les mains sur la table. Il me regarde fixement et commence à m'expliquer ce qui s'est passé cette nuit, à 23 h 27, heure de la côte est. Quand Houston a perdu tout contact avec un laboratoire de recherche top-secret en orbite. Deux des membres d'équipage s'y trouvent encore, un homme et une femme – un Américain et une Russe.

Ils n'ont plus eu de nouvelles de ces astronautes depuis leur sortie extravéhiculaire un peu avant minuit. Le troisième membre d'équipage, Jared Horton, est un ingénieur américain en génie biomédical qui habite en Virginie. Il est déjà allé dans l'espace, mais c'est son premier séjour longue durée et il déclare avoir quitté le vaisseau car c'était une question de vie ou de mort. Il est maintenant de retour sur le plancher des vaches en Asie centrale.

— Nous ne l'avons pas eu en direct, annonce l'administrateur de la NASA. La seule chose dont on soit sûr, c'est qu'à 3 heures du matin cette nuit, il est parti dans la capsule avec laquelle lui et ses deux coéquipiers étaient arrivés onze semaines plus tôt. Et qu'il a atterri sans incident au Kazakhstan.

Sur un écran, je vois le Soyouz tomber dans les steppes. L'engin ressemble davantage à une boule de démolition qu'à un engin spatial. Un hélicoptère arrive et se pose en soulevant un nuage de poussière et d'herbes.

— Si c'est top-secret, intervient le sénateur du Texas avec son accent chantant, pourquoi les Ruskofs sont là ?

— Ce sont nos partenaires sur la station internationale depuis 1998, rappelle le type de la NASA. Et nous utilisons encore leur lanceur.

Nous regardons l'équipe russe aider Horton à sortir de la capsule calcinée. Ils l'installent dans un fauteuil roulant. L'astronaute a visiblement du mal à tenir sa tête droite, écrasé par la gravité après des mois passés en apesanteur.

Le Président poursuit :

— Horton raconte que l'orbiteur et ses deux compagnons ont été frappés par une nuée de débris, sans doute trop petits pour être repérés par les radars. Et s'il s'avère qu'il y a bien eu un choc avec des débris, des déchets, des fragments de quelque chose là-haut, alors il s'agit d'un simple accident. Mais nous n'en savons rien encore.

Il explique que l'option d'un acte belligérant est toujours sur la table. Autrement dit, qu'un vaisseau des États-Unis aurait été volontairement pris pour cible. Et cette attaque se serait produite après que Horton a aidé ses compagnons à s'équiper. Il prétend avoir fermé le sas à 23 h 46. Mais on n'a aucune trace que l'écoutille ait été ouverte.

Toujours d'après Horton, il est allé au poste de commande du bras articulé pour aider ses camarades à installer une nouvelle alimentation électrique sur la palette technique. Il entendait les longes d'acier cliqueter contre la coque à mesure que ses deux équipiers progressaient le long des mains courantes.

Et soudain, ç'a été le black-out, les caméras et micros ont cessé de fonctionner et un grand fracas a retenti, comme si une pluie de marteaux s'abattait sur le vaisseau.

— Le bras et la palette auraient été endommagés, les panneaux solaires déchirés, explique l'administrateur de la NASA, rapportant ce que Horton a raconté aux Russes.

— Nous n'avons, pour l'instant, aucun moyen de savoir ce qui s'est réellement passé, reprend le Président. Puisqu'on n'a aucun enregistrement et qu'on a perdu tout contact avec notre laboratoire orbital. Mais si ce que Horton nous dit est vrai, alors les deux astronautes ont été blessés pendant leur sortie dans l'espace. À quel niveau de gravité ? Nous l'ignorons car Jared Horton les a abandonnés – selon lui, il ne pouvait rien faire pour eux, car il était convaincu que la coque était percée, qu'il y avait une dépressurisation et que l'air s'échappait.

— Et c'est ainsi qu'il a laissé pour mort ses deux compagnons, conclut le Président.

— Contact dans trente-trois minutes, reprend le général Gunner, commandant de la Space Force.

Se saisissant d'une télécommande, il explique que les secours sont en route. Une équipe est partie de l'ISS et se dirige vers la sonde orbitale. Les images d'un des écrans montrent la station spatiale internationale luisant sur le dais noir du cosmos comme un bijou de chez Tiffany.

Ses quatre rangées de panneaux solaires scintillent dans un camaïeu d'orange sous les rayons du soleil, la Terre derrière ressemble à une grosse bille bleue et blanche. Un Dream Chaser de la société Sierra Nevada s'éloigne d'une des baies d'arrimage. À le voir glisser dans l'éther, il ressemble à une mini-navette spatiale, avec ses ailes et son bouclier thermique noir sur sa face ventrale.

À en juger par l'heure de l'enregistrement vidéo, le vaisseau a quitté l'ISS voilà une heure. Nous apercevons les deux astronautes dans le cockpit vitré. Il s'agit de Chip Ortiz, un Américain formé par la NASA, et d'Annie Girard une Française de l'ESA. Ils emportent avec eux du matériel médical, mais aussi des sacs mortuaires.

Sanglés à leur siège en carbone, ils ne flottent pas en apesanteur. Ils portent leurs combinaisons intravéhiculaires blanches et leurs casques qui peuvent être pressurisés en cas d'urgence. Ils contrôlent leur check-list et parlent avec la salle de contrôle à Houston.

Mais ce que je ne peux voir, c'est leur destination. Et personne ne sait ce qu'ils vont trouver en arrivant sur zone. Quelques écrans noirs nous rappellent qu'on a perdu toutes les liaisons avec l'engin et que les caméras sont HS.

— En réalité, l'orbiteur est à la fois un laboratoire de recherche et un habitat, poursuit le général Gunner.

— Et sur les cartes des satellites, il est simplement nommé T-O-One, m'explique Benton. Mais ceux qui sont dans la confidence l'appellent TO-One. TO comme Thor Orbiter, et le premier du genre. (Enfin, il peut me donner des infos !)

— Thor Laboratories, c'est justement là où travaillait Gwen Hainey depuis six semaines, poursuit le directeur du Secret Service

Durant les dernières heures, le téléphone n'a pas cessé de sonner au QG. Des appels provenant de personnes ayant eu contact avec elle. Et plus les informations arrivaient, plus cette femme devenait suspecte.

Le directeur se tourne vers Benton.

— Je vous laisse nous expliquer ce qu'elle préparait.

— Rien de bon, effectivement, répond mon mari d'un ton grave.

Il se met à raconter la version que m'a narrée Lucie. Gwen a enchaîné les postes dans le secteur de la biotechnologie, elle ne restait en place dans une société que le temps d'apprendre ce qu'elle voulait, puis jetait son dévolu sur une autre.

— Le seul point commun, entre toutes ces entreprises, c'est qu'elles travaillaient sur des projets secret-défense. Pour divers États, mais principalement pour nous. Et nous avons eu d'autres informations depuis que son nom est sorti dans les médias, et elles sont pour le moins inquiétantes.

Il semblerait que Gwen Hainey avait des vues sur une autre cible d'une grande importance stratégique : Intuitive Machines au Texas. Ils ont mis au point le prochain atterrisseur lunaire, le premier construit aux États-Unis depuis plus d'un demi-siècle. Celui-ci pourra déposer du matériel sur la lune, y compris des expériences en technologie biomédicale qui est la spécialité de Gwen Hainey.

— Tout indique qu'elle s'apprêtait à faire une razzia sur Intuitive Machines, selon son modus operandi habituel, reprend Benton. Comme vous l'imaginez, ces technologies lunaires sont top-secret. Et c'est pareil chez les Russes, les Chinois et nos autres concurrents.

— Cette fois, elle ne pillera rien ! lance le sénateur du Texas. Même si la mort de quelqu'un n'est jamais une bonne nouvelle. (À son ton, il semble néanmoins se réjouir.)

— À l'évidence, cette Gwen Hainey savait y faire, déclare la CIA.

— Et cela devait durer depuis des années ! ajoute Benton. Elle est passée sous nos radars jusqu'à ce que son ex nous appelle hier matin.

Jinx Slater pense que son ancienne compagne trempait dans des affaires louches, et que son meurtre est lié à cette histoire d'espionnage. Benton annonce, en outre, que Jared Horton a passé un appel internet sur le téléphone portable de Gwen Hainey – et l'appareil reste introuvable.

— Horton l'a contactée quelques heures après l'incident sur l'orbiteur, précise Benton. C'est ainsi qu'on a découvert qu'ils se connaissaient tous les deux.

— L'identité du cadavre est confirmée, je suppose ? me demande la Sécurité intérieure.

— Oui. Grâce à sa brosse à dents et d'autres effets personnels, mes labos ont identifié l'ADN. La famille a été prévenue.

Je rebouche la bouteille d'eau. J'espère qu'on va faire une pause dans pas trop longtemps.

— Et vous êtes sûre qu'elle a été tuée le vendredi, le lendemain de Thanksgiving ? insiste le général Gunner.

— Absolument. Fin d'après-midi ou début de soirée, à en juger par les indices post mortem.

— Reste à savoir si sa mort est réellement une conséquence de ses activités d'espionne, intervient le Président. Et, plus important encore, dans quelle mesure Jared Horton est impliqué. Pour l'instant nous n'en savons rien puisque nous ne pouvons pas lui parler en direct. Peut-être est-ce volontaire de sa part. Peut-être pas.

— Je ne crois pas beaucoup aux coïncidences, monsieur le Président, poursuit Benton. Ce désastre dans l'espace survient moins de vingt-quatre heures après que la mort de Gwen Hainey a été annoncée dans les médias.

Horton a dû avoir une montée d'angoisse. La mort violente de Gwen Hainey était le pire des scénarios. Ses activités secrètes allaient être forcément découvertes.

— Et si ces deux-là sont complices, il a été obligé de réagir très vite, sinon il était cuit.

— La raison de cet appel depuis l'espace est évidente, intervient le FBI. Il voulait savoir si elle était réellement morte. Sinon, il n'aurait jamais pris le risque de la contacter sur son portable. Pas une communication entre eux depuis les trois mois qu'il était en orbite.

— Bien sûr, il savait qu'on allait le repérer, renchérit Tron. Mais il s'en fichait. Il avait un plan pour nous échapper, et tant qu'il était là-haut il ne risquait rien.

La vice-présidente lève les yeux, pleine de colère.

— Donc Jared Horton et Gwen Hainey se parlaient avant qu'il ne parte pour l'espace ? On sait depuis quand cet espionnage perdurait ?

— Il est possible qu'ils aient utilisé des téléphones à cartes prépayées, répond la CIA. C'est ce que font tous ceux qui ont quelque chose à cacher.

Mais les téléphones cellulaires, qu'ils soient à cartes ou classiques, ne fonctionnent pas en orbite, explique Tron. Du moins, pas facilement. C'eût été une option bien trop risquée pour Horton.

— La seule preuve que l'on a, c'est qu'il a appelé Gwen Hainey via son ordinateur, un peu avant minuit, reprend Benton. Mais il est possible qu'ils aient été en contact bien avant. Et comme Horton travaillait à Thor Laboratories, en tant qu'astronaute et scientifique, il a pu même l'aider à s'y faire engager.

— Je pense qu'elle était sa taupe depuis un bon moment, déclare Tron. Peut-être avait-elle d'ailleurs d'autres contacts avec d'autres espions. On n'en sait rien encore. Mais il est quasiment certain qu'elle aidait Horton à collecter du renseignement pour les Russes.

— En échange d'argent et autres compensations intraçables, ajoute Benton. Cela explique pourquoi elle payait tout en liquide et avait cinq mille dollars dans son portefeuille quand elle a été kidnappée.

21.

— Finalement, déclare la CIA, je me demande si le meurtre n'a pas été maquillé pour cacher sa véritable nature. Je pense par exemple aux mains coupées. On dirait l'œuvre d'un psychopathe, de quelqu'un qui voudrait nous envoyer un message.

— Les Russes se sont peut-être dit qu'elle devenait gênante, qu'il était temps de l'éliminer, suggère la DARPA.

— Ou alors, sa mort n'a rien à voir avec tout ça, réplique Benton. (Comme moi, il pense au penny écrasé sur le rail.)

Ce petit détail semble révélateur. Ce qui exclut l'hypothèse d'un meurtre sous contrat. Je revois ce disque de laiton oblong, luisant dans la nuit, perlé de gouttes de pluie. Il n'était pas là pour rien.

— Quand nous aurons fouillé les ordinateurs de Gwen Hainey, j'espère que nous en saurons davantage, déclare Benton.

Aussitôt, les questions fusent :

— Et son portable ?

— On ne l'a pas encore retrouvé. Mais nous avons contacté l'opérateur, répond mon mari.

— Que révèlent les fadettes ? Quel est son dernier appel ?

— C'était vendredi après-midi, dit-il. Elle a joint le régisseur de son lotissement.

Apparemment, elle attendait un colis. Benton nous donne des informations que j'ignorais : selon le registre de FedEx, le paquet a été déposé au bureau du régisseur à 10 h 30 le vendredi matin – je songe au carton qui se trouvait chez elle, sur le comptoir de la cuisine. Plus tard dans la journée, elle a appelé Cliff Sallow pour avoir des nouvelles de son colis.

Nouvelle question :

— À quelle heure elle l'a contacté ?

— 16 heures. Peu de temps avant sa mort, précise Benton en me jetant un coup d'œil. Sallow lui a dit qu'il n'avait rien reçu pour elle.

— La livraison était contre signature ? dis-je.

— Non. Elle ne demandait jamais ce genre de contrôle. Les colis étaient simplement déposés sur le perron du régisseur.

— Qu'est-ce qu'il y avait dedans ?

— Trois chargeurs sans fil.

— S'il s'agit du carton que j'ai vu dans sa cuisine, dis-je, il a disparu après avoir été déposé sur le perron.

— Exactement. Où était-il passé, et qui l'avait ?

La remarque de Benton soulève à nouveau un flot de questions. Tout le monde se met à parler en même temps :

— Et elle ne s'est souciée de son colis que cinq ou six heures après qu'il a été livré chez le régisseur ?

— Qui le lui a apporté en fin de compte ?

— N'importe qui a pu le récupérer devant le bureau, explique Benton. Et Sallow n'a rien vu.

— Et une heure ou deux après avoir appelé Sallow à ce sujet, elle a été assassinée, commenté-je.

— Les relevés ADN sur ce paquet seront intéressants, déclare le directeur du FBI. (Comme si je n'y avais pas pensé !)

Bien sûr, il est persuadé que ses labos à Quantico sont meilleurs que les miens. Je me souviens de ce que Clark Givens a laissé entendre : si l'ADN dans l'affaire Cammie Ramada n'a pas été analysé, ce n'est pas par faute de temps.

— Le colis FedEx se trouvait à côté d'une tasse, cassée par terre, contenant de la soupe chinoise, dis-je encore. Comme si Gwen Hainey avait eu peur de quelqu'un, avait paniqué et tenté de se sauver.

Je persiste : si les colis sont laissés sur le perron du régisseur, n'importe qui peut les récupérer.

— Y compris un meurtrier extérieur au lotissement, renchérit Benton.

Je pense bien sûr aux caméras qui ont été occultées. J'entends encore le cliquetis du portail qui s'ouvre et se ferme, et cette musique de film d'horreur.

Si le tueur s'est présenté chez Gwen Hainey avec le FedEx, elle a pu baisser la garde, couper l'alarme et le laisser entrer.

— D'autant plus s'il faisait partie de ses connaissances, ajoute Benton. Ou juste une personne à qui elle a parlé une fois ou vue dans le quartier. Il suffit d'une fraction de seconde pour faire le mauvais choix.

— Peut-être qu'elle attendait ce colis depuis longtemps, avance le directeur du Secret Service. Et ne voulait pas que quelqu'un sache ce qu'il y avait dedans.

— Nous avons récupéré les chargeurs et interrogé le livreur FedEx, indique Benton. Nous relevons en ce moment les empreintes digitales, les traces ADN. Nous savons déjà que ces appareils sont trafiqués. Si on branche un téléphone dessus, toutes ses données sont siphonnées.

— Le Dream Chaser est à huit minutes de l'objectif, annonce le général Gunner en surveillant les écrans.

Benton se retourne vers Tron assise derrière nous.

— C'est peut-être le bon moment pour passer l'enregistrement.

— Absolument.

Tandis que Tron cherche le fichier audio, Benton explique qu'il s'agit du message que Horton a laissé sur le téléphone de Gwen Hainey ce matin.

— Horton a sans doute appris le meurtre hier soir par les médias et il n'a sans doute pas pu résister à la tentation, poursuit Tron. Mais il a eu la sagesse d'attendre le bon moment, quand sa fuite était assurée. Ce qui est intéressant dans cet appel, c'est qu'il s'est exprimé en russe.

— Peut-être que c'était une sorte de message codé, reprend Benton. Une façon de lui dire où il allait.

— Écoutons ça, propose Tron en posant son ordinateur devant le Président.

Elle lance la lecture :

« *Privet iz kosmosa. Kak dela ?* »

Un message que Gwen Hainey n'a jamais eu et n'aura jamais.

— Ça signifie « Bonjour de l'espace. Comment ça va ? » traduit Tron. C'est tout. Et ça n'a rien d'étonnant. Horton savait que son message serait repéré et écouté.

Elle nous explique ensuite que Horton a passé l'appel à 2 h 02, heure de la côte est. À cet instant, le laboratoire top-secret de Thor passait au-dessus de New York, à Mach 22, soit une vitesse de vingt-huit mille kilomètres à l'heure.

— Du sol, l'orbiteur aurait pu être visible à l'œil nu pendant trois minutes si le ciel n'avait pas été aussi couvert, précise Gunner.

Et la réciproque est vraie. Celui qui a franchi le portail de Colonial Landing vendredi soir ne pouvait être vu depuis l'espace.

— Le commun des mortels n'imagine pas tout ce qu'on peut distinguer depuis là-haut par temps clair, ajouté-je.

— Vous avez raison, docteur Scarpetta, confirme Gunner. Et Horton était bien placé pour le savoir, à supposer qu'il ait un lien avec ce meurtre. (Puis il ajoute :) Apparemment, depuis un certain temps, il montrait des signes de nervosité.

À l'inverse de ses deux compagnons, c'était son premier long séjour. D'après Gunner il a commencé à s'isoler, à devenir paranoïaque.

— Pour plaisanter, il disait à ses coéquipiers qu'il était prêt à partir avec le Soyouz s'ils n'étaient pas gentils avec lui, et qu'il les laisserait en plan dans le TO-One, raconte le commandant de la Space Force.

— Voilà pourquoi il ne faut pas être dépendant d'une puissance étrangère pour le transport de nos hommes ! lance le sénateur de Floride.

— Horton est en Russie. Et hors de notre portée parce que c'est un Soyouz qui était arrimé au laboratoire, et non un Dragon de SpaceX, intervient la NASA. Sinon, il aurait amerri au large de la Floride. Et à l'heure qu'il est, il serait chez nous, avec nos médecins.

L'administrateur de la NASA ajoute que cela fait très peu de temps que des vols habités partent de nouveau du centre spatial Kennedy, grâce à leur partenaire SpaceX.

— Depuis que la navette a été retirée, nous n'avions plus de lanceur pour rallier l'ISS. Et cette aberration a duré dix ans ! s'exclame-t-il.

— Mais bien sûr, nous utilisons encore le Soyouz, nous comme nos alliés, si nécessaire, précise Gunner. Thor et d'autres grandes sociétés ne s'en privent pas. Horton a fait plusieurs séjours d'entraînement en Russie ces dernières années. Et à la mi-septembre, lui et ses deux compagnons ont décollé de Baïkonour.

De nos jours, c'est le privé qui finance les programmes spatiaux, pas l'État. Et Thor Laboratories réalise de grosses économies en passant par le Soyouz. Pour un vol entre la Terre et l'ISS, la NASA facture chaque siège quatre-vingt-dix millions de dollars.

— Il est en approche finale ! annonce le commandant de la Space Force, les yeux rivés aux écrans. Encore vingt mètres.

Les caméras montrent les rangées de panneaux solaires, déployées comme des ailes bleu nuit, fines et délicates, soulignées d'un liseré orange. On dirait une libellule géante, baignée par les rayons changeants du soleil qui se lève et se couche toutes les quatre-vingt-dix minutes.

— C'est bizarre, vu d'ici je ne vois aucun dégât, fait remarquer Gunner.

Pas la moindre déchirure dans le réseau de cellules photovoltaïques. Peut-être que les dommages sont difficiles à repérer ? L'engin argenté a quand même la taille d'un car scolaire. Vu au télescope, il pourrait passer pour un satellite classique.

Mais en y regardant de plus près, on remarque sa palette accueillant des expériences scientifiques et son petit bras articulé. Et un satellite n'aurait pas deux baies d'arrimage – vides toutes les deux ! Horton a quitté le navire, il a pris le seul canot de sauvetage en laissant ses deux collègues, peut-être blessés, sans moyen de communication ni possibilité de retour sur Terre.

Quel égoïsme, quelle lâcheté ! Il n'a pensé qu'à lui. Mais, par définition, un espion se fiche des autres, il ne peut avoir d'empathie. Pour personne.

— Le Dream Chaser va s'arrimer en manuel, sans l'aide de l'orbiteur puisque la salle de contrôle a perdu toutes les communications avec lui, explique le général. Nous ignorons la situation des deux astronautes à l'intérieur du TO-One. Et ce qu'il est advenu des travaux top-secret sur lesquels ils travaillaient.

Il précise que, depuis plusieurs années, des milliards de dollars ont été investis dans la recherche en biotechnologie, à l'insu du public.

— Thor est spécialisé dans la bio-impression d'organes, explique la vice-présidente en levant les yeux de ses notes. Vous imaginez le potentiel pour l'armée, le voyage spatial, pour la santé des chefs d'État et de toute l'humanité !

22.

— Arrimage effectué, écoutilles verrouillées, annonce le général Gunner.

Sur un écran, les astronautes Annie Girard et Chip Ortiz débouclent leur harnais. En ancrant leurs pieds dans les straps prévus à cet effet, ils retirent leur combinaison, les placent dans des filets au-dessus de leurs têtes et vérifient la pressurisation du Dream Chaser.

Ils s'assurent qu'ils sont bien accrochés et qu'il n'y a aucune fuite. Tous les mouvements sont rendus difficiles par l'apesanteur. Derrière le hublot, le soleil éclaire le bras articulé de l'orbiteur, perché au-dessus de la palette à instruments telle une mante religieuse.

Le général Gunner se saisit de la télécommande.

— Je nous mets en communication avec nos astronautes.

À l'écran notre planète bleue est enrubannée de nuages. Je ne sais pas au juste où se trouve l'orbiteur à cet instant. J'aperçois des montagnes blanches – peut-être l'Himalaya. Mais la topographie change constamment tandis que le vaisseau file autour du globe à la vitesse d'une balle de fusil.

— Ils vont entrer d'un moment à l'autre dans le TO-One, continue le commandant de la Space Force. Annie, Chip, vous nous recevez ?

— Cinq sur cinq, mon général, répondent-ils en chœur tandis que leur image s'affiche sur tous les écrans.

— Comment s'est passé le voyage ?

— Sans problème, mon général, lance Chip en levant le pouce.

— Nous effectuons tout de suite les procédures de sécurité, explique Annie sans lever les yeux de son écran d'ordinateur.

— On veut rentrer dans le vaisseau au plus vite, ajoute Chip. (Visiblement, il espère que les deux astronautes ne sont pas morts.)

— Durant votre approche, avez-vous remarqué des avaries sur l'orbiteur ? De notre côté, nous n'avons rien vu.

— Négatif, répond Chip.

— Rien de particulier, sinon l'absence du Soyouz, renchérit Annie. Il paraît que les panneaux solaires ont été déchiquetés, mais je n'ai repéré aucun dommage.

— Et d'ici, nous avons une bonne vue sur la palette et le bras articulé. Tout semble en état, ajoute Chip.

— C'est bien ce qui nous a semblé sur les images, confirme le Président. Peut-être que le labo est indemne, en fin de compte.

— D'après nos capteurs, le TO-One est toujours pressurisé. Les niveaux d'oxygène et les systèmes vitaux sont OK, et contrairement à ce que Horton prétend, les cellules photovoltaïques génèrent toujours de l'électricité, intervient la NASA. Apparemment ce sont juste les communications, les caméras et les expériences à bord qui sont HS.

La bonne nouvelle, c'est qu'Annie et Chip peuvent entrer sans équipement de survie autonome. Ce qu'ils n'ont pas à bord. Les EMU (Extra Mobility Unit), ces combinaisons conçues pour les sorties extravéhiculaires, sont bien trop encombrantes en milieu clos. Ils passeraient leur temps à se cogner partout, en risquant d'endommager du matériel.

Les EMUs sont donc restées dans l'ISS puisque rien n'indiquait qu'elles seraient nécessaires. Si la coque de l'orbiteur était endommagée, et que l'habitacle avait été exposé à des températures extrêmes et vidé de son air, il était inutile d'envoyer une équipe de sauvetage !

Le laboratoire, les cadavres à l'intérieur, ainsi que les expériences scientifiques, auraient été purement et simplement abandonnés. Et la gravité aurait fini par les faire rentrer dans l'atmosphère, où le tout aurait été incinéré comme de simples déchets.

Dans le vaisseau, les conditions seront comparables à celles dans la station spatiale internationale. Chip et Annie sont donc vêtus de la tenue classique des résidents de l'ISS : polo avec l'écusson de la mission, pantalon de toile, et chaussettes blanches.

— N'oubliez pas de doubler vos gants, leur dis-je pendant qu'ils enfilent des tenues de protection. Vous avez des masques FFP2 ? Et aussi des visières ? C'est absolument obligatoire car on ne sait pas ce qui flotte dans l'air là-bas.

— Affirmatif, répondent-ils. (Ce ne doit pas être simple de s'équiper en microgravité. Leurs combinaisons en Tyvek flottent autour de leurs bras et jambes tels des fanions.) Nous aurons aussi des caméras de poitrine.

— Je suppose que l'orbiteur a le même matériel médical que l'ISS ?

Par sécurité, néanmoins, ils emportent avec eux leur trousse de premiers secours. L'un derrière l'autre, ils franchissent le sas en flottant, et leurs caméras nous montrent une vision d'horreur. Les deux astronautes sont en couches, vêtus seulement de leurs justaucorps isothermes qu'on porte d'ordinaire sous les EMUs. Et le coton blanc est maculé de rouge.

Ils dérivent dans l'air, sur le ventre, bras et jambes légèrement pliés. À cause des ventilateurs qui tournent H-24, la scène est un pur cauchemar pour un médecin légiste. Des gouttes de sang séchées ont essaimé partout. La peau exposée est couverte d'un glacis pourpre. Même le blanc des yeux en est maculé. Leurs cheveux flottent dans le vide, suivent les mouvements d'air, dressés comme des herbes folles.

Les surfaces d'acier et les sacs blancs en Nomex semblent avoir été aspergés de peinture rouge. J'ai l'impression d'entrer dans une boule à neige qu'on aurait secouée, sauf que les flocons étaient ici du sang. La plupart ont fini par se déposer un peu partout. Mais certains flottent encore, dérivent, desséchés. Je n'ose imaginer l'état des filtres de la ventilation !

— Il semble que les deux astronautes soient décédés, annonce Annie en cachant, comme Chip, son émotion.

— Essayez de ne pas les heurter.

L'intérieur du vaisseau est très encombré, avec plein d'arêtes coupantes ou d'objets saillants.

— Il ne faudrait pas que les corps aillent s'écraser contre vous ou autre chose.

Les cadavres n'ont peut-être aucun poids en apesanteur, mais ils ont toujours une masse. Et ils peuvent causer de gros dégâts.

— Nous allons nous déplacer lentement, et faire attention.

— Si on veut comprendre ce qui s'est passé, il va falloir le faire à l'ancienne, commenté-je. (Car je n'ai ni instrument ni équipement sophistiqué à disposition.)

Tout le monde demeure silencieux, bouleversé par l'horreur de la scène.

Sans enregistrement audio ou vidéo, établir quand et comment c'est arrivé risque d'être un casse-tête. Nous n'avons aucune donnée indiquant où se trouvaient les équipiers de Horton, ni ce qu'ils faisaient au moment où ils ont été blessés.

— Il n'y a pas de point zéro, pas de morphoanalyse possible des traces de sang. Autrement dit, je ne peux retracer leur historique. Je ne sais même pas où ils sont morts à l'origine.

Peut-être dans le sas ? Ils y seraient retournés en hâte après leur sortie dans l'espace ? Si tant est que cette EVA ait eu lieu. Parce qu'il n'y a aucune preuve. Au fil du temps, les cadavres ont pu se déplacer au gré des mouvements d'air. Et s'arrêter dans le module de recherche, au milieu de tous ces câbles qui courent au plafond et le long des parois tapissées d'ordinateurs et autres appareils mystérieux.

J'aperçois sur les plans de travail des réfrigérateurs, des congélateurs, des bio-imprimantes 3D aussi, qui servent à fabriquer des éléments du corps humain à partir de cellules-souches. Libérées de la gravité, les structures en trois dimensions peuvent être assemblées sans échafaudage biochimique, ce qui est impossible sur Terre.

Au mieux, on peut tenter l'expérience durant les vols paraboliques des avions zéro-G, où je me suis retrouvée quelques fois avec des chercheurs. Je sais quel effet cela fait de flotter, et ce qui se produit sur les fluides humains et autres marqueurs. La microgravité est la plaie des scènes de crime, mais le terrain de jeu idéal des apprentis sorciers qui fabriquent des organes complexes et autres tissus mous.

Il y a peut-être en orbite d'autres laboratoires secrets comme celui-ci – des fermes de corps où l'on crée la vie au lieu d'observer la mort et ses effets. Pendant un temps, je me suis beaucoup intéressée à ces biotechnologies. Mais j'ignorais que des travaux étaient déjà en cours dans l'espace. Et, à mon avis, Horton n'est pas parti les mains vides !

Tous les caissons en plexiglas sont vides. Qu'a-t-il pu emporter avec lui ? Pendant qu'Annie et Chip se déplacent, j'aperçois un cœur humain qui flotte au plafond, semblable à un ballon de baudruche oublié après un anniversaire. L'organe imprimé en 3D paraît conforme au modèle naturel mais je doute qu'il fonctionne. Idem avec le rein, l'oreille et cette chose cylindrique – une vessie ? – qui dérivent dans les mouvements d'air.

Sans ces ventilateurs qui tournent non-stop, les gaz, comme tout le reste, resteraient en place, et le dioxyde de carbone formerait une sphère létale autour de la tête des occupants du vaisseau. Toutefois ce n'est pas cela qui a tué ces astronautes. Ils ne sont pas morts asphyxiés, mais vidés de leur sang. Peut-être même qu'ils l'ont aspiré puisque l'hémoglobine, comme tout fluide, sujette à la tension superficielle, a rampé le long du cou jusqu'à la bouche et les narines tel un ectoplasme.

— Je vais vous demander de vérifier certains points pour moi, dis-je à Annie et Chip.

Je leur explique ce que je veux. Annie s'approche de l'homme et tente, en vain, de bouger un bras. La *rigor mortis* est complète, et le phénomène est indépendant de la pesanteur. Mais nous ne trouverons pas de lividités cadavériques sur les parties déclives du corps, là où, sur Terre, s'accumulerait le sang après le décès.

D'ordinaire ces colorations permettent de déterminer si le cadavre a été déplacé. Dans le cas présent, la réponse est oui ; les corps n'ont pas cessé de bouger dans les courants d'air. Et je ne peux savoir quelle était leur position à l'origine.

— J'aimerais que vous les fassiez pivoter lentement pour que je puisse les observer sous tous les angles.

— OK, répond Annie.

— Pendant ce temps, Chip, je voudrais que vous retrouviez les combinaisons qu'ils portaient pendant leur sortie.

— Les EMUs doivent être dans le sas. (Il jette un regard circulaire pour se repérer.) J'y vais tout de suite. Je vous tiens au courant.

— Je préférerais voir ça par moi-même.

— D'accord. Je vous les montrerai avec la caméra.

D'une pichenette, il change de trajectoire et suit les lumières le long du plafond constellé de points rouges.

En sustentation dans un aérosol de particules de sang séché, il marche littéralement dans l'air et traverse l'espace cuisine avec ses sacs de nourriture en Nomex retenus par des bandes velcros et des sandows. Il vire à gauche, longe les appareils de culture physique, une activité cruciale pour les astronautes s'ils ne veulent pas perdre leur masse musculaire et fragiliser leurs os.

Il se faufile par une autre écoutille ouverte et pénètre dans le sas où flottent les deux combinaisons spatiales. À l'évidence, les scientifiques de Thor s'en sont extraits en hâte, et les divers éléments qui les complètent – torses, pantalons, bottes, gants et casques – dérivent dans l'air.

— Combien de temps leur faut-il pour retourner dans le sas, le repressuriser, et se déséquiper ? demandé-je à l'assistance dans la salle. Même dans des conditions normales, ce ne doit pas être une partie de plaisir.

— S'ils sont réellement sortis du sas, et revenus, ça prend trente minutes au bas mot, répond la NASA. Pour ne pas dire quarante. Et il ne faut pas chômer.

Chip attrape l'un des deux torses, le plus petit, l'inspecte avec minutie et annonce qu'il y a deux trous sur le côté droit, dans la partie supérieure. Il se déplace pour nous les montrer avec sa caméra ventrale.

Les perforations dans le tissu ignifugé sont parfaitement circulaires et d'un diamètre d'une pièce de dix cents. Elles correspondent aux blessures sur le corps de la femme, à l'épaule et au flanc droit. Et comme son compagnon, elle a beaucoup saigné.

Sans doute, une artère a été touchée. Le sang a vite séché et a été emporté par la climatisation. Les deux trous sont identiques. L'arme utilisée est donc la même. Ce ne serait pas le cas s'il s'agissait de débris spatiaux qui, par définition, ont des tailles et des formes différentes, comme du shrapnel d'une bombe artisanale.

— Chip, y a-t-il des orifices de sortie ? Des déchirures ?

— Négatif. Je ne vois rien. Par malchance, les points d'entrée sont à côté des plaques protectrices, ajoute-t-il. (Non, Chip, ce n'est pas un hasard !)

Il examine ensuite l'autre combinaison taille XL, d'abord le torse puis le pantalon. Il trouve deux perforations identiques, dans l'épaule droite et le bras, et une autre dans la cuisse droite. Là encore, cela correspond à ce que me montre Annie dans le module du laboratoire. La scène qui se construit peu à peu n'est guère réjouissante.

23.

Les deux astronautes ont été obligés d'ôter leurs combinaisons avant de se rendre dans le module des expériences, là où se trouve le matériel médical. Ils ont peut-être eu assez de temps pour atteindre cette partie de l'orbiteur, ou alors ils sont morts en chemin.

— Ils ont été blessés alors qu'ils portaient leur combinaison, conclus-je.

— Combien de temps ont-ils survécu ? demande le Président.

— C'est difficile à dire pour l'instant. La mort n'a pas été instantanée, c'est sûr. Mais je ne peux pas être plus précise tant que je n'ai pas examiné les dégâts internes, ce qui se révèle compliqué dans ces conditions.

— Horton a tenté de les aider ? veut savoir le secrétaire d'État.

— Les victimes ont beaucoup saigné, c'est tout ce que je peux affirmer pour l'instant. (Tout le monde observe les images morbides sur les écrans.) Et pour saigner, il faut que le cœur batte. C'est donc qu'ils étaient en vie.

— Est-ce qu'on leur a prodigué des soins ? insiste la vice-présidente.

— Non, je ne vois rien qui le confirme.

— Mais qui a coupé les caméras, les communications ?

Évidemment, questions et commentaires fusent de nouveau.

— Horton, bien sûr !

— Pourquoi ?

— Pour qu'il puisse s'enfuir sans être repéré, du moins avant qu'il soit trop tard !

— Les caméras ont été éteintes des heures avant qu'il ne quitte le vaisseau, rappelle Benton.

— Et ses coéquipiers ne s'en sont pas aperçus ? s'étonne le directeur du Secret Service. Pourtant, d'un coup, ils n'ont plus eu aucun contact avec Houston.

— Nous n'aurons jamais toutes les réponses, réplique Benton.

— Mais Horton les a ! s'agace le FBI. (Il se tourne vers moi.) En attendant, quelle horreur là-haut ! Je ne vois pas ce qu'on peut faire, sinon nous occuper des corps. On ne peut pas les ramener ici pour pratiquer une autopsie.

Bien sûr, il n'y a pas de chambres froides en orbite et aucun moyen de les transporter sur l'ISS. Alors quoi ? On les place dans le compartiment poubelles ?

Il est hors de question de les laisser se décomposer dans l'orbiteur de Thor. TO-One vaut un milliard de dollars, sans parler des coûts de la recherche et développement. La seule solution pour l'heure est de balancer les cadavres dans l'espace – ce qui n'était jamais censé se produire.

Le directeur du FBI ne donne pas de détails quant à la procédure à suivre. Peut-être qu'il n'en sait rien. Mais moi, j'ai ma petite idée. Apprendre à gérer de telles situations, cela fait partie de mon boulot au sein de la Commission Apocalypse.

— Je retourne au labo, prévient Chip.

D'une petite impulsion, il s'élance dans l'air, pendant que je demande à Annie de chercher l'armoire médicale.

— Elle est ici ! (Elle avance et me montre la croix rouge qui flanque l'un des conteneurs.)

— Parfait. On va essayer les ultrasons.

— HRF 1 sur On, confirme l'astronaute.

La NASA explique qu'Annie a mis sous tension la Human Resarch Facility.

La HRF alimente tous les systèmes de survie, y compris les capteurs de radiations, les analyseurs de gaz et l'échographe.

— Pendant que nous y sommes, tâchons de voir ce qui s'est passé avec la vidéo, propose Annie en s'élevant vers le plafond pour inspecter une caméra zénithale. Elle a été éteinte manuellement, déclare-t-elle finalement.

Elle la rallume aussitôt. Autrement dit, il ne s'agit pas d'une panne. Encore un mensonge de Horton.

— C'est pareil pour les dégâts qu'aurait subis le vaisseau, commente le Président en regardant Annie rallumer une à une toutes les caméras du labo.

Certains objectifs sont maculés de gouttes de sang séché. Puis l'astronaute française s'occupe des communications radio. Et, soudain, nous retrouvons le contact avec l'orbiteur. De nouvelles images du vaisseau apparaissent sur les écrans. Un organe de synthèse flotte derrière une bio-imprimante – un foie. Annie s'arrime à une sangle de pied, ouvre l'armoire médicale, et récupère l'échographe portable.

— Maintenant, sortez les kits chirurgicaux. Chip, Annie, d'avance, je vous présente mes excuses ; ce que je vais vous demander va être pénible.

C'est un euphémisme ! D'abord, il me faut un thermomètre. Annie ne trouve qu'un modèle infrarouge. C'est suffisant pour vérifier la température du front, mais pas pour une exploration post mortem.

— Très bien, prenez déjà la température ambiante. (Je ne me fie pas aux capteurs du labo. Toujours faire ses propres mesures !)

— 21 °C, annonce Annie.

Avec cet appareil, nous ne pouvons pas prendre la température interne des cadavres qui doit être différente de celle que relève Annie sur le front des victimes.

— 27° pour lui. Et 25° pour elle.

Rien de surprenant. Il est normal que la femme se refroidisse plus vite.

— Qu'est-ce qu'on peut en déduire ? s'enquiert la vice-présidente.

— Que ces deux-là sont morts il y a huit ou dix heures, réponds-je. C'est une fourchette. Je ne peux pas être plus précise.

— C'est en gros le moment de leur EVA, intervient Benton. Si tant est qu'ils soient sortis. On n'a aucune image pour le vérifier.

— Elles étaient programmées pour 23 h 30, précise la NASA. Il y a un peu plus de douze heures.

— La médecine légale n'est pas une science exacte. Et les résultats peuvent varier en fonction de la pesanteur, dis-je. Mais à en juger par le refroidissement externe des corps et l'ampleur de la *rigor mortis*, je maintiens qu'ils sont morts il y a huit ou dix heures.

Je demande alors à Chip et Annie si quelque chose pourrait faire office de civière. Dans un compartiment, ils trouvent une table pliante en fibre de verre. Ils sortent les pieds de métal et les insèrent dans les logements au sol prévus à cet effet.

— Vous voulez faire quoi, au juste ? demande Gunner.

— Je veux savoir quel type de projectile ils ont reçu. Nous ne pouvons les ramener sur Terre alors je dois improviser avec ce qu'on a à bord.

Il va falloir sangler les corps sur la table, en les allongeant sur le ventre.

— Vous serez mes mains, dis-je à Chip et Annie. Mais prenez garde. Il y a forcément des éclats dans les corps, et certains sont pointus.

Car rien n'indique qu'il s'agit d'un matériau ordinaire. Cela pourrait être une substance radioactive ou contaminée par quelque chose inconnu sur Terre.

Les bandes de Velcro crissent. Le corps raide de l'homme ne se laisse pas faire. Il finit par être sanglé à la table malgré ses membres pliés. Je demande alors à Annie de découper le caleçon de coton le long de la cuisse droite, là où il y a la blessure.

La NASA explique qu'il s'agit d'un LCVG[1], un sous-vêtement technique qui contient plus de cent mètres de tubes où circule de l'eau froide pour la régulation thermique. Mais ici, les tubes ont été perforés et l'eau s'est évaporée depuis longtemps.

— On va aller à la pêche ! dis-je. Il me faut un scalpel, une pince chirurgicale, des compresses. Et aussi des boîtes ou des sacs stériles. Je veux récupérer les débris qui sont coincés dans les chairs pour les analyser ici.

Avec une paire de ciseaux attachée à un cordon, Chip coupe le sous-vêtement. Les pans de coton se soulèvent, libérant un essaim de flocons de sang séché.

— Avant toute chose, poursuis-je, passons à l'échographie. Ça nous fera un repérage et nous évitera de creuser au petit bonheur la chance.

— Quelle sonde voulez-vous ? demande Annie.

— La linéaire avec une fréquence de six à quinze mégahertz.

Chip installe une petite desserte et y dépose des instruments chirurgicaux, tous arrimés par du Velcro.

— C'est bon, je suis prête, m'avertit Annie en levant la sonde.

Elle dépose du gel de contact sur la zone de la blessure. Les images sont troubles sur l'ordinateur connecté à l'échographe. Mais j'ai déjà un indice. Je demande à mes opérateurs de fortune de couper d'autres portions du justaucorps. Je veux examiner aux ultrasons chaque

1. Pour *Liquide Cooling and Ventilation Garment*. *(N.d.T.)*

blessure. Et pour toutes, je constate une configuration identique.

Une fois que le projectile a perforé la combinaison spatiale et est entré dans les chairs, il s'est fragmenté en une myriade de débris, comme du petit plomb de chasse sans endommager la cage thoracique ni atteindre un organe vital. En revanche, la blessure à la cuisse est plus sérieuse, plus de vingt centimètres de profondeur, suivant un angle de soixante degrés.

— Je pense que la veine fémorale a été touchée, précisé-je à tout le monde. Une blessure létale si elle n'est pas soignée. Mais la mort n'est pas immédiate, parce qu'il s'agit d'une veine et non d'une artère, et qu'elle est juste percée, pas entièrement sectionnée. Autrement dit, il ne s'est pas vidé d'un coup de son sang. Du moins pas si vite que ça.

Je souhaite examiner sa partenaire sans perdre de temps. Mais ça risque d'être compliqué car il n'y a qu'une seule table dans le vaisseau. Faute de mieux, je propose une solution. C'est Chip qui va tenir le corps.

Il s'arrime à la paroi grâce aux straps et maintient le cadavre, le temps qu'Annie découpe le LCVG. Je lui demande d'explorer les deux blessures à son flanc droit – ce qui n'est pas une mince affaire car la morte est arc-boutée comme une pugiliste.

Annie écarte les pans de coton, enduit les zones de gel et passe la sonde. Les images qui apparaissent à l'écran sont les mêmes que pour son coéquipier. Le projectile s'est fragmenté et, dans son cas, les éclats ont heurté les côtes, sans toucher d'organes vitaux.

— À ce stade, je peux vous confirmer que la veine axillaire droite a été en partie sectionnée. Si j'en juge par la position de ce petit fragment qu'on voit à l'échographie. La blessure, faute d'être traitée rapidement, était mortelle.

Nous sanglerons la femme plus tard sur la table. Mais je veux finir le travail sur son coéquipier. Je demande à

Annie de prendre un scalpel et à Chip de se tenir à côté, avec des compresses.

— Allez-y tout doucement. Et prévenez-moi quand la lame rencontre quelque chose.

— Rien pour l'instant, répond Annie tandis qu'elle ouvre la plaie.

Le sang, en apesanteur, se comporte bizarrement. Il s'élève de l'entaille, en petites sphères qui maculent tout ce qu'elles touchent – les murs, le plafond, le matériel, la visière en plastique d'Annie. Elle l'essuie avec une serviette. C'est exactement ce qu'ont vécu les deux scientifiques de Thor qui agonisaient.

Le sang qui s'échappe de leur plaie, qui dérive et éclabousse tout… Jared Horton devait en avoir partout sur lui, sur ses vêtements, dans ses cheveux. Pas un centimètre carré de l'orbiteur n'a été épargné, pas même la « salle de bains » où l'équipe faisait ses ablutions.

Comment se laver avec de l'eau qui a tendance à flotter, comme le sang et tout autre liquide. Même si Horton avait tenté de se nettoyer, il aurait été immédiatement couvert à nouveau d'hémoglobine, les particules étant disséminées par les ventilateurs des climatiseurs dans tout le vaisseau. Une fois réduits en fragments pas plus gros que des grains de poivre, ils s'insinuaient partout.

Les astronautes blessés ont peut-être survécu un bon moment, un calvaire de plusieurs heures. Et avant de perdre connaissance, ils ont dû paniquer et beaucoup souffrir. Ils étaient peut-être encore vivants quand Horton se préparait à partir.

Le sang frais devait s'agglutiner à ses cheveux, à sa peau, à tout ce qu'il portait et emportait avec lui. Comme dans un drame shakespearien, une nouvelle de Poe, voire un verset biblique, le scientifique de Thor, devenu espion, avait le sang de ses compagnons sur les mains. Littéralement.

— Et aussi leur ADN, expliqué-je à l'assistance. Horton a tout rapporté sur Terre.

Peut-être, toutefois, cela n'avait-il plus aucune importance. Comment savoir l'accord qu'il a conclu avec les Russes ?

— Comment ça se passe ? dis-je à mes assistants dans l'espace.

— Le scalpel est enfoncé à mi-manche, répond Annie. Je crois sentir quelque chose.

— Prenez la pince. J'espère qu'elle est assez longue. Je ne veux pas que vous ou Chip alliez trifouiller là-dedans à mains nues.

Nous ignorons si les fragments sont tranchants, et encore plus leur composition. Pas question de les mettre en danger, en particulier s'il s'agit de débris spatiaux inconnus provenant d'un vaisseau ou d'une arme extraterrestre !

24.

— C'est bon. J'ai quelque chose, annonce Annie en retirant lentement la pince de plastique.

Au bout des mors, un morceau de cuivre, brillant comme de l'or rose. Des fibres sont accrochées dessus – des reliques de l'EMU et du LCVG. Elle creuse encore, guidée par l'échographie, et extrait d'autres éclats de cuivre. Elle les dépose dans les boîtes stériles et reprend ses fouilles.

— Je ne sais pas ce que c'est. Mais c'est plus gros, indique-t-elle en retirant la pince.

J'aperçois, au bout de l'instrument, une petite bille argentée. Elle la pose dans sa paume et la montre à la caméra. C'est de la taille d'un petit pois.

— C'est quoi ce truc ? bredouille Chip.

Personne ne le sait dans la salle de crise. Mais moi, j'ai ma petite idée.

— C'est creux et ça ressemble à du plastique, n'est-ce pas ? demandé-je, tandis que la colère me gagne.

— Affirmatif, répond Annie.

À présent, je sais ce qui s'est passé la veille, à l'heure officielle de leur sortie extravéhiculaire. Mais je préfère ne rien révéler tant que je n'ai pas obtenu toutes les preuves. Et si je disais à haute voix ce que je pense de Horton, je devrais laisser une fortune dans le pot à gros mots de Janet. Je préfère m'adresser à Chip :

— Avez-vous perçu une odeur particulière dans le sas quand vous avez inspecté les EMUs ?

— Non, madame. (En même temps, avec son masque et sa visière, Chip ne risquait pas de sentir grand-chose.) C'est vrai que je n'avais pas la tête à ça. Et je n'ai pas collé mon nez sur les combis.

— Ce serait pas mal de vérifier, dis-je en précisant bien d'y aller doucement.

Sans protection filtrante, je ne veux pas qu'il prenne une pleine bouffée de l'air ambiant dans le sas. Il est toutefois possible que l'odeur ait pu s'accrocher aux EMUs, et qu'elle soit encore perceptible après douze heures.

Les deux astronautes ont compris où je voulais en venir.

— Si ça n'était pas important, ajouté-je, je ne vous le demanderais pas.

S'il reste une odeur, elle va bientôt se dissiper totalement. En tout cas, elle ne sera plus là quand la prochaine équipe de secours arrivera pour nettoyer tout le sang qu'a laissé Horton.

— Bien reçu. J'y vais, déclare Chip en repartant en vol plané vers le sas.

Il s'approche des éléments de la combinaison et attrape un gant. Il soulève sa visière, baisse son masque et plaque le tissu sur son nez. Puis il remonte vite son équipement de protection, se tourne vers la caméra et secoue la tête.

Non, il ne sent rien. Il retourne aussitôt dans le module du labo, se mouvant dans l'air telle une anguille.

— Qu'est-ce que vous en déduisez ? me demande la vice-présidente.

— Un : les deux astronautes n'ont pas été touchés par des débris spatiaux. Deux : ils n'ont jamais quitté le sas. Trois : ils ont été attaqués après s'être équipés pour leur sortie extravéhiculaire.

— Vous en êtes sûre ? s'étonne le général Gunner.

— J'en aurai la preuve formelle quand mes labos auront examiné les échantillons.

— Ce n'est pas demain la veille ! réplique la NASA.

Les fragments prélevés sur les corps des victimes ne reviendront sur Terre qu'avec la prochaine capsule quittant l'ISS. Et le vol est programmé pour fin décembre. Pas question d'attendre aussi longtemps.

— Je vais voir ce que je peux faire d'ici.

Annie et Chip ouvrent un sac mortuaire et tentent d'y glisser le corps. La microgravité complique tout. La morte et les deux vivants tournoient dans l'air, heurtent le sol, les parois, le plafond…

Un ballet grotesque auquel tous ceux dans la salle de crise auraient préféré ne jamais assister. Puis le bras articulé exécute une tâche morbide pour laquelle il n'a pas été conçu. Le silence tombe dans la pièce quand les deux cadavres, enfermés dans leur sac, sont lâchés dans le vide du cosmos.

Ils orbiteront autour de notre planète comme tant d'autres déchets, et finiront peut-être consumés dans l'atmosphère. Ou bien ils resteront là-haut pour l'éternité. Il n'existe aucune autre solution. Pas en ce moment ni en ces circonstances, parce que l'espace est impitoyable.

J'imagine déjà les gros titres dans les médias. Comment va réagir le public quand il apprendra ces meurtres ? Je n'aime pas l'idée que des astronomes sur terre repèrent les dépouilles dans leur cocon de plastique. On leur donnera un nom et ils apparaîtront désormais sur les cartes des satellites et corps célestes en orbite.

C'est terminé. Annie et Chip retirent leurs gants, arrachent leur protection de Tyvek et récupèrent les boîtes contenant les fragments, la trousse de premiers soins et se préparent à quitter le TO-One. Avant de réintégrer le Dream Chaser, ils se font une « toilette ». Le grand jeu : souffleur, aspirateur, dépoussiéreur électrostatique.

Il s'agit d'ôter toute particule potentiellement dangereuse susceptible de rester accrochée à leur corps, leurs vêtements ou leur matériel pour ne pas contaminer leur vaisseau, et par suite la station spatiale internationale. Ce sera la même procédure quand les astronautes du futur rentreront dans leur habitat lunaire.

L'un après l'autre, Annie et Chip franchissent l'écoutille du Dream Chaser, volant tels des super-héros. De retour dans le cockpit, ils enfilent leur combinaison intravéhiculaire, se sanglent à leurs sièges.

— Je sais que cela n'a pas été une partie de plaisir, leur dis-je. Vous m'avez été d'un grand secours. Je n'aurais rien pu faire sans vous.

Le Président se lève avec solennité.

— Ce que vous avez accompli aujourd'hui nécessite un grand courage, déclare-t-il, tandis que tout le monde rassemble ses papiers. C'était une mission sinistre et douloureuse. La nation vous en est très reconnaissante.

— Merci Chip, merci Annie, ajoute la vice-présidente. Bon voyage.

À 16 heures, il a cessé de pleuvoir. Le ciel se dégage, tandis que Benton et moi rentrons dans sa Tesla silencieuse.

Nous sommes bloqués sur le pont George Mason Memorial qui enjambe de Potomac. La quatre-voies est encombrée de voitures, immobiles comme sur un parking. Le soleil à l'horizon, telle une boule de lave, zèbre le ciel d'orange, et ses derniers rayons se mirent dans les eaux noires et paresseuses du fleuve.

Au moins, la vue est belle. Ce coucher de soleil a beau être impressionnant, je bous sur place. Comme un moteur, je frôle la surchauffe ! J'ai hâte de retourner au bureau. Je veux me débarrasser de ces vêtements et appeler mes labos avant que tout le monde soit parti. Tout m'échappe au travail, et ce depuis le début.

J'ignore quelles nouvelles affaires sont arrivées aujourd'hui. Rien qui intéresse les médias, je suppose, sinon on m'aurait prévenue – enfin je l'espère. Si tel était le cas, j'aurais eu des nouvelles de Marino. Il passe ses journées à écouter les fréquences de la police et c'est lui qui, d'ordinaire, m'apprend les problèmes avant tout le monde.

— Ce sont des hélicos de la télé, m'annonce Benton en désignant les appareils qui volent à basse altitude, leurs feux clignotant dans le ciel qui s'obscurcit. Il se passe quelque chose à Pentagon City.

À en croire le GPS de bord, il y a une grosse activité policière droit devant. Mais c'est tout ce que l'écran révèle. Pendant que nous patientons, je contacte Lucy, Maggie, Marino et les autres par SMS ou par e-mails. Je les préviens que nous avons quitté Washington il y a vingt minutes, sans leur préciser ce que nous faisions là-bas, et que nous sommes coincés dans les embouteillages. Ils savent très bien le temps qu'il faut, à cette heure, pour traverser le Potomac.

Je compte quatre hélicoptères qui survolent l'autre rive, tandis que la nuit tombe comme un rideau. La police doit savoir ce qui se passe. Par SMS, je demande à Lucy et Marino s'ils sont au courant.

Pendant que j'attends leur réponse, j'essaie de joindre mes labos par téléphone – la toxicologie, la balistique, l'anatomopathologie, l'anthropométrie, l'analyse génétique. Je veux parler aux techniciens avant qu'ils ne rentrent chez eux.

— Le problème c'est que la plupart d'entre eux ne décrochent plus après les heures de bureau, fais-je remarquer à Benton. (Je me répète, oui, mais ça m'agace tellement.) Il faudrait que j'aie leur numéro de portable. Ce qui n'est évidemment pas le cas – alors que le crime n'a pas d'horaire, lui !

— Les gens ont le droit d'avoir une vie, Kay.

— Bien sûr. Mais pour certains, dès qu'ils sortent de l'IML, ils sont aux abonnés absents. C'est nouveau pour moi. C'était différent avant.

— « *Used to be's don't count anymore*[1] », comme dit Neil Diamond. (Benton chante faux, mais il espère ainsi me dérider.)

— En tout cas, Elvin ne se prive pas de me le rappeler tous les jours. C'est à cause de lui si je vis ce calvaire. Mais à quoi bon me plaindre ? (Et pour couronner le tout, l'habitacle empeste le poulet frit !)

Les boîtes en polystyrène sont dans leurs sacs en plastique bleu, flanqués du sceau présidentiel. Je ne les garde pas en souvenir. Ils sont à mes pieds parce qu'on n'a trouvé nulle part où les jeter. Les poubelles sont rares aux alentours de la Maison Blanche ! Et je n'ai pas osé donner nos détritus à Tron.

D'autant qu'elle a eu la gentillesse de nous laisser cette place de parking privilégiée le temps que l'on grignote quelque chose. Nous étions si affamés ! Le poulet frit du Mess Hall était accompagné de petits pains et d'un coleslaw crémeux à souhait. Je suis repue, et bien hydratée, mais j'ai encore la migraine après cette séance éprouvante dans la salle de crise.

Sans compter mon passage au bureau ovale, où le Président et la VP m'ont posé un tas de questions sur ce vin empoisonné. Un tel acte pourrait cibler la Maison Blanche, les palais royaux, les QG des forces de l'ordre, les résidences des chefs d'État partout dans le monde.

Les invités arrivent toujours avec des cadeaux que, dorénavant, leurs hôtes seraient avisés de ne pas accepter. Mais il faut bien manger et boire. On ne peut dire non à tout. « Le danger est partout de nos jours », s'est lamenté le Président lorsque nous étions installés dans cette pièce oblongue toute jaune et bleue.

---

1. « Avant, ça ne compte plus », dans *You Don't Bring me Flowers*. *(N.d.T.)*

Il y a eu aussi des questions sur ce double homicide dans l'espace – une première ! Jared Horton était-il réellement impliqué dans le meurtre sanglant de Gwen Hainey ? Au secret de ce bureau mythique, Benton a réfuté la position du FBI, de la Sécurité intérieure, et de toutes les autres agences.

Avec une logique implacable, il a expliqué qu'assassiner Gwen Hainey ne servait en rien les intérêts de Horton – en tout cas, pas de cette manière aussi ostentatoire. C'était même la dernière chose à faire. Passé le premier choc, il avait simplement tenté en hâte de tirer à son avantage ce meurtre inattendu.

Un acte malveillant en entraînant un autre… il avait coupé les caméras, les communications, à l'insu de ses deux compagnons, et ce, avant de les aider à enfiler leur combinaison pour une EVA qui n'aurait jamais lieu.

— Son angoisse, c'était que son activité d'espion soit découverte suite à l'enquête sur le meurtre de Gwen Hainey, a expliqué Benton au Président, à la VP et aux autres personnes présentes dans le bureau ovale. Ensuite, cela a été pour lui une sorte de chute libre contrôlée, de la terreur et en même temps de la maîtrise.

Tuer ses équipiers, inventer une histoire qui pourrait être crédible – un accident, une attaque en orbite basse – et vider le labo avant de s'enfuir pour le Kazakhstan.

Je contemple les lumières sur la berge. La voie ferrée où Gwen Hainey a été retrouvée n'est pas loin, juste à côté de l'aéroport. Je me souviens du fracas des avions qui passaient au-dessus de ma tête tandis que j'examinais son cadavre mutilé. À cause des nuages et de la pluie, je ne pouvais les voir, mais j'entendais bien leurs réacteurs.

— Horton a paré au plus pressé, poursuit Benton. Craignant d'être grillé, il a raconté que ses compagnons ont été frappés par des débris et qu'ils sont parvenus à revenir dans le sas.

Mais en réalité, ils ne sont jamais sortis. C'est pour cette raison que Chip n'a rien senti. L'odeur de l'espace reste sur les tenues quelque temps. Certains astronautes la comparent à du métal brûlé. D'autres à une odeur d'ozone ou de composant électrique ayant surchauffé.

25.

— Et maintenant ? dis-je alors que nous sommes toujours bloqués au-dessus des eaux noires du fleuve, sous une lune argentée qui joue à cache-cache avec les nuages. Le Kremlin va accorder à Horton l'asile politique, c'est ça ? Et sa protection ? J'en ai marre que les méchants gagnent chaque fois.

— Nous avons un partenariat avec les Russes concernant l'espace. Même si chacun doit protéger sa technologie, nous devons nous entendre, répond Benton. À mon avis, le Kremlin va nier toute implication. Et ils vont nous livrer Horton.

— Tant mieux. Parce que ce ne serait pas juste qu'il s'en sorte, soupiré-je en contemplant l'enfilade de voitures à l'arrêt.

Un SMS de Lucy arrive sur mon téléphone :

`Quelle coïncidence ! (ou pas)`

Quand je clique sur le fichier joint, je comprends la raison de cet embouteillage et la présence de ces hélicoptères de la télévision dans le ciel. Un groupe de manifestants contre les violences policières défilent à Aurora Highlands, un quartier huppé au sud de Pentagon City.

— Il y a environ deux cents personnes, expliqué-je à Benton en consultant la presse sur mon téléphone. Et ça aurait un rapport avec une tentative de cambriolage chez Dana Diletti, tôt ce matin.

Lucy a raison. Ce n'est pas une coïncidence. Quelqu'un a voulu pénétrer chez la star du JT alors qu'elle travaille sur l'affaire du « Boucher de Daingerfield Island ». En enquêtant sur le meurtre de Gwen Hainey, la journaliste se retrouve à son tour une proie, et peut-être du même tueur psychopathe.

— Du moins, c'est ce que ça laisse entendre.

— Sans doute, lâche Benton. (Enfin, nous recommençons à rouler.) Il n'empêche que quelqu'un a essayé d'entrer chez elle par effraction.

— Apparemment, l'alarme s'est déclenchée vers 2 heures ce matin.

— Ça fait quatorze heures. Pourquoi tout ce ramdam maintenant ? Il s'est passé autre chose ?

— Elle tient en ce moment une conférence de presse devant sa maison. Et la manifestation a été organisée pour que cela tombe en même temps.

Les brigades anti-émeutes tentent de contenir cette foule qui bloque la circulation – car c'est d'évidence le but recherché.

— Elle accuse la police de l'avoir maltraitée, ajouté-je en continuant à lire les bulletins infos. Pour lui faire payer son professionnalisme, parce qu'elle ose critiquer les forces de l'ordre et les grands de ce monde.

Je trouve une diffusion en direct de son intervention. Je mets le haut-parleur.

— « ... et enfin, la police est arrivée. Et les deux agents n'étaient pas heureux de me voir, c'est le moins que l'on puisse dire. Ils m'ont fait aussitôt savoir qu'ils n'aimaient pas mon “style” de reportage. »

Elle est en jean, avec un imper et très peu de maquillage. Elle ressemble davantage à madame tout le monde qu'à une vedette du petit écran – mais une citoyenne lambda très grande et très belle. Entourée de son équipe, elle raconte son histoire tandis que des dizaines de policiers en tenue de combat surveillent la foule qui grossit. La plupart des manifestants lèvent des poings rageurs et brandissent des pancartes.

— « ... Après bien des efforts de persuasion, ils ont daigné reconnaître que la situation était sérieuse, poursuit Dana en regardant la caméra. Alors qu'on a frôlé le drame ! En réalité, ils se fichaient de ce qui aurait pu m'arriver, et voulaient surtout me montrer que ma place n'était pas dans ce quartier. »

Les agents auraient refusé d'appeler une unité de la police scientifique et technique. Selon elle, ils ne voyaient pas l'intérêt de relever des empreintes, des échantillons d'ADN, de prendre des photos. Ils prétendaient s'être assurés qu'aucun intrus ne se trouvait dans la maison. Un simple tour d'inspection.

— « Mais ce n'est pas du tout ce qui s'est passé ! déclare-t-elle avec des accents de tragédienne. Ils ont mis sens dessus dessous mes armoires, mes tiroirs, mes placards et autres endroits privés qui n'avaient aucun rapport avec le fait que quelqu'un avait tenté de s'introduire par la fenêtre de ma chambre. Et heureusement que l'alarme s'est déclenchée. Parce que j'étais dans la pièce où il y a eu l'effraction, en train de dormir ! »

Elle accuse la police d'avoir effectué une fouille aveugle et brutale à son domicile, d'avoir bafoué son intimité, sans mandat de perquisition, et de l'avoir traitée comme une suspecte et non comme une victime. Qu'est-ce qu'ils cherchaient au juste ? Des détails croustillants qu'ils auraient pu vendre à la presse ? De la drogue ou autres substances illicites ? Des armes ? Allez savoir. Tout ça, dans le seul but de la discréditer, de lui nuire !

— « ...Finalement, après avoir appelé le maire pour me plaindre de cette conduite inqualifiable, une équipe d'enquêteurs s'est présentée – cinq heures après les faits ! »

Elle se tourne vers sa jolie maison de brique décorée pour Noël, construite sur un charmant terrain arboré.

— « Et ils ont jugé nécessaire d'emporter toute la fenêtre ! Je ne pouvais donc plus rester chez moi… »

Ses paroles sont carrément une invitation au vol, un appel à tous les cambrioleurs ! Venez vous servir ! C'est *open bar*. À l'image, on voit les plaques de contreplaqué qui couvrent sa fenêtre côté jardin. Je suis d'accord avec elle. C'est une situation intenable.

À sa place, j'irais vivre ailleurs pendant un moment, ou alors je demanderais à quelqu'un de rester avec moi. En revanche, je n'attirerais pas l'attention du monde entier sur ma vulnérabilité en faisant une déclaration à la presse, qui, comme par hasard, coïncide avec une manifestation contre les exactions policières.

— C'est une grosse erreur. Même carrément irresponsable, dis-je. Oui, c'est dommage pour sa fenêtre. Mais si on veut vraiment récupérer des indices, cela entraîne forcément des désagréments. C'est une loi universelle.

Comme journaliste, Dana Diletti le sait très bien.

— « … autrement dit, l'intrus, voire le tueur en série, peut revenir avec un marteau, poursuit-elle devant les caméras. Il lui suffit d'arracher les clous pour entrer… »

Selon elle, emporter cette fenêtre n'avait qu'un objectif : l'intimider ou la faire taire ! Et peut-être définitivement !

Je coupe la retransmission, j'en ai assez entendu. Je fulmine :

— Elle leur donne carrément le mode d'emploi ! Et bien sûr, seule sa personne compte. Elle tire toujours la couverture à elle.

— C'est le pire moment pour ça, renchérit Benton.

Nous reprenons la George Washington Memorial Parkway qui longe le fleuve et contournons le quartier de Dana Diletti et ses problèmes.

Nous sommes juste au sud de l'aéroport, pas très loin de Daingerfield Island. J'envoie un SMS à Maggie, lui demandant de me transférer par e-mail le dossier de Ramada et précisant que je veux en avoir une copie papier sur mon bureau quand j'arriverai.

`Pourquoi ? Il y a du nouveau ?` répond ma secrétaire avec un culot sans pareil.

Je lui réponds : `Faites-le, s'il vous plaît.` Et j'ajoute que j'espère qu'elle sera encore là à mon retour – cela se veut plus un ordre qu'un espoir.

— On arrive quand ? demandé-je à Benton.

— Dans dix minutes, si tout va bien.

Je passe l'info à Maggie alors que Rex Bonetta m'envoie un texto. Je l'appelle aussitôt. Mon directeur du labo de toxicologie m'annonce qu'il n'a pas réussi à identifier le produit dans le vin. Ils ont passé en revue tout leur catalogue. En vain.

— Ça s'annonce mal, Kay ! s'agace le scientifique. Si on ne sait pas où chercher, cela va prendre un temps fou pour déterminer à quel type de molécule on a affaire. Il peut s'agir aussi d'une toute nouvelle substance pour laquelle il n'existe aucun test de dépistage. Hélas, c'est ce que je crains.

Les possibilités de fabriquer des opioïdes sont aussi infinies que les décimales de pi. Les seules limites sont l'imagination humaine. Une infime modification et le fentanyl n'est plus du fentanyl. Et c'est pareil avec le carfentanil, la méthadone et autres produits destinés initialement à soulager la douleur.

— Il suffit d'ôter ou d'ajouter un atome d'hydrogène, de carbone, une molécule d'azote, explique Bonetta, ou d'y adjoindre un booster pour le consommateur, comme des benzodiazépines, et le test va passer à côté.

C'est un jeu de course sans fin. Les toxicologues ont toujours un train de retard sur les nouveautés.

— Ce produit a peut-être déjà atteint tout le pays, poursuit-il. Tout au moins la Virginie. En tout cas, il est présent dans la région de Washington.

Trois morts sont arrivés à l'IML aujourd'hui. (Personne ne m'a prévenue de ces « livraisons » !) Bonetta est quasiment sûr qu'il s'agit d'overdoses aux opioïdes, même si les tests se sont révélés négatifs aux stupéfiants connus, sauf à la méthadone pour l'un des trois cas.

— Il s'agissait d'un héroïnomane en sevrage, précise-t-il. On l'a retrouvé mort près d'un centre de soins, dans les quartiers ouest d'Alexandria. Peut-être est-ce le même produit qui a été utilisé dans votre vin ? Un nouveau dérivé du fentanyl par exemple, qui passerait sous nos radars.

— Je n'aime pas ça, réponds-je tandis que Benton prend l'US 1 en direction de l'IML.

— Oui c'est très inquiétant si la bouteille de bordeaux a été trafiquée en Europe, et que la même drogue vous a suivie jusqu'en Virginie.

— Ou même si l'intervention a été réalisée ici. (Cette pensée me donne le frisson.) On a une nouvelle drogue de synthèse mortelle sur le territoire.

Je songe à ce que m'a raconté Fruge quand elle avait dû utiliser tout son stock de Narcan pour faire revenir à la vie deux junkies.

— On fait un point demain, propose le toxicologue.

Il veut prendre le temps d'examiner les résidus trouvés dans le vin au microscope électronique. Il me préviendra s'il a du nouveau. Je coupe l'appel. Les lumières de l'IML scintillent devant moi.

Pleine de remords, je me tourne vers Benton.

— Je risque de rentrer tard. (Ce dont il se doutait, bien sûr.) J'ai été absente toute la journée. Alors qu'il se passe un tas de choses. Il reste des lasagnes dans le congélateur, et de quoi faire une salade.

— Ne t'inquiète pas pour moi, me rassure-t-il en me prenant la main. Moi aussi, je vais être pas mal occupé avec Lucy. On va faire des recherches sur Jared Horton et compagnie. Maintenant qu'on sait que lui et Gwen étaient en cheville, on trouvera peut-être quelque chose.

Avec sa prévenance coutumière, il me promet de préparer le dîner pour mon retour.

— Il faut que je fasse le point avec Maggie, que je sache exactement ce que j'ai manqué. (À l'idée de tout ce qui me reste à faire, je me sens abattue. Décidément, cette journée n'en finit pas.) Et après ça, Marino et moi devons aller à Daingerfield Island, pour inspecter les zones où l'on a retrouvé les corps de Gwen Hainey et Cammie Ramada.

— Mais il va faire nuit. Ça ne peut pas attendre demain matin ?

— Nous ignorons toujours qui a tué qui, alors non, ça ne peut pas attendre, Benton. Je veux inspecter tout ça, même dans le noir. En avoir le cœur net.

— Et moi, je préférerais que tu rentres à la maison à une heure décente, réplique-t-il en jouant au mari protecteur. (Mais je vois bien qu'il est inquiet.)

— Désolée, je ne peux pas faire autrement, réponds-je.

Mon parking est à cent mètres, au bout d'une ligne rouge de voitures à la queue leu leu.

— Après ce que tu viens de vivre ces dernières vingt-quatre heures, ce serait préférable que tu te reposes, Kay. (Ça y est, les négociations commencent.)

— J'ai une idée, dis-je en sortant mes clés de ma mallette.

L'emplacement pour mon pistolet est vide. Mon mari peut entrer avec une arme à la Maison Blanche, mais pas le menu fretin comme moi. Mon Sig Sauer est resté dans le tiroir de ma table de nuit, avec le cran de sûreté engagé.

— Voilà ce que je te propose…

Au lieu de retrouver Marino à Daingerfield Island, ce dernier viendra me prendre à l'IML. Dans le même temps, j'en avertis mon tout nouveau consultant par texto.

— Et il me déposera à la maison, conclus-je. Je récupérerai ma voiture demain.

Pour tout dire, après ces heures éreintantes, je suis bien contente de me laisser conduire par Marino dans son gros pick-up bourré d'armes.

— Entendu, se résigne Benton. Ça me va. Avec tout ce qui s'est passé, je n'ai aucune envie de te savoir toute seule en pleine nuit.

26.

Nous nous arrêtons devant les portes du parking de la médico-légale. Je détache ma ceinture et pose ma mallette sur mes genoux.

Benton descend sa vitre et entre le code sur le clavier. Je songe à mon arrivée avec Marino à Colonial Landing. La musique angoissante de *Shock Theater* me revient en mémoire. C'est un comble, ce lotissement est mieux gardé que ce bâtiment officiel de l'État de Virginie.

Ici, il s'agit d'une simple barrière de bois, zébrée de bandes rouges et blanches, que l'on peut facilement contourner à pied. Des employés se dirigent vers leurs voitures, les lampadaires en haut des poteaux repoussent les ténèbres. Nous nous garons à côté de ma Subaru qui stagne à sa place réservée depuis vingt-quatre heures.

— Je rentre le plus vite possible, promets-je en attrapant les restes du repas.

Je fais le tour de la voiture et Benton ouvre le hayon. Je récupère ma caisse de terrain.

— Sois prudente, Kay. Et je suis sérieux, me lance-t-il par la portière. N'oublie pas que je t'aime.

— Toi non plus.

Pendant qu'il s'éloigne dans un chuintement étouffé, j'entre par l'arrière du bâtiment. Il flotte une forte odeur de gaz d'échappement, et j'entends le bruit d'un moteur diesel.

Un vieux fourgon d'une société de pompes funèbres est sur l'aire de livraison, ses portes arrière ouvertes. Fabian aide le chauffeur, élégamment vêtu, à manœuvrer un chariot lourdement chargé le long de la rampe de ciment. Le cadavre est recouvert d'un linceul en velours bleu, sur lequel est brodé le nom de la société funéraire : Rivers Rest.

Ils veillent bien à ce que le chariot ne leur échappe pas pendant la descente ni ne se renverse. J'entends les halètements de l'employé arc-bouté dans la pente, et les jurons étouffés de Fabian. Il a troqué sa tenue d'enquêteur contre une blouse bleue et des sabots en caoutchouc, et a attaché ses longs cheveux bruns en catogan.

— Qu'est-ce qu'on a ? demandé-je en jetant dans la poubelle les emballages de notre déjeuner.

Mais Fabian a eu le temps de remarquer le sceau de la Maison Blanche. Il s'approche et soulève l'un des sacs bleus.

— Eh bé ! Je vois qu'on ne s'est pas embêté aujourd'hui !

Ignorant ses commentaires, je me présente auprès de l'employé des pompes funèbres, un vieil homme en costume sombre et nœud papillon rouge à pois.

— Je suis le nouveau médecin chef, lui dis-je.

— Ravi de faire votre connaissance. Moi, c'est Howie Rivers.

Puis il recommence à pousser son chargement encombrant vers son fourgon qui pollue tout le hangar. L'une des roues du chariot est grippée et couine.

J'enfonce le bouton vert sur le mur de parpaings et la porte électrique commence à se relever dans un concert de cliquetis. L'air froid s'engouffre et dans l'ouverture j'aperçois d'autres employés qui regagnent leurs voitures. C'est l'heure de la délivrance, ils ont quitté les lieux par le hall de l'autre côté du bâtiment.

Scientifiques et techniciens évitent de passer par la morgue ou la zone de livraison. C'était déjà le cas autrefois quand je travaillais à Richmond. Aucun d'eux n'a envie de voir l'origine sanglante des échantillons qu'ils analysent. Ni de connaître des détails morbides qui pourraient hanter leurs nuits.

Les spécialistes de la recherche d'ADN, en particulier, ne veulent pas savoir pourquoi il y a du sang sur une arme, des cellules d'épiderme sur un masque, du liquide séminal sur un tapis, et encore moins où l'on a trouvé tel ou tel poil pubien. Pour beaucoup, la seule question qui vaille c'est : à qui appartient ce brin d'acide désoxyribonucléique. Constamment, je dois me rappeler que ce qui me paraît normal, ne l'est pas pour le commun des mortels.

— Il est interdit de laisser les moteurs tourner quand la porte est fermée, leur dis-je. Le monoxyde de carbone est un tueur sournois.

Je ne devrais pas avoir à leur rappeler cette précaution élémentaire. Ils côtoient la mort tous les jours, ils sont aux premières loges. Peut-être est-ce là l'origine du problème. L'aberrant devient le quotidien. Et la prudence disparaît, la négligence s'installe.

— Il nous a fallu plus de temps que prévu pour la sortir du frigo, m'explique Fabian. Ce n'était pas une sinécure, je vous le dis !

— Elle dépasse les cent cinquante kilos, ajoute Howie en immobilisant le brancard devant les portes du fourgon.

J'examine l'étiquette attachée à la fermeture du sac mortuaire. Je ne connais pas le nom qui y est inscrit. Quant au lieu du décès, il est juste indiqué une ruelle à quelques kilomètres d'ici, à l'ouest. C'est un des cas dont Rex Bonetta vient de me parler. La mort remonte à la fin de matinée, pendant que j'étais dans la salle de crise. C'est Fabian qui s'est rendu sur les lieux.

— Et j'ai assisté à l'autopsie, m'annonce-t-il tandis que je les aide à replier les pieds du chariot.

Nous chargeons le brancard dans le fourgon puis Howie s'en va dans un nuage de gaz d'échappement.

— Vous voulez un coup de main, propose-t-il en désignant mon matériel.

— C'est bon. Mais merci.

Je monte la rampe, chargée comme une mule. Il passe devant moi pour m'ouvrir les portes.

— Je reste ici au cas où un truc sympa arrive, annonce-t-il. (Mais c'est une hypothèse purement rhétorique.)

Il me suit et récupère au passage un chariot vide pour le ramener dans la salle d'autopsie, au-delà des congélateurs et des chambres froides. De mon côté, je me rends au bureau de Wyatt juste en face. Sur le comptoir, sous l'hygiaphone, trône le registre des entrées et sorties, attaché à une chaîne, avec un stylo-bille, lui aussi retenu par un cordon.

Les instituts médico-légaux de la Virginie tiennent à jour ces registres depuis les années 1940, et comme mes carnets de terrain, on y consigne ses premières impressions. À l'époque, c'étaient les notes des premiers arrivés sur place, ceux qui emportaient les morts.

Et aujourd'hui encore, la majorité des contributeurs sont des employés des pompes funèbres. Mais l'un de mes enquêteurs peut aussi y laisser une remarque à chaud, en particulier si j'ai fait savoir que je m'inquiétais de la préservation des indices. Et quand le transport ne peut être assuré dans des conditions optimales, nous nous en occupons nous-mêmes, et c'est devenu le cas général pendant la pandémie.

Les sociétés privées étaient débordées. Et à l'IML de Cambridge dans le Massachusetts, nous étions obligés d'assurer tous les enlèvements avec nos véhicules. Nos chauffeurs devenaient donc un élément important de la chaîne de sécurité, et possiblement un maillon faible. Le registre est donc comme un livre d'or obligatoire et redouté. Personne n'a trop envie d'y laisser son nom.

Pour moi, c'est un instantané précieux et irremplaçable. J'ai pris l'habitude de le consulter systématiquement à mon arrivée – et aussi avant de partir. Si des incohérences apparaissent, un erratum sera alors ajouté au dossier du défunt.

Je pose ma caisse, ma mallette, et ouvre le grand livre avec ses lignes vertes.

— Comment ça va, Wyatt ? m'enquiers-je. Merci d'avoir gardé la boutique pendant mon absence.

— J'ai fait ce que j'ai pu.

Il tapote ses lèvres avec une serviette en papier. Le bruit est amplifié par l'hygiaphone. Il a mis le purificateur d'air à fond.

À en croire le registre, depuis que je suis partie avec Marino hier soir, il y a eu huit arrivées. Deux accidents de la circulation, un suicide par pendaison, deux morts naturelles, et trois possibles overdoses, en attendant les conclusions de l'expertise toxicologique. La plupart des corps ont été rendus aux familles, comme celui qui vient de sortir de l'IML.

— Vous prenez votre service ? demandé-je en remarquant les restes du Wendy's sur son bureau et sa corbeille pleine de détritus.

Il a l'air fatigué.

— Non, docteur. Je suis ici depuis 8 heures ce matin et je ne suis pas près de partir. Pas avant minuit.

— Pourquoi vous faites un double service ?

— Je n'ai pas trop le choix.

Il trempe une frite dans le ketchup tout en m'expliquant que l'autre gardien qui devait venir ce matin s'est fait porter pâle.

— Encore ?

J'aurais apprécié que Maggie me prévienne !

— Il prétend avoir une autre crise de migraine, à cause de ses allergies. (Wyatt avale, à la paille, une longue gorgée de son Frosty.) À mon avis, c'est au travail qu'il est allergique !

— Je suis désolée que vous vous retrouviez dans cette situation. (Encore une chose qu'il va falloir que je règle.) Je ne vous ai jamais vu manger dans votre bureau. (Je sais qu'il déteste la morgue.) D'ordinaire, vous prenez vos repas dans la salle de détente.

— C'est vrai, docteur.

Je lui rappelle que la bibliothèque et la salle de réunion sont des options possibles. Dans la plupart des pièces, des moniteurs diffusent les images des caméras de surveillance. Cela permet à des gens comme moi de voir ce qui se passe. En d'autres termes, il y a, à l'étage, pléthore d'endroits plus agréables où prendre ses repas.

— Je ne vous le fais pas dire ! réplique-t-il avec exaspération. D'autant qu'un croque-mort vient d'emporter un cadavre. Et ils ne savent même pas de quoi cette femme est morte. Et c'est pareil pour deux autres qu'ils ont autopsiés aujourd'hui. Allez savoir ce qui flotte dans l'air ! J'avais aucune envie de manger dans cet aquarium, mais quand Fabian est allé faire un saut au Wendy's, il a déposé ma commande ici et m'a ordonné de ne pas bouger.

— Ah oui ?

— Instructions de Maggie. (Décidément ma secrétaire se croit tout permis.) Elle craignait que les médias pointent leur nez. En particulier cette fille qui fouine partout avec ses caméras.

— Dana Diletti ?

— Elle-même ! Celle chez qui un gars a tenté d'entrer. Maggie s'est mis dans la tête qu'un journaliste pourrait faire pareil, se faufiler ici quand la porte des livraisons est ouverte.

Il prend une nouvelle cuillère de chili tandis que je feuillette les grandes pages du registre, remontant jusqu'à six mois en arrière.

Wyatt m'annonce que, plus tôt, des vans de la télévision étaient à l'affût de l'autre côté des grilles. Leurs équipes filmaient tout ce qui entrait et sortait du bâtiment. Employés, policiers, corbillards, fourgons – ils ne rataient rien. Apparemment, ils espéraient avoir des images du corps de Gwen Hainey. Je l'informe que sa dépouille ne va pas quitter ces murs aujourd'hui.

— Ni demain. Son cas est bien trop compliqué. (Je relève la tête vers lui.) Inutile de rester confiné ici. C'est ridicule.

Je me fiche des consignes de Maggie ou de qui que ce soit. Tant que Wyatt descend quand il y a une arrivée ou un départ, c'est l'essentiel. Il peut passer le reste du temps à l'étage. Je tourne une autre page du registre et trouve l'entrée de Cammie Ramada. Son nom est écrit soigneusement à l'encre noire. Pour le lieu du crime il est indiqué *Plage de Daingerfield Island* ; encore une fois, je me demande ce qu'elle faisait là en pleine nuit.

L'heure de sa prise en charge à la morgue est 0 h 50, le dimanche 11 avril. Apparemment, son identité était connue dès le début. Est-ce que des papiers d'identité ont été trouvés sur place ? Quant à la cause de la mort : « noyade possible ». Mais il est noté à côté « NC », pour « Non Connue ». Je me souviens des paroles de l'agent Fruge : « Mais finalement, l'IML a conclu qu'il s'agissait d'un accident, sans l'ombre d'un doute, sans même analyser quoi que ce soit. » C'est le mot *finalement* qui m'a frappée.

Cela implique que la mort paraissait suspecte au début. Je demande à Wyatt s'il était de service la nuit où Cammie Ramada est arrivée.

— Je sais que cela date de sept mois et que vous en avez vu défiler des cadavres depuis.

— Non, non, je me souviens très bien d'elle. (Il mord dans son cheeseburger qui, comme tout le reste, doit être froid.) Après ça, je n'aurais pas laissé ma fille faire un jogging le soir, je vous le dis ! C'est l'heure où les sales types sont en maraude. De toute façon, il ne faut jamais sortir seule. S'il vous arrive quelque chose, personne ne peut vous aider.

— Qu'est-ce que vous avez entendu ? Vous savez comment elle est morte ? dis-je en refermant le registre.

— On m'a raconté qu'elle était tombée, qu'elle s'est cogné la tête et s'est noyée. Elle avait des soucis de santé. Peut-être a-t-elle perdu l'équilibre ? En tout cas, c'est bizarre.

— Vous étiez là pendant l'autopsie ?

— Je n'entre jamais dans la salle quand il y a un cadavre.

— Mais vous étiez ici, dans votre bureau, à ce moment-là ?

Wyatt hoche la tête. Oui, il était bien de garde.

L'autopsie n'a eu lieu que le lendemain matin, mais cela n'a rien d'inhabituel. Wyatt avait commencé son service à 7 heures. Je lui demande s'il a vu des policiers ou d'autres personnes entrer et sortir de la morgue.

— Oui, docteur, il y avait plein de monde. Les lundis, c'est le coup de feu, parce qu'on a récupéré toutes les victimes du week-end. Mais ce matin-là, en particulier, il y avait vraiment beaucoup de gens.

— Vous vous rappelez qui était là pour Cammie Ramada ?

— Le FBI. Deux de leurs agents traînaient dans le coin. (Tout en me parlant, il ne quitte pas des yeux l'écran de son ordinateur où s'affichent les images des caméras de surveillance.)

— August Ryan de la Park Police s'est montré ?

— Je ne sais pas qui c'est, répond-il. (En même temps, je doute que l'inspecteur fût présent.)

Je n'ai pas vu son nom sur la liste des témoins à l'autopsie, et si le FBI a pris l'affaire en main, la Park Police s'est retrouvée *de facto* sur la touche.

— Et le Dr Reddy ?

— Oui, il est passé une fois, peut-être deux, répond Wyatt mal à l'aise.

27.

— Le Dr Reddy était-il accompagné quand vous l'avez vu passer les portes ?

— Il était avec les deux gars du FBI, répond Wyatt en plongeant sa cuillère dans son reste de chili con carne pour récupérer les dernières gouttes de sauce.

— Il était en blouse ? (Je pose cette question, mais je connais déjà la réponse.)

— Non, docteur. Il était habillé comme d'habitude. En costume.

Je récupère mes affaires puis me dirige vers l'escalier.

En passant devant les vitres du laboratoire d'anthropologie, j'entends un cliquetis familier, typique de ce département. Depuis plusieurs jours, une grosse marmite mijote sur une plaque chauffante, le temps que les os soient totalement débarrassés de toute chair, tendons ou gras. Et il faut être patient. Une fois propres et immaculés, ils seront examinés minutieusement.

Nous vérifierons alors s'il y a des stries, entailles, perforations ou autres traces pouvant indiquer une agression violente. Dans le cas présent, et c'est déjà ça, nous savons qui était l'homme, mais pas ce qui lui est arrivé, ni quand. Nous ne saurons peut-être jamais quels ont été ses derniers instants. Mais au moins, je n'aurais pas un autre cadavre sans nom dans mon placard déjà surpeuplé !

C'est le plus grand échec qui soit : ne pas pouvoir identifier un mort. Quatre-vingt-sept, c'est le nombre d'affaires non résolues qu'Elvin a cumulé en vingt ans. Et j'imagine la réserve avec ces alignements de boîtes d'archives étiquetées, et dans l'air cette odeur musquée, prégnante, provenant des vieux os.

En arrivant à la salle d'autopsie, je ne vois pas Fabian, mais j'entends sa musique dans le vestiaire des hommes. Il doit se changer et remettre sa tenue civile d'enquêteur. Je monte l'escalier. Mes pas résonnent sur les marches de béton. Lorsque j'ouvre les portes au premier étage, je reconnais la voix de Maggie Cutbush. Elle parle à quelqu'un :

— ... J'ai pensé que vous voudriez être au courant, dit-elle au téléphone, sans se rendre compte qu'avec ses intonations anglaises sa voix porte.

Je suis seule dans le couloir. Je décide de ne pas bouger. Le couinement des roues de ma caisse révélerait ma présence.

— ... Non, je ne crois pas. En tout cas, pas que je sache. (Elle se trouve à cinq ou six mètres de moi, et parle avec son kit main libre, son oreillette Bluetooth clignote contre sa tempe.)

Elle porte son incontournable jupe en tweed et ses chaussures de grand-mère. Ses cheveux sont rassemblés en un petit chignon sévère derrière sa tête, et elle a dans les bras une pile de dossiers qui me sont peut-être destinés.

— ... Oui, bien sûr que je lui ai demandé pourquoi ce soudain intérêt. Mais quand elle tient quelque chose... vous la connaissez mieux que moi.

À l'évidence, elle a beaucoup d'affection pour la personne à qui elle fait son rapport. Il y a dans son ton une douceur qu'elle n'a jamais quand elle s'adresse à moi.

— ... Oui, un vrai pitbull. Elle s'acharne, ne veut jamais lâcher. Quitte à créer des problèmes, répond-elle en regagnant son bureau.

Je rentre alors dans le mien, dépose mes affaires sur la table de réunion. Avant toute chose, je vais fermer les stores tandis que, sous mes fenêtres, le parking continue de se vider. Puis j'ouvre mon armoire à fournitures où j'ai en stock tous les produits indispensables à la pratique sur site de la médecine légale.

Je trouve le Narcan en spray nasal. J'essaie de ne pas penser à ce que je viens d'entendre. Bien sûr que je sais à qui parlait Maggie ! Et oui, les mots peuvent blesser. Maintenant, les jeux sont faits : je ne suis pas la bienvenue ici. Et ce n'est plus un effet de mon imagination.

— Oh... bonjour... (Maggie apparaît sur le seuil de la porte communicante entre nos deux bureaux.) Je ne savais pas que vous étiez là.

Ses yeux s'assombrissent. C'est la première fois que je la vois mal à l'aise. Surtout ne rien lui montrer ! J'attrape le carton de Narcan.

— Enfin arrivée ! lancé-je en glissant six flacons dans ma caisse. (Je ne veux plus jamais en manquer.) Entre les embouteillages et la manifestation, le trajet a duré des heures ! Merci de m'avoir attendue.

— Je ne vous ai pas attendue, en fait. J'allais partir justement. (Elle épie le moindre de mes gestes dans l'espoir de deviner mes pensées.) Vous avez beaucoup de messages téléphoniques. Je vous ai transmis la liste. Et il y a un tas de dossiers et de certificats de décès que vous devez signer.

— Quand on s'est parlé par SMS, vous disiez que c'était la folie ici. Pourquoi ? Qu'est-ce qui se passe, hormis que le gardien de jour s'est fait porter pâle ? Encore une fois. Nathan, c'est bien son nom ? (Un type maigrelet, les épaules tombantes, avec un air maussade.)

— Oui, il a appelé. Il avait la migraine hier. Il a expliqué qu'il était au lit et qu'il avait éteint toutes les lumières. Ce qui, à près de minuit, est conseillé si on veut se lever le matin, ajoute Maggie. Bref, la journée a été plutôt compliquée.

— Si on ne peut plus compter sur ce Nathan, il faudra le licencier. On ne va pas demander à Wyatt de faire constamment des doubles services. Et non, Maggie, on ne force pas les gens à manger dans leur bureau. Surtout en bas, au milieu des cadavres et autres risques biologiques, dis-je en refrénant ma colère.

— Je me devais d'être intransigeante sur la sécurité avec tout ce ramdam, réplique-t-elle d'un air hautain.

Pas un jour ne s'écoule sans que je ne regrette Rose, mon ancienne secrétaire. Je n'aurais pu rêver meilleure assistante durant mes années à Richmond. Elle était chaleureuse, attentionnée, fiable, un véritable soutien. Mais de tous les IML que je supervisais, c'était celui d'Alexandria qui lui posait le plus de problèmes. Elle les surnommait « les Nordistes belliqueux » ou « les snobs de la capitale ». Si elle voyait comment on me traite en ce moment, elle serait indignée.

— Je suis désolée d'apprendre que la journée a été chargée, mais cela ne me surprend pas, dis-je à ma secrétaire qui n'est pas une Rose – ou alors juste ses épines !

Je farfouille en vain dans mon armoire, à la recherche du Bluestar. J'interroge Maggie à ce sujet.

— C'est quoi au juste ? répond-elle, perchée au-dessus de moi comme une vieille chouette.

— Ça rend luminescent les taches de sang. Même celles indétectables à l'œil nu. (Ça m'agace de devoir lui expliquer ça. C'est quand même le b.a.-ba !)

— Ah oui, le truc magique comme dans *Les Experts*, lâche-t-elle en levant les yeux au ciel. Fabian a dû le prendre l'autre jour. Il a promis d'en remettre.

— J'ai besoin d'être informée de ce genre de chose, Maggie.

Je fulmine intérieurement. Heureusement que j'ai en réserve un flacon de luminol. Cela fera l'affaire, mais son utilisation est moins pratique, et beaucoup plus limitée.

— Les gens ne doivent pas se servir ainsi dans mon armoire. (Pourquoi faut-il que je le lui rappelle ? C'est pourtant une question de politesse élémentaire !)

— J'en toucherai un mot à Fabian. (Bien sûr, ces deux-là font bloc.)

— Nous devons communiquer mieux que ça. Si j'avais su qu'on était à court de Bluestar ou de quoi que ce soit d'autre, je me serais organisée. Et je ne me retrouverais à partir sur une scène de crime sans ce produit.

— Quelle scène de crime ?

— Je veux vérifier quelque chose.

— Entre nous, il est difficile de communiquer si vous ne me dites pas où vous allez, ni ce que vous faites. La journée d'aujourd'hui en est un parfait exemple. Vous ne m'avez jamais prévenue que vous seriez absente.

Pendant qu'elle se plaint, je récupère un vaporisateur, du peroxyde d'hydrogène et une bouteille d'eau distillée.

— Et maintenant, vous partez en pleine nuit sans me dire où ni pour quoi faire. Vous me rendez la vie impossible.

J'enfile une paire de gants, un masque et mesure quinze grammes de luminol, environ une cuillère à soupe de poudre que je verse dans le flacon du vaporisateur.

— Je ne vous dis rien parce que je ne peux pas. (J'ai l'impression d'être un disque rayé à force de lui répéter les mêmes choses.) Et je n'ai nullement la volonté de vous rendre la vie impossible, ajouté-je en revissant le bouchon du vaporisateur.

— Je n'ai jamais travaillé avec quelqu'un qui me met autant à l'écart !

Je sens son regard rivé sur ma nuque pendant que je finis de préparer ma caisse de terrain. Je ferme les loquets d'un coup sec.

— Je ne vous mets pas à l'écart, ni vous ni personne ici. Il se trouve que j'ai des responsabilités au niveau fédéral dont je ne peux m'entretenir avec vous. Comme il m'est impossible de vous divulguer des informations confidentielles sur des sujets sensibles.

J'ôte mes gants, mon masque et remarque la grosse chemise posée sur mon fauteuil.

— C'est ce que vous m'avez demandé, explique-t-elle lorsque je me dirige vers le dossier. Je vous l'ai aussi envoyé par courriel. Pourquoi cette affaire vous intéresse-t-elle d'un coup ? Ça a un rapport avec votre déplacement aujourd'hui ? Quelle scène de crime voulez-vous voir ? Daingerfield Island ?

— L'agent Fruge m'a parlé du cas Cammie Ramada quand j'étais avec elle hier soir. Et d'ailleurs, avant que vous ne partiez, j'aimerais que vous trouviez le numéro de sa mère, Greta Fruge, la toxicologue. Elle travaille aujourd'hui pour un labo privé de Richmond.

Je dépose l'épais document sur la table de réunion et lui précise que j'ai travaillé voilà plusieurs années avec Greta et que, décidément, le monde est petit.

— Imaginez ma surprise quand j'ai découvert que sa fille est policière à Alexandria.

— Pourquoi avez-vous besoin de contacter Greta Fruge ? s'enquiert ma secrétaire, son visage fermé à double tour. Pourquoi réveiller un nid de frelons ?

— Un nid de frelons ?

— Exactement. À chaque fois cela a été une catastrophe ! C'est inévitable quand on a un ego trop grand pour passer les portes !

— Le Dr Fruge a sans doute changé de numéro de téléphone. (Avec le temps, j'ai appris à ne pas relever les remarques aigries de Maggie, ni sa curiosité déplacée.) Je vais quand même vous donner ceux que j'ai, on ne sait jamais. (Je fais défiler mon répertoire à l'écran). Essayez de la retrouver, s'il vous plaît.

Je lui envoie aussi le nom de la société que Fruge a mentionné hier.

— Pourquoi vous ne demandez pas à sa fille ? Ce serait plus simple et plus rapide. (Comme si je n'y avais pas pensé !)

— Je préfère que personne ne soit au courant, pour le moment.

— Il vaudrait mieux éviter Greta Fruge, simple question de bon sens.

— Elle excelle dans son domaine. Et comme elle œuvre dans le privé, elle a accès à des technologies de pointe que nos labos n'auront pas avant des années.

En souvenir de nos anciennes collaborations, j'espère qu'elle acceptera de m'aider, d'autant que nous sommes peut-être face à une nouvelle vague d'opioïdes. Avec la pandémie, le public semble avoir oublié les ravages que causent les drogues. Greta n'est pas née de la dernière pluie. Elle sait très bien que ces substances peuvent être utilisées comme des armes. Je rappelle à Maggie que nous avons eu un afflux d'overdoses d'un produit indétectable par nos tests.

— Je crains qu'une nouvelle drogue de synthèse sévisse dans le secteur. (Et, en outre, on n'a toujours pas identifié ce qu'on a mis dans ma bouteille de bordeaux.)

Si on avait analysé mon sang après ma mort, on n'aurait repéré aucune trace du produit. J'aurais été la quatrième victime d'overdose de la journée, comme ces malheureux dans leur sac mortuaire en route pour les maisons funéraires ou le crématorium.

— Vous devriez éviter de vous mettre à nouveau dans une situation délicate.

Maggie travaillait avec Elvin Reddy depuis vingt ans. Elle a dû être dévastée quand il a démissionné, et furieuse quand elle a appris que c'était moi qui prenais sa place.

— Personnellement, je pense que contacter le Dr Fruge est une erreur. Sauf si vous voulez qu'elle raconte au monde entier ce qui se passe.

— Ce que je veux, c'est que les gens cessent de mourir à cause d'une drogue inconnue. Essayez de la joindre, je vous prie, donnez-lui mon numéro de portable et demandez-lui de me rappeler au plus vite, dis-je en ouvrant le dossier de Cammie Ramada.

Pendant que Maggie retourne dans son bureau, je parcours le premier rapport d'enquête. Le médecin légiste affecté à cette affaire n'était pas mon prédécesseur, mais l'un de mes adjoints, Doug Schlaefer. Un excellent pathologiste dont je n'ai absolument pas eu à me plaindre depuis que j'ai pris mes fonctions. Mais puis-je lui faire confiance pour autant ?

Sur les documents, Elvin Reddy se déclare témoin à l'autopsie. Mais je n'y crois pas une seconde. En aucun cas il a passé cinq heures sur la table avec Schlaefer – et cinq heures, c'est vraiment très long. Un examen externe complet, ainsi que la dissection durent d'ordinaire une heure ou deux.

Mais si Doug Schlaefer y a passé autant de temps, c'est que quelque chose le chiffonnait. Les causes de la mort devaient lui paraître complexes, pour ne pas dire suspectes. Ou peut-être qu'il a déjà été attaqué en justice pour négligence ? Auquel cas, il ne laisse désormais plus rien au hasard et se couvre tous azimuts.

Pendant ce temps, son illustre patron brassait de l'air à la morgue, jouait les guides pour le FBI, les escortait partout. En un mot, il se rendait sympathique.

Et je sais ce qu'Elvin avait en tête ce matin-là. S'il était si aimable et prévenant avec les deux agents du FBI, c'était pour protéger ses fesses et sa carrière – parce qu'il était passé à l'improviste le samedi soir sur la scène de crime et avait saccagé tous les indices !

28.

Les chefs de la médico-légale ne se déplacent pas, et ne s'impliquent pas dans les enquêtes, sinon pour les superviser. Nos équipes sont censées nous éviter ces désagréments pour nous laisser diriger nos services à notre guise. Et c'est peut-être là encore une loi universelle, quoique démoralisante : plus on gagne en expérience, plus on perd en passion.

Mais certains individus, comme Elvin Reddy, n'ont jamais eu la flamme, et ce dès le début de leur carrière. Lorsque j'étais à Richmond, j'ai eu le malheur d'être sa supérieure. Et j'ai rapidement cerné le personnage. Un type sans cœur, qui ne verse jamais une larme et ne se salit pas les mains. Et pourtant, contre toute attente, le médecin chef Reddy débarque sur une scène de crime le 10 avril.

Et ensuite, il refile la patate chaude à Doug Schlaefer pour pratiquer l'examen post mortem. Dans son rapport d'autopsie provisoire, du 12 avril, Schlaefer déclare qu'il s'agit d'une mort par noyade « consécutive à une épilepsie temporale provoquée par un effort physique ».

À en juger par ses notes détaillées de l'examen, la crise s'est produite quand la jeune Brésilienne faisait son jogging sur le Mount Vernon Trail. Elle courait là-bas tous les jours, comme Gwen Hainey. Et il y a des similitudes troublantes dans ces deux morts violentes.

Des similarités qui auraient dû mettre la puce à l'oreille des enquêteurs et méritaient d'être étudiées. Pourtant cela n'a pas été le cas. Et ce n'est pas un hasard. À en croire le régisseur de Colonial Landing et une voisine, Gwen Hainey partait courir au lever du soleil. Elle s'échauffait quelques minutes dans le lotissement avant de passer le portail.

Quelques centaines de mètres plus loin, elle rejoignait le Mount Vernon Trail. Comme son nom l'indique, le chemin commence plus au sud, à Mount Vernon, l'ancienne demeure de George Washington, premier président des États-Unis. L'allée bitumée, avec ses passerelles de bois pittoresques, sinue le long de la rive du Potomac, offrant des points de vue à couper le souffle et remonte au nord jusqu'à Daingerfield Island.

Puis le chemin vire à l'intérieur des terres, vers le fond du parc boisé, avant de bifurquer à droite pour suivre la voie ferrée. Sur près d'un kilomètre, la promenade traverse les bois, et il aurait été facile pour un agresseur de se cacher là pour attendre sa proie. D'autant plus avec l'obscurité, puisque les deux femmes passaient sur ce tronçon soit à l'aube, soit la nuit, quand il n'y avait quasiment plus personne alentour.

Le matin, c'était Gwen Hainey. Le soir, c'était Cammie Ramada, après que le restaurant où elle travaillait ne ferme à cause du covid. Elle n'arrivait pas à retrouver un travail. Son père, qui avait une chaîne de magasins de vêtements à São Paulo, avait tout perdu, explique Doug Schlaefer, de son écriture appliquée. Et je sens bien que quelque chose le tracasse.

Il a pris la peine de lire les rapports du FBI et de la police et a reconstitué une histoire – encore une vie injuste et tragique. Ne pouvant plus payer l'université, Cammie avait dû abandonner ses études. Au fil des mois, son visa d'étudiante avait expiré. Devenue immigrée clandestine sur le sol des États-Unis, elle habitait avec deux autres Brésiliennes dans un appartement insalubre.

Le destin a voulu que leur appartement soit de l'autre côté de la Parkway, juste en face de Daingerfield Island, à quelques minutes du parc. Et aux yeux d'Elvin Reddy, quelqu'un comme Cammie était quantité négligeable. Son cas pouvait être vite traité et classé. Ses proches étaient en Amérique du Sud, empêtrés dans leurs propres vicissitudes, comme tant d'autres. Ils n'avaient ni pouvoir ni voix au chapitre, et pas d'argent pour voyager.

Des notes dans le dossier indiquent que la famille de Cammie Ramada a contacté à plusieurs reprises l'IML pour obtenir des explications, et Schlaefer les avait eus souvent au téléphone. La version qu'on leur a fournie est identique à celle de l'autopsie. Leur fille faisait du jogging le long de la berge vers 21 heures lorsqu'elle a été prise de convulsions ; elle est alors tombée et s'est noyée.

Les images IRM antérieures montrent effectivement une dysplasie corticale au niveau du gyrus temporal supérieur gauche. Sa pathologie était réelle, et, durant l'autopsie, Doug Schlaefer a découvert dans la bouche, le nez, la trachée, les poumons et l'estomac, une grande quantité d'eau et de sable. Elle respirait encore quand elle s'est retrouvée la tête dans le fleuve. Sa mort a donc été lente et douloureuse.

Elle a beaucoup souffert avant de mourir noyée, tout habillée, hormis une chaussure retrouvée un peu plus loin. Mais elle avait aussi des ongles cassés, et des hématomes sur le cou, les bras, les poignets et les mains – autant de stigmates d'une lutte. Sur son cuir chevelu et son visage, Schlaefer a relevé des entailles et des éraflures. Elle avait également une dent cassée et s'est mordu la langue.

Quand sa tête a heurté le sol, elle s'est fracturé le crâne, provoquant des lésions cérébrales. Schlaefer parle de lacérations du cuir chevelu, de multiples ruptures de l'os temporal avec hématomes épiduraux. Elle a reçu au moins trois chocs à la tête, ce qui invaliderait *de facto* l'hypothèse d'une simple crise d'épilepsie. Tout cela est d'évidence suspect. Et aucune de ces blessures ne colle avec la version d'une chute.

D'abord, pourquoi aurait-elle quitté le Mount Vernon Trail ? Pour s'approcher de la rive, à deux cents mètres de là ? Voilà un gros trou dans le scénario. Et c'est peut-être l'élément crucial. Pourtant, personne n'a cherché à lever ce mystère. Je sens une colère sourde me gagner. J'envoie un SMS à Marino pour savoir où il est.

Sa réponse m'arrive un peu plus tard alors que j'étudie le rapport toxicologique.

`Suis là dans 20 minutes.`

Ils n'ont trouvé ni alcool ni drogue dans le sang, et aucune trace d'antiépileptiques.

Sans ces médicaments, Cammie aurait pu avoir une crise avant de mourir, mais ce n'est pas pour cette raison qu'elle s'est retrouvée la tête dans le Potomac. Il aurait été préférable, pour elle, qu'elle se soit assommée avant de se noyer. Malheureusement, ce n'est pas ce que je lis entre les lignes. Encore faut-il le prouver. Tout dépend s'il subsiste des indices exploitables. Mais je ne me fais guère d'illusions.

Je ne suis pas la seule à m'être posé la question – est-elle morte seule ou l'a-t-on aidée ? Cela expliquerait ce « NC » qui est consigné dans le registre de la morgue le 11 avril. Quand il y a un doute sur la cause du décès, et que celui-ci est levé, on rédige une note explicative. Mais je ne vois rien de tel dans ce dossier.

Une semaine après l'autopsie, Elvin Reddy a finalisé le rapport d'expertise médico-légale et signé le certificat de décès. Officiellement, Cammie Ramada est déclarée morte accidentellement par noyade, une décision qui a stoppé net toute enquête. Le FBI a cessé aussitôt ses analyses sur les indices et prélèvements.

S'il n'y a pas crime, il n'y a ni suspect ni victime. Donc aucune recherche n'a été lancée dans les fichiers de la police, qu'il s'agisse des traces d'ADN ou des empreintes digitales. Le dossier a été clos en un temps record. Je devrais en toucher un mot à Schlaefer. Mais ici, je ne peux faire confiance à personne. Tout le monde, à un degré ou à un autre, reste sous la coupe de l'ancien patron.

Un patron qui allait mener à sa perte l'IML du district nord de la Virginie. Quand j'ai appris sa nomination, vingt ans auparavant, j'ai su que les jeux étaient faits. Et il y a cinq ans, Elvin a été catapulté médecin chef des quatre districts. Cette fois, c'était tout le système médico-légal de l'État qu'il allait détruire. Et il y a presque réussi !

Je ne me suis guère fait d'illusions lorsqu'on m'a contactée l'année dernière pour lui succéder. On m'appelait à la rescousse, pour une opération de sauvetage. Rapidement, j'ai pu mesurer l'ampleur des dégâts qu'Elvin avait causés par négligence ou pure corruption. Et pendant toutes ces années, Maggie a été sa première dame, son assistante dévouée et infatigable.

Je l'entends justement raccrocher le téléphone dans l'autre pièce. Elle franchit notre porte de communication, son manteau et son petit sac sous le bras, prête à partir, et dépose une pile de documents sur mon bureau – des rapports d'autopsie, des certificats de décès à remplir.

— Désolée, annonce-t-elle.

Je n'ai pas bougé. Je suis toujours debout, occupée à étudier le dossier Ramada ouvert sur la table. J'ai retiré mes chaussures, et posé ma veste de tailleur sur une chaise. Je n'ai pas encore totalement ôté ma tenue de ville mais c'est imminent. Pieds nus, je me dirige vers la salle de bains.

— Le Dr Fruge n'a pas répondu, poursuit Maggie, mais j'ai laissé un message lui demandant de vous rappeler. (Elle me regarde en fronçant les sourcils.) Pourquoi vous vous changez ? Qu'est-ce que vous comptez faire au juste, là-bas ?

— Merci d'avoir joint Greta, dis-je en ignorant ses questions. Au fait, j'ai découvert que l'agent Fruge habite tout près de chez vous. Elle vous a vue sortir Emma. (Super, je me souviens du nom de son corgi !)

— Oui. Elle est passée dans son véhicule de patrouille. À croire qu'elle n'a que ça à faire ! Cette Blaise Fruge est bien trop bavarde et se mêle de ce qui ne la regarde pas.

— Il se trouve qu'elle était à Daingerfield Island quand le Dr Reddy est arrivé sur la scène de crime.

Sans en ajouter davantage, j'entre dans la salle de bains et pose le dossier à côté du lavabo.

— C'est bien ce que je dis, elle est toujours là où elle ne devrait pas être ! répond Maggie, par la porte entrebâillée.

Je garde dans mon casier des chemises tactiques et des pantalons cargo. Je prends ce dont j'ai besoin. Visiblement, Maggie est surprise. Elle ne s'attendait pas à ce que je sache que Fruge était sur les lieux.

— Cammie Ramada est peut-être morte à Alexandria, mais l'affaire n'est pas sous la juridiction de la police de la ville, reprend Maggie. L'agent Fruge n'avait rien à faire là-bas. Mais elle a entendu l'appel radio, et il y a des gens comme ça, qui se mêlent de tout !

Comment sait-elle que Fruge l'a appris par radio ? Finalement, peut-être que ces deux-là se connaissent davantage que je ne l'imagine. Elles vivent seules dans le même quartier et peut-être qu'elles ont sympathisé. Mon aimable secrétaire ferait-elle amie-amie avec Fruge pour lui soutirer des informations et la manipuler ? Ce serait bien son genre. Tout en la dénigrant derrière son dos.

— Je sais bien que le parc est un domaine fédéral, réponds-je. Mais quand des promeneurs tombent nez à nez avec un cadavre, ça leur fait un choc. Et par réflexe, ils appellent le 911 et se fichent de savoir qui gère quoi. Les flics locaux se sont rendus sur place sans attendre l'arrivée du FBI. Ce qui est bien naturel.

— L'agent Fruge fourre son nez partout. Et ça ne me dit rien qui vaille.

— Vous comme moi savons qu'Elvin ne se rendait jamais sur une scène de crime et ne répondait à aucun appel d'urgence, à moins qu'il puisse y avoir un intérêt personnel. Seuls l'apparat et le réseautage l'intéressent. (Je ne retiens plus mes coups.) Alors pourquoi est-il venu ce soir-là en personne à Daingerfield Island ?

J'exige une réponse. Je m'assois sur le couvercle des toilettes pour enfiler mes rangers. Quelle était sa motivation cette fois ? Qu'y avait-il là-bas de si important pour lui, au point de changer son programme de la soirée ?

— Ça fait longtemps. Je ne sais plus trop, lâche Maggie comme si l'événement datait de plusieurs années.

— Faites un effort de mémoire.

— Je crois qu'ils revenaient de dîner, dans leur restaurant préféré d'Arlington. Je ne me souviens plus du nom.

Ben voyons !

— Qui ça « ils » ?

— Sa femme et lui.

Cette histoire est de plus en plus bizarre. Par le plus grand des hasards, ils se trouvaient à quelques minutes en voiture du lieu où un corps avait été trouvé. À en croire Maggie, Reddy était dans sa voiture personnelle, une Mercedes, et roulait sur l'I-395, grosso modo dans la direction du parc.

Mais elle ne précise pas pourquoi Reddy a été contacté. D'autant qu'il n'était plus de service et était sorti dîner avec son épouse. Pourquoi Fruge ne m'a-t-elle pas donné ce détail ? J'ai toujours cru qu'Elvin était venu seul.

— Très bien, disons que pour une raison quelconque, il a été prévenu. Et ensuite ?

Bien sûr, Elvin Reddy n'avait pas de caisse de terrain dans sa voiture personnelle. (Je doute même qu'il en ait eu une un jour !) Pas plus d'EPI, que ce soit pour lui ou sa femme. Il revenait d'un restaurant huppé où il fallait forcément réserver. Et à n'en pas douter, Maggie s'était occupée de tout ça. Et d'un coup, voilà que la supersecrétaire était amnésique !

— Il a dit qu'il y ferait un saut, pour voir ce qui se passait, répond-elle.

— Cela ne lui ressemble pas. D'autant qu'il était avec sa femme.

— Oh, je suis sûre qu'elle n'est pas sortie de la voiture.

Comment peut-elle être aussi catégorique alors qu'elle n'était pas sur place ?

— Qui a prévenu Elvin ? Et pourquoi ?

— Comme je l'ai dit, notre service a été alerté.

D'accord, c'est elle qui a contacté Reddy. Reste à savoir pourquoi ? Pour toute réponse, elle enfile son manteau, passe son sac à main en bandoulière et se dirige vers la porte qui donne sur le couloir.

J'insiste :

— C'est vous qui lui avez indiqué qu'il y avait un cadavre à Daingerfield Island, n'est-ce pas ?

Elle ne nie pas ni ne confirme. Elle se contente de répondre qu'elle lui a prodigué des conseils, comme à son habitude. Et je pense à August Ryan.

— Qu'est-ce que cette affaire avait de particulier ?

— Je ne sais pas ce que vous cherchez au juste, docteur Scarpetta, mais c'est contre-productif. Tout ce que vous arriverez à faire, c'est de vous rendre la vie encore plus misérable.

Cette fois c'est de la menace caractérisée !

— Pourquoi l'avoir dérangé en pleine soirée ? Je veux une réponse, Maggie. Depuis toutes ces années à travailler avec lui, vous savez très bien faire le tri entre ce qui est important et ce qui ne l'est pas. Et vous saviez qu'il n'est pas du genre à se rendre sur une scène de crime et qu'il ne touche jamais à un scalpel.

— La raison est évidente pourtant, réplique Maggie, les yeux étincelant de colère. Je voulais l'avertir de la présence de ce corps dans un parc public, parce que cela risquait d'avoir des conséquences fâcheuses. (Cette fois, on approche enfin de la vérité.) Il a compris l'enjeu et il s'est rendu sur place.

— Pour planter son drapeau et s'assurer de la version officielle. C'est pour cela qu'il a fait le déplacement. Pour étouffer l'affaire. Un meurtre dans un parc national, ça fait désordre. Par chance, c'était une clandestine. Quelqu'un d'insignifiant. Personne ne poserait de questions...

— Pourquoi voulez-vous raviver tout ça ? C'était déjà votre réputation, faire une montagne de la moindre broutille. Et vous recommencez. La situation est déjà assez critique comme ça. Pourquoi jeter de l'huile sur le feu ?

29.

À cause de l'affaire Hainey, les journalistes l'assaillent, se lamente Maggie. Et allez savoir ce qui va encore sortir dans la presse ! Aujourd'hui, ça a été la folie, et j'en suis responsable puisque je n'étais pas là.

À entendre ma secrétaire, je me suis totalement évanouie dans la nature. Mais j'avais une autre mission à accomplir, une opération de la plus haute importance. Soudain, je songe aux sacs de la Maison Blanche que j'ai jetés ici dans la poubelle. Fabian a dû lui dire où j'ai passé ma journée. Ou Reddy. En le revoyant attablé dans le restaurant de l'aile ouest, mon ventre se serre.

— Vous déterrez cette affaire sordide et vous laissez entendre qu'il y a un lien entre les deux. Et voilà le grand retour du tueur en série ! Cela va faire la une des journaux et vous porter préjudice, comme à Richmond. Avant votre arrivée, c'était aussi une petite ville pittoresque et tranquille. Et vous avez créé le chaos là-bas. Il faut que les gens se sentent en sécurité à Old Town, répète-t-elle. (On croirait entendre un politicien en campagne !) Imaginez les conséquences si l'on déconseille aux personnes travaillant à Washington de s'installer à Alexandria. Le marché immobilier s'effondrerait aussitôt. Comme tout le reste.

— Sauvegarder le tourisme n'est pas une priorité de l'IML. Notre devoir est de découvrir comment une personne est morte.

— Vous commettez une grosse erreur ! lance-t-elle avant de quitter le bureau.

Je décide d'attendre quelques minutes, le temps qu'elle sorte du parking. J'en ai ma claque de Maggie Cutbush. Comment travailler avec quelqu'un d'aussi obtus et antipathique ?

J'appelle Marino.

— J'allais t'envoyer un message, grogne-t-il sans même un bonjour. (Il est au volant.) Je dois vérifier la pression des pneus. Mais je pense que c'est un capteur qui fait des siennes. Encore un !

Il se dirige vers une station-service. Il sera là dans une demi-heure, si ça roule bien. Je lui résume le programme. Oui, on reviendra sans doute bredouille, et d'avance je le prie de m'en excuser.

— Mais je veux en avoir le cœur net, insisté-je en ramassant mon manteau et ma mallette.

— Qu'est-ce qu'on prend ? Un détecteur de métaux ? Il va sonner tout le temps avec les rails. Ça va être pénible.

— J'ai une autre idée.

Je lui explique de quoi il s'agit.

— D'accord. Ça vaut le coup d'essayer. De toute façon, c'est bien d'explorer le terrain quand il n'y a personne.

Je raccroche. J'ai le temps d'aller discuter avec Faye Hanaday, ma spécialiste balistique.

Je ferme mon bureau, m'éloigne dans le couloir en tirant ma caisse sur roulettes et souhaite une bonne soirée aux gens qui attendent devant l'ascenseur. Je prends les escaliers pour monter au deuxième. D'ordinaire, Faye travaille tard, il est donc inutile de l'appeler pour m'assurer qu'elle est encore là. D'ailleurs, elle ne répond jamais au téléphone.

Dans le couloir à l'étage, traînant toujours ma caisse, je salue les scientifiques que je croise. Je n'en connais pas la moitié. Jamais, je crois, je n'ai autant détesté être la nouvelle venue. J'ai toujours fait le tour des services, pour connaître l'avancée des recherches et faire le point avec les chefs de labos. Mais je n'ai guère eu le temps depuis mon arrivée.

Le couloir débouche sur le département armes et balistique. La lumière est verte devant la grosse porte d'acier du stand de tir. Je n'entends pas de déflagrations étouffées. Aucun test en cours. Le fond du labo est tapissé d'un épais piège à balles et le sol supporte le poids du gros réservoir d'eau destiné à récupérer les projectiles intacts après le tir.

Il n'y a personne sur le stand. Les collègues de Faye sont rentrés chez eux. Je la trouve à son poste de travail, les yeux rivés à l'objectif binoculaire d'un microscope de comparaison. Sous sa blouse blanche, elle est en pull et jean, baskets montantes et chaussettes fantaisie. Ses cheveux, rose et pourpre, sont retenus en arrière par un bandeau décoré de perles. Elle me fait penser à Cyndi Lauper.

Laissant ma caisse à côté de la porte, je traverse la grande salle avec ses paillasses noires et ses microscopes connectés à des écrans. Les murs sont couverts de clichés montrant les stries et sillons laissés par les canons, comme les impacts des percuteurs. Sur les étagères et les plans de travail, des petites balances servent à estimer la pression à exercer sur une queue de détente pour déclencher le tir. Il y a aussi des pieds à coulisses et autres instruments de mesure pour déterminer le poids d'une balle et son calibre.

Je remarque au fond de la pièce une collection de cibles truffées de balles pour les essais à distance. Et aussi des traces de pneus, des empreintes de pas moulées dans du plâtre dentaire ou du silicone. Il y a même un distributeur de billets dans un coin, qui a été volé dans une galerie marchande ! Un drone dans une boîte en carton est équipé d'un pistolet – œuvre d'un résident en colère qui avait rendu visite à son voisin par les airs pour lui tirer dessus à travers sa porte moustiquaire.

C'est fou comme la moindre invention peut être aussitôt transformée en arme létale. Sur une desserte, j'aperçois un arsenal imprimé en 3D – couteaux, pistolets, balles, silencieux, et même des pièces de fusil d'assaut. Bientôt, n'importe qui pourra se fabriquer ce qu'il veut avec des imprimantes, grâce aux nouveaux matériaux : plastique, fibre de carbone, résine, Kevlar, voire du métal tel que l'acier ou le titane.

— Toc-toc ! dis-je pour m'annoncer. (Je ne veux pas la faire sursauter. Elle lève les yeux de son microscope, bat des paupières.) J'ai essayé de vous joindre tout à l'heure. (Une façon diplomatique de lui suggérer que ce serait bien qu'elle réponde à mes messages de temps en temps.)

— Oh, pardon. (Elle se laisse aller contre son dossier et retire ses lunettes.) Comme vous l'imaginez, j'ai été occupée par cette tentative d'effraction chez Dana Diletti.

— J'ai appris ça quand j'étais dans les embouteillages. J'ai entendu sa conférence de presse.

Faye et moi avons travaillé sur plusieurs affaires depuis que j'ai repris la direction de la médico-légale. La dernière étant un suicide commis avec un vieux mousquet.

Ironie du sort : pour une spécialiste qui connaît tous les modèles, elle n'est pas fan des fusils et des pistolets. À ses yeux, c'est juste son boulot. Quand elle arpente les salons des armes à feu et des armureries, ce n'est pas pour le plaisir.

Sa passion c'est les concours de gâteaux. Partout sur son poste de travail, il y a des photos sous cadres montrant ses œuvres : une jungle en pâte à sucre chocolat et menthe, avec des dinosaures, des rochers et des grottes ;

un paysage lunaire au caramel, avec des empreintes de pas, un drapeau et un LEM ; des enfants faisant du patin à glace sur un étang de bonbons bleus, au milieu d'un paysage hivernal avec des bonshommes de neige en guimauve.

Je ne sais pas grand-chose sur elle, hormis qu'elle a une bonne trentaine d'années, qu'elle vit seule, sans animal de compagnie. Avec juste un aquarium d'eau de mer. Cependant j'ai l'impression qu'il y a quelque chose entre elle et Fabian. De temps en temps, ils arrivent ensemble. Et l'autre jour, je les ai vus se chamailler dans la vieille El Camino de Fabian.

— Cette affaire, ça va faire du bruit ! résume-t-elle.

— C'est déjà le cas. Il y a une grosse manif dans son quartier.

Je m'approche de la fenêtre fracturée. La moustiquaire déchirée est étalée sur un comptoir. Je vois les traces de la poudre qui a servi à relever les empreintes digitales, le tube de polysiloxane utilisé d'ordinaire pour les moulages dentaires. Et plusieurs appareils photos. Depuis que ces pièces sont arrivées au labo, Faye n'a pas dû chômer en effet.

— Il y a bien eu effraction, explique-t-elle. Ça ne fait aucun doute. J'ai effectué des comparaisons.

— Des comparaisons ? Avec quoi ? J'ignorais qu'on avait retrouvé des outils dont aurait pu se servir l'intrus.

— Les outils en question m'ont été apportés par les enquêteurs et proviennent tous de la maison de Dana Diletti. Et ça m'embête bien parce que je suis assez fan de cette femme, explique Faye tandis que j'examine la moustiquaire et la fenêtre avec son cadre peint en blanc.

Les outils sont disposés sur une paillasse couverte de papier Kraft. Il y a là des tournevis, un marteau, un pied de biche, tous étiquetés.

— Je peux d'ores et déjà vous confirmer que c'est l'un de ces tournevis qui a été utilisé pour forcer la fenêtre, annonce Faye. Et je ne suis pas loin de pouvoir le prouver.

Elle ouvre un fichier sur son ordinateur et me montre les images prises avec son microscope. Les microrayures de la panne de l'outil se sont imprimées sur la serrure tordue de la fenêtre.

— Et ce tournevis a été trouvé à l'intérieur de la maison ?

— Apparemment. Cela ne me regarde pas, mais tout laisse à penser qu'elle a voulu faire croire qu'un intrus a tenté de s'introduire chez elle. Elle a tout mis en scène. Autrement dit, c'est de la grosse *fake news*.

— Si c'est le cas, elle va s'attirer des problèmes. (Je pense aux hélicoptères qui volaient dans le ciel tandis que nous étions coincés avec Benton dans les bouchons.) Falsifier des preuves est un délit passible de prison.

J'aborde ensuite la véritable raison de ma visite :

— On m'a consultée pour une autre affaire, dont je ne peux rien dire, et j'aurais besoin de vos lumières, Faye.

— Je vous écoute.

— Il y a deux victimes. On leur a tiré dessus dans un espace confiné et des fragments de projectiles ont été retrouvés dans leur corps. Ils sont d'un type qu'on ne voit pas très souvent.

Je ne peux pas lui en dire davantage, ni lui montrer des images. Je sors d'un rendez-vous confidentiel et n'ai aucune pièce du dossier avec moi. J'aimerais toutefois avoir son opinion sur cette munition.

— Cela fait longtemps que je n'ai pas vu de Glaser en action, lui dis-je. Je pense que c'est à cela que nous avons affaire. Mais je dois en être certaine avant de l'annoncer aux personnes concernées.

J'imagine la surprise de Faye si je lui révélais que l'une d'elles est le président des États-Unis.

— C'est compliqué sans photos.

— Je peux vous décrire ce que j'ai vu pendant que la scène était filmée.

— Les Glaser sont parfaitement adaptées aux espaces réduits, précise-t-elle, ignorant qu'il s'agit d'un vaisseau en orbite.

— Absolument. On se sert de ce genre de munition pour l'autodéfense, si on veut pouvoir tirer sur quelqu'un dans un appartement ou une voiture. Il faut neutraliser l'agresseur, ou le tuer, mais pas que la balle ressorte du corps ou ricoche et touche accidentellement quelqu'un d'autre.

— Exact. C'est pour cela que les Glaser ont été conçues. Pour lutter à l'époque contre les pirates d'avion.

— Et ce sont les seules munitions de pistolet qui se fragmentent ainsi ?

— Oui, à ma connaissance, répond-elle en parcourant un catalogue compilant les traces de toutes les balles à fragmentation. Mais ces cartouches sont peu connues. Celui qui a fait ça a forcément préparé son coup.

Les astronautes n'emportent pas d'armes dans l'espace, à l'exception des Russes, comme je l'ai découvert à la Commission Apocalypse. Les cosmonautes ont dans leur paquetage un pistolet « de survie » à trois canons, particulièrement redoutable et équipé d'une machette qui fait office de crosse. Mais ce n'est pas une telle arme qui a été utilisée.

Bien sûr, je dois garder le silence. Si Faye découvre ce qui s'est passé à cinq cents kilomètres au-dessus de nos têtes, ce ne sera pas de mon fait.

— Cela ressemble à ça ? (Elle me montre des clichés.)

Les éclats sphériques sont parfaitement identiques à ce que j'ai vu.

— Oui.

— Une idée du calibre ?

— Sans doute du 9 mm.

— S'il s'agit d'un pistolet, en non d'un revolver, les douilles ont été éjectées.

— Le tireur a dû les récupérer avant de quitter les lieux.

J'imagine les petits cylindres dorés en suspension dans l'orbiteur. Jared Horton a dû les chercher un à un. Et il est parti avec. Mais je n'ai pas besoin de ces éléments pour savoir à quoi j'ai affaire.

— Une cartouche avec de la grenaille n° 6, chemisage en cuivre et embout polymère argent, annoncé-je à Faye.

Les munitions à fragmentation sont conçues pour éclater à l'impact. Il y a peu de risques que les petits plombs ressortent de la cible.

— Les Glaser sont proposées en deux types : pointes bleues et pointes argent. Et la pointe argent a plus de pouvoir de pénétration parce qu'elle est chargée avec du numéro 6 et non avec du 12 comme la bleue. Et c'est exactement ce que vous décrivez.

On pourrait appeler ça du « plomb d'hiver », quand on veut transpercer un épais poil de bourre, ou une combinaison spatiale. Jared Horton avait effectivement prévu son coup. Il ne comptait peut-être pas assassiner ses équipiers, mais il s'était préparé à cette éventualité.

— Vous restez longtemps ici ? m'enquiers-je alors que Marino m'annonce par SMS qu'il m'attend sur le parking.

— Je ne sais pas. Un bon moment encore. Avec cette affaire, j'en ai pour au moins jusqu'à minuit. (Visiblement, elle n'est pas pressée de rentrer chez elle.)

Et je crois en connaître la raison. Fabian est de garde ce soir et c'est pour cela que Faye fait des heures supplémentaires.

Quand je retourne au rez-de-chaussée, je ne vois pas Fabian, pas plus que Wyatt. Son bureau est vide et l'aire de livraison est déserte. Ils doivent traîner à l'étage, bien au chaud dans la salle de repos, et m'observer sur les écrans. Malgré moi, je souris.

Dehors, le gros pick-up de Marino ronronne sur le parking nimbé de brume. Il n'y a pas un souffle de vent. Les drapeaux de la Virginie et des États-Unis pendent au bout de leurs perches.

— Je vois que tu es équipé et paré à toute éventualité, lancé-je en grimpant dans le véhicule. Et pour tout dire, c'est une sage précaution.

30.

Il porte une tenue tactique, comme moi, mais sous sa veste, il a un gilet pare-balles.

Un bonnet cache son crâne chauve, son pistolet est toujours sur la console centrale. Lorsque je dépose ma caisse à l'arrière, je vois le même arsenal que la veille.

— C'est juste une intuition. Et désolée si l'on se déplace pour rien. (Je serre ma mallette sur mes genoux.) Peut-être que ce sera un coup d'épée dans l'eau, mais cela ne changera pas ce que je crois.

— Pareil ! Et oui, Ryan aurait dû te parler du cas Ramada. Vous étiez juste à côté de l'endroit où ça s'était passé. (Marino mâchonne avec vigueur son chewing-gum.) Les deux affaires ne sont peut-être pas absolument identiques mais c'est quand même bizarre qu'il ne t'ait rien dit.

En réalité, August Ryan protège ses arrières, d'après Marino. Il a déjà connu ça, c'est un classique avec les fédéraux.

— Dès que tu veux faire ton boulot, la politique s'en mêle, ajoute-t-il.

— C'est une honte quand les gens se soucient plus de la réputation d'un parc que de la vie humaine, réponds-je en regardant le parking par la fenêtre.

— Qu'est-ce qu'elle fiche ? lâche Marino en désignant la Volvo grise de ma secrétaire qui démarre et passe bien trop près de notre pick-up.

— Je crois qu'elle veut qu'on sache qu'elle nous surveillait. (J'aperçois son regard noir dans la lueur des phares.) Elle m'a dit qu'elle rentrait chez elle, et cela date de quarante minutes !

— Depuis mon arrivée, elle est dans sa voiture, au téléphone, là où personne ne peut l'entendre.

Bien sûr, je me souviens de sa gêne quand j'ai surpris sa conversation dans le couloir.

— Comme si elle ne me causait pas assez de problèmes, lâché-je en bouclant ma ceinture. Elle veut me faire virer, point barre. Au train où ça va, je ne suis pas sûre de finir le mois.

— Et Benton ? Il en pense quoi ?

— Que mon service est ingérable. Le gouverneur et le procureur général veulent que je reprenne en main toute la médico-légale de l'État, en particulier l'IML ici. Mais apparemment ils sont les seuls. Tous les autres sont contre.

— Qu'ils aillent se faire foutre. On ne va pas se laisser impressionner.

— Non, mais je serai peut-être invitée à partir si je deviens gênante. (Il suffit de penser aux menaces à peine voilées de Maggie.) Et ce que nous allons faire en est un parfait exemple.

— Benton sait pourquoi nous allons au parc ? Il est du même avis que nous ?

— Comme il le dit souvent, quand un tueur en série signe ses actes, met ses crimes en scène, par des motifs, des symboles, cela a toujours trait à ses fantasmes, à ses obsessions intimes. Les psychopathes ont des rituels qu'ils répètent, à moins que quelque chose les en empêche.

— Une chose est sûre, Doc, continue à suivre tes intuitions.

Marino enclenche la marche arrière, se retourne sur son siège et se lance dans un demi-tour, en ne se servant pas de la caméra de recul. Plus il a de gadgets électroniques, plus il se fie aux méthodes traditionnelles. Tandis qu'il sort du parking presque désert, je n'arrive pas à chasser de mes pensées ce penny écrasé sur le rail.

Ryan le tenait dans sa paume, l'éclairant avec sa lampe torche. On ne savait plus où était le côté pile ou face. Les gravures n'étaient plus lisibles, y compris le visage de Lincoln et la date. Du zinc plaqué de cuivre. Une date, enfin décelée au microscope : 2020. Et pas la moindre tache, ni vert-de-gris.

— Il est difficile de dire quand un train l'a écrasée, mais de toute évidence cette pièce n'est pas restée dehors longtemps. Quelques heures, au mieux, un jour ou deux. Avec cette pluie, le métal se serait terni rapidement.

— C'est bien ce que je dis. Suis ton intuition. (Marino passe la barrière.) Et d'ordinaire, c'est du sérieux.

— Cette fois, ça risque d'être carrément sinistre. Si j'ai raison, cela va faire du bruit, même si je dois y laisser ma place. Quand il s'agit de découvrir comment quelqu'un est mort, je ne transige pas.

— Respire. On va se débrouiller, comme toujours. Reddy est un gros nul, et pas question que ce genre de type reçoive les lauriers.

— On verra qui est félicité quand ce sera fini.

— Imagine les dégâts qu'il a causés pendant toutes ces années ! s'exclame Marino alors que le feu passe au rouge et qu'une longue file de voitures se forme. Comme on dit : négliger une seule personne, c'est négliger toutes les autres. Regarder ailleurs, mentir, cela cause forcément du tort à quelqu'un.

— Comment tes voisins prennent la chose ? Ça doit être l'effervescence à Colonial Landing. Surtout s'ils pensaient avoir trouvé leur coin de paradis.

— C'est moche, effectivement.

— Et Dana Diletti qui va en remettre une couche ! Elle prépare un reportage à sensation sur le « Boucher de Daingerfield Island ».

Je lui annonce que, selon Faye Hanaday, l'effraction chez la journaliste est une mise en scène.

— Ça ne m'étonne qu'à moitié. Mais cela n'empêchera pas la chaîne de diffuser sa merde sur le Boucher.

— Ça va terroriser tout le quartier.

— Faut reconnaître que le titre est bien trouvé. Et mes voisins font déjà dans leur froc !

Certains pensent vendre leur maison. Tout le monde panique à l'idée que le cours immobilier s'effondre dans le coin. Marino m'apprend que Dorothy, ayant peur de rester seule, est venue squatter chez moi.

— En attendant, Cliff Sallow, le régisseur, est bien trop pressé de nous aider, ajoute Marino. Je ne le sens pas ce type.

Je finis par parler à Marino du générique de *Shock Theater* qu'on entend quand le portail s'ouvre et se ferme. Est-ce que Ryan le lui a fait écouter ?

— Oui, et plusieurs fois, répond Marino en surveillant constamment ses rétroviseurs comme s'il craignait que l'on soit suivi. Ça doit faire partie du délire du tueur.

— Qu'est-ce que Sallow a à dire là-dessus ? Il n'a rien entendu ? Il n'était pas dans son bureau ce vendredi soir ?

— Il regardait un match de football. Et, non, il n'a pas d'explication. Il ne connaît pas cette musique, il n'est pas très porté sur les films d'horreur. En revanche, il y va de ses suggestions ; quelqu'un aurait pu gagner le lotissement par bateau. Et en repartir par le même moyen. Et cela expliquerait pourquoi il n'a entendu aucune voiture passer les portes.

Soit une barque, soit un canot avec un petit moteur, d'après le régisseur. Sauf que tous les pontons sont couverts par des caméras de surveillance et toutes fonctionnaient quand Gwen Hainey a été enlevée. Seules les deux caméras de l'entrée principale ont été occultées. La version de Sallow est peu plausible, pour ne pas dire loufoque.

— Et il faisait un temps de chien, ajouté-je tandis que nous patientons de nouveau au feu. Avec ce vent et cette pluie, je ne vois pas quelqu'un s'aventurer en bateau, en particulier de nuit.

— Pour moi, Sallow cherche à nous envoyer sur une fausse piste. Et il joue bien trop à l'innocent. Il tient à nous prouver qu'il est un bon gars.

— Le tueur de Gwen Hainey avait forcément un véhicule.

Il lui a fallu transporter le corps du lotissement jusqu'à Daingerfield Island. Nous en saurons peut-être davantage quand nos labos auront analysé les enregistrements audios.

— La voiture en question avait peut-être un moteur silencieux. Avec un peu de chance, nos techniciens seront en mesure de l'identifier.

— Sallow a une Prius, précise Marino. Et une hybride, ça ne fait pas beaucoup de bruit.

— Tu l'as fouillée ?

— Il nous a invités à examiner tout ce qu'on voulait. Comme je t'ai dit, il se montre très coopératif.

— Même son ADN ?

— On l'a, et ses empreintes aussi. (Le feu passe au vert, et on redémarre.) Avec Ryan, on lui a assuré qu'il n'était en rien visé par l'enquête.

— Il a gobé ça ?

— Absolument. Nous lui avons expliqué qu'en tant que régisseur il était souvent entré chez Gwen Hainey, pour lui apporter ses colis et Dieu sait quoi encore. Il nous fallait donc son ADN pour pouvoir l'éliminer de la liste des suspects.

— Et il a été d'accord ? Sans même vous demander de voir ça avec son avocat ?

— Tu parles, il était ravi !

Marino et Ryan ont passé la Prius au peigne fin et n'ont rien trouvé. Mais Sallow est à l'évidence du genre méticuleux.

— Et nous savons que le tueur a bien préparé son affaire, annonce Marino. Par exemple, il a pensé à couvrir les caméras du portail.

— Quelqu'un de rusé forcément. Et qui ne doit pas aimer que quelque chose contrecarre ses plans. Je comprends pourquoi ce régisseur fait passer tes voyants au rouge. Et j'aimerais bien savoir où il était le 10 avril, quand Cammie Ramada est morte. C'était quelques mois après son arrivée à Colonial Landing. Fruge se méfie comme toi de Cliff Sallow.

— J'ai vu ça ! J'étais là hier soir quand elle lui cassait du sucre sur le dos. Fruge est comme un chien avec son os. Elle le rogne jusqu'à la moelle.

— C'est comme ça quand une affaire nous préoccupe. Toi et moi sommes bien placés pour le savoir.

— La vie n'a pas été tendre avec la pauvre Cammie, et tout le monde se fiche de ce qui lui est arrivé. (Une bouffée d'air froid s'engouffre dans l'habitacle quand il baisse sa fenêtre pour jeter son chewing-gum.)

— Comme Fruge, je ne vais rien lâcher.

Lorsque nous arrivons sur King Street, le brouillard est si épais que j'ai l'impression de rouler dans un nuage.

— Plus j'y réfléchis, plus je trouve que ça pue, lance Marino. Tu as déjà vu quelqu'un se noyer en faisant son jogging ? Et qu'est-ce qu'elle fichait la nuit dans ce coin paumé du parc ? Je ne crois pas à cette histoire de crise, ni qu'elle soit tombée dans l'eau sans s'en rendre compte.

— Elle souffrait effectivement d'épilepsie temporale, sans doute depuis sa naissance, l'avertis-je. La version officielle c'est qu'elle a eu des convulsions à cause de l'effort physique, a perdu conscience sur la berge et qu'elle est tombée la tête la première dans l'eau. Et, oui, elle a pu être désorientée, ou avoir l'esprit confus, mais ce n'est pas à cause de ça qu'elle est morte. Comme toi, je pense que quelqu'un l'a aidée à mourir.

— Quel rapport entre une crise d'épilepsie et une agression ?

— Suppose que le tueur était caché dans les fourrés et lui est tombé dessus. Rien que ça peut suffire à déclencher une crise. (Je l'imagine courir dans les bois, terrorisée, tentant de se sauver.) Sous le coup de la frayeur, elle a commencé à convulser. Et son agresseur ne s'attendait pas à ça…

— Et ensuite ?

— Ensuite, il lui a cogné la tête par terre, au moins à trois reprises, et l'a noyée. Elle a une dent cassée, une fracture du crâne, et trois hématomes cérébraux. Des marques de doigts, sur son cou, ses poignets, ses avant-bras, des ongles cassés aux mains et des égratignures aux genoux.

— Et j'imagine que tout ça était frais ?

— À en juger par les photos, les ecchymoses étaient rouge vif. Ça datait donc de l'heure du décès.

— Merde.

— Je ne crois pas une seconde que ses blessures soient dues à sa chute.

— J'ignorais qu'elle souffrait d'épilepsie. Je savais juste qu'elle avait des problèmes de santé. Je n'ai pas trouvé grand-chose sur elle, ni Lucy. Rien dans les médias, rien sur les réseaux sociaux. L'affaire n'a intéressé personne.

— C'était le but recherché. Elvin voulait que sa mort passe sous les radars. Sauf que Fruge était là.

— Oui. C'est par elle que j'en ai entendu parler, dès juillet. Fruge patrouille souvent à Old Town et c'est une vraie fouineuse, comme tu sais. (J'imagine très bien la scène.)

— Elle est venue se présenter chez toi, c'est ça ? dis-je en consultant mon téléphone.

Il y a un SMS de Dorothy, qui me demande où je cache les piments jalapeño. Elle prépare un chili avec Lucy, et j'en ai l'eau à la bouche.

— Presque ! Je faisais le plein de la Harley à la station Shell, m'explique Marino tandis que je m'efforce d'oublier ma faim. À l'évidence, Fruge savait qui j'étais. Elle s'est garée derrière moi et m'a souhaité la bienvenue dans le quartier. Elle se réjouissait que quelqu'un remette de l'ordre en ville. (Il prend un nouveau chewing-gum. Parfum thé des bois. Et mon estomac grogne.) Elle était au courant qu'on débarquait tous.

Je refuse le chewing-gum qu'il me tend tout en répondant à ma sœur. C'est elle qui a vidé le bocal de piments pour préparer des nachos la semaine dernière, et elle avait promis d'en racheter. Visiblement, elle a oublié.

`Dans la réserve ?` insiste Dorothy.

Elle fait allusion aux étagères à la cave où je stocke toutes sortes de conserves.

`Va voir, mais je ne pense pas.`

— Tu t'es installé à Old Town quelques mois avant nous, dis-je à Marino. C'est normal que Blaise Fruge soit au courant de notre venue, même si on n'avait pas encore emménagé.

Fruge est une policière dans l'âme, et du genre tenace. Elle me rappelle Marino quand je l'ai rencontré. Quand un flic est motivé, il sait tout ce qui se passe dans son secteur. Alexandria est une grande ville, mais il n'y a pas plus de dix mille habitants à Old Town.

— Ça ne doit pas être difficile de savoir qui achète une maison dans le quartier, poursuis-je alors que nous dépassons le Ivy Hill Cemetery.

À cause du brouillard, je ne peux pas voir les arbres et les stèles qui ont été couchés par la tempête hier soir.

— Elle savait aussi que j'avais été chef de la section homicide à Richmond, ajoute-t-il. Elle se souvenait de tous les deux. Et de toute la famille, y compris Lucy et Benton. Elle m'a même parlé de Doris et Rocky, elle voulait savoir ce qui leur était arrivé, elle me posait un tas de questions indiscrètes.

31.

Doris était la première femme de Marino et son amour de jeunesse. Quand elle l'a quitté pour un vendeur de voitures, j'ai bien cru qu'il ne s'en remettrait jamais.

Rocky, leur fils unique devenu un criminel sans pitié, a péri de mort violente après avoir tenté de tuer son propre père. À l'évidence, Fruge a pas mal fouiné. Mais c'est ce que nous faisons tous lorsqu'il y a des nouveaux venus dans notre périmètre.

— Je ne lui en veux pas de s'être renseignée sur nous, dis-je à Marino. Elle serait idiote de ne pas le faire. Mais je pense aussi qu'elle est un peu seule, et qu'elle veut se prouver un tas de choses.

C'est peut-être ça son carburant. Son père était pasteur presbytérien, un type plutôt désagréable.

— Et tu te souviens de sa mère, obnubilée par sa carrière et la notoriété ? Elle vit loin d'ici. Elles ne doivent pas se voir très souvent toutes les deux.

— Je pense que Fruge n'a personne dans sa vie, lâche Marino. Apparemment, elle aime beaucoup A League of Her Own, et je ne parle pas du film.

Il parle du bar lesbien à Washington, où traîne Blaise Fruge pour regarder du baseball et profiter de la musique. C'est là, justement, qu'elle a rencontré Lucy et Janet il y a deux ans.

— Quand t'a-t-elle raconté tout ça ?

— Hier soir. Après t'avoir déposée chez toi, elle est revenue chez Gwen Hainey. Elle ne nous a pas lâchés, Ryan et moi. Une vraie pipelette. Elle qualifiait Elvin Reddy de crétin, et racontait que tout le monde avait peur de lui quand il dirigeait la médico-légale. Et maintenant qu'il est le grand manitou de la santé pour la Virginie, c'est encore pire. C'est la raison de cette omerta.

— Ce n'est pas un crétin. Ce serait trop simple.

— La mort de Cammie Ramada ne devait pas être déclarée comme un homicide. Et il a veillé au grain. Point barre.

— Sauf qu'il y a une suite. Nous avons une autre victime dans le même parc. Et celle-là a eu la gorge tranchée, les mains coupées et a été laissée bien en vue à côté de la voie ferrée. Un meurtre qui, va savoir, aurait pu être évité si une enquête avait été ouverte pour Ramada.

— Je suis d'accord. Et si Cammie Ramada a été attaquée sur le même chemin que Gwen Hainey, à seulement huit mois d'intervalle, alors il ne s'agit pas d'un coup de sang d'un ex énervé ni d'un meurtre sous contrat dû à de l'espionnage industriel. On a affaire à un Ted Bundy, un Night Stalker ou un Jeffrey Dahmer !

Marino me sort toujours la même liste de tueurs en série. Au moins, ces psychopathes sont dignes d'intérêt, argue-t-il chaque fois. À l'inverse des abrutis qui posent des bombes artisanales dans la rue, envahissent le Capitole, ou mitraillent les épiceries.

— Toi et moi sommes sur la même longueur d'onde, dis-je en haussant la voix pour me faire entendre pardessus le chuintement des grosses roues du pick-up. Tout va bien avec tes pneus maintenant ? Ou risque-t-on de se retrouver à plat ? Ce n'est pas un temps à changer une roue !

— C'était juste les capteurs, comme je le supposais. (Il allume le dégivrage, les lumières des voitures et des boutiques sont noyées dans un halo. Il se met à pleuvoir.) Si j'avais des runflat, je n'aurais pas à m'inquiéter. Mais ils ne sont pas très confort et ils s'usent vite.

À l'évidence, il a l'intention de passer aux nouveaux pneus airless même s'ils coûtent une petite fortune. Une idée de cadeau pour le prochain Noël ? Ma sœur cède à tous ses caprices, et pourtant Marino continue de s'ennuyer à mourir ! Mais ce soir, il est assis bien droit, plein d'allant et de vigueur. Et il y a du défi dans sa voix. Cela fait longtemps que je ne l'ai pas vu comme ça.

— Au fait, juste pour info, je suis passé aujourd'hui à…

Il est interrompu par la sonnerie de mon téléphone.

— Qu'est-ce qu'il y a encore ? pesté-je en voyant le nom qui s'affiche sur l'écran. (Je me tourne vers Marino.) Il vaut mieux que je la prenne.

— Docteur Scarpetta ? Désolée de vous déranger, annonce Maggie. Ce ne sera pas long. (Sa voix autoritaire résonne dans l'habitacle.) Le Dr Reddy veut vous voir demain matin. J'ai reporté tous vos rendez-vous pour la journée de demain.

— Maggie, vous ne pouvez pas faire ça sans mon accord, dis-je alors que tous mes voyants d'alerte passent au rouge.

Je suis virée !

— Aux dernières nouvelles, nous sommes tous sous les ordres du commissaire à la Santé, et cela vaut pour vous, réplique-t-elle alors qu'au bout de la rue se dresse la silhouette fantomatique du mémorial George Washington. Il veut vous voir. À Richmond.

C'était donc à lui que Maggie parlait au téléphone quand je l'ai surprise dans le couloir. J'en étais sûre !

— Qu'est-ce qui se passe de si urgent ? Au point de devoir me déplacer là-bas ?

Évidemment, il veut m'annoncer lui-même que je suis mise à la porte, il souhaite me le cracher au visage ! Et sans doute en public. Et cette humiliation sera dans tous les médias. Je suis sûre que la presse est déjà prévenue !

— Tout ce que je peux vous dire, c'est qu'il a fallu aussi modifier son planning surchargé, répond-elle comme si elle travaillait encore pour lui. (Ce qui, d'ailleurs, est peut-être encore le cas !) Il vous attend à 10 heures.

— Ça va me prendre un temps fou de descendre à Richmond si tôt matin. Il le sait très bien, et vous aussi.

Je coupe l'appel et lâche mon téléphone sur mes cuisses.

— J'en ai marre ! C'est la goutte de trop !

— Il va falloir lever le camp avant l'aube, annonce Marino, partant du principe qu'il est du voyage. (Je n'ai aucune envie de discuter.)

— Comme si je n'avais que ça à faire !

— On va être coincés dans les embouteillages quasiment toute la journée. Et c'est exactement ce qu'il veut.

— Se venger, me montrer que c'est lui le boss, lui qui donne les ordres. (Je consulte les prévisions météo pour le lendemain.)

— Et on sait très bien comment ça va se passer. On va arriver haletant et en sueur, tremblant comme des veaux à l'abattoir et il va nous faire attendre un max ! Au mieux, il prendra deux minutes pour te descendre, te rabaisser, et te faire rentrer dans le rang.

— Arrête, s'il te plaît ! Ça m'énerve assez comme ça.

— Il va te le faire payer, Doc.

— Me faire payer quoi ?

— D'être toi. De ne pas lui faire des courbettes. Et surtout d'être incorruptible. Ça, il ne supporte pas !

— Après ce que je m'apprête à faire, il va m'aimer encore moins ! répliqué-je avant de lui lire le bulletin météo. On annonce de belles éclaircies pour demain et une température de 9 degrés. Il fera beau mais avec du vent. Les premières averses sont prévues en début de soirée.

Je lui explique ce que j'ai en tête tout en envoyant un texto à Lucy. Je veux savoir si son hélicoptère est dispo demain matin, et si elle veut bien nous emmener, Marino et moi. L'idéal serait de partir de l'aéroport Reagan, qui est à quelques minutes de la maison.

— Bien sûr, on sera supervisé par un gars de la TSA puisque nous sommes dans un périmètre aérien de sécurité, précisé-je à Marino. Mais elle a l'habitude.

— J'espère qu'elle ne sera pas trop rouillée, lâche-t-il en s'arrêtant au passage à niveau. (Les nappes de brouillard tournoient comme des volutes montant d'une marmite de sorcière.) Elle n'a pas volé depuis qu'on est arrivés ici. Ce n'est plus comme avant.

Nous regardons à droite puis à gauche au moment où la voiture traverse les rails. C'est la même voie ferrée, à quelques kilomètres au nord, qui longe le Mount Vernon Trail où Cammie Ramada et Gwen Hainey faisaient leur jogging.

— C'est bien la première fois que tu critiques les qualités de pilote de Lucy.

Marino connaît ma nièce depuis qu'elle a dix ans. Il lui a enseigné tout ce qu'il savait. On a traversé ensemble bien des épreuves. Mais il n'avait jamais vu Lucy aussi meurtrie, et ça le rend malade. Parce qu'il ne peut rien faire pour alléger sa peine.

— Il faut ouvrir les yeux. Elle n'a pas pris le manche depuis la pandémie. Et elle a reçu un sacré coup sur la tête. Elle a perdu son feu sacré.

C'est son expression chaque fois qu'il veut décrire l'apathie de Lucy, sa perte d'intérêt pour tout ce qui la passionnait autrefois. Comme piloter son hélicoptère, chevaucher la moto qui dort dans le garage de Marino, ou conduire ses voitures de sport. Et tant d'autres choses encore.

`Pas de problème`, me répond-elle, avec un émoji pouce levé.

Son message me ravit, à plus d'un titre.

— Je crois qu'on aura un carrosse volant demain matin !

— Tu vas faire grincer des dents si tu débarques en hélico.

— Raison de plus !

Nous nous arrêtons à un feu rouge sur Prince Street. Le Hilton Garden Inn est en vue. En vingt minutes, on n'a guère avancé.

— D'autant que tu sors d'un rendez-vous à la Maison Blanche. Il y a de quoi faire des jaloux. Et en premier Elvin le chipmunk.

— Comment tu sais où j'étais ? (J'ai envie d'en finir avec ce secret.)

— C'est ce que j'allais te dire avant qu'on soit interrompus par ta secrétaire. Je suis passé à l'IML ce matin, mais tu n'y étais pas.

— Benton et moi avons été appelés au dernier moment. (Marino sait parfaitement que je n'entrerai pas dans les détails.)

— Tu ne te souviens peut-être pas, mais quand je suis parti de chez toi hier soir avec la bouteille de vin, tu m'as dit que tu serais au bureau demain comme d'habitude. Tu étais sûre d'en avoir la force.

— C'était le plan, avant que le Secret Service nous convoque.

Le feu passe au vert.

— Comme je croyais que tu étais à l'IML, je me suis dit que c'était une bonne idée de me montrer, puisque je suis ton nouveau consultant en sciences médico-légales. Mais cela ne s'est pas passé comme prévu.

— Qui t'a appris que j'étais à la Maison Blanche ? Je ne l'ai dit à personne. Pas même à Dorothy et Lucy.

— Ta secrétaire, bien sûr ! La gardienne du temple qui a refusé de me donner une clé et déclaré qu'il n'y avait pas de place pour moi.

— C'est faux. On a plein de bureaux vides. (Mon prédécesseur n'était pas du genre à recruter.) Et plein d'emplacements libres sur le parking. Bien sûr que tu auras une clé ! Je suis désolée que Maggie t'ait mal reçu, mais cela ne m'étonne pas.

— Cette harpie a la main sur tout.

— Cela s'est fait tout seul. Pendant que Reddy faisait le beau au Capitole ou sirotait ses martinis, quelqu'un devait bien tenir la boutique, prendre les appels, répondre aux questions.

— Elle est comme le flic planqué qui croit diriger la maison parce qu'il est à côté du téléphone !

Nous traversons le centre historique, notre quartier. Je repère l'église catholique où je me montre rarement, et juste en face, la station Shell. Le Harris Teeter est là, avec ses murs de brique rouge. C'est dans ce supermarché que nous faisons nos courses avec Benton. Et dans le coin, mon restaurant préféré c'est le Haute Dogs & Fries, alors que Marino penche plutôt pour le Oak Steakhouse.

— Puisque tu es venu à l'improviste, qui t'a laissé entrer ?

— Wyatt. Il était dans l'aire de livraison et m'a conduit à l'étage. Son frère était flic à Richmond. Je le connaissais. Et soit dit en passant, la sécurité est nulle chez toi.

— À l'évidence !

Je lui demande à quelle heure il s'est présenté à la porte de Maggie. (Et j'imagine aisément la surprise de mon assistante.)

— À midi. (À peu près à l'heure où j'ai vu Elvin à la Maison Blanche.)

Il a dû apprendre que j'étais là et, bien sûr, il a appelé Maggie qui, depuis vingt ans, est son âme damnée. Ces deux-là n'ont jamais cessé de travailler ensemble, voilà la vérité ! Et on a peut-être affaire à un syndrome de Stockholm.

S'identifiant avec son tortionnaire, elle m'a traitée comme Elvin la traitait. Je ne me faisais aucune illusion. Je savais que Maggie serait mon Vietnam quand j'ai accepté ce poste, mais je me suis dit, peut-être avec trop d'assurance, que je parviendrais à l'amadouer si je me montrais juste et compétente, en gros si j'étais une bonne patronne.

Forcément, elle se rendrait compte qu'elle était mieux lotie avec moi plutôt qu'avec son tyran prétentieux et misogyne. J'ai cru pouvoir réitérer ce que j'avais accompli à Richmond. Mais ce n'était ni très lucide de ma part, ni très honnête. Je ne suis pas revenue ici par nostalgie, mais pour servir l'État de Virginie et régler les problèmes.

Le bon vieux temps n'était pas si rose, et Maggie Cutbush ne sera jamais Rose – justement. Le passé est le passé, même s'il laisse son empreinte. Et les femmes, c'est bien connu, ne s'entendent pas toujours entre elles. Certaines défendent leur pré carré, sont prêtes à tout pour écraser la rivale, et n'acceptent d'obéir qu'à un homme. Voilà la cause de cette ambiance toxique que je subis depuis mon arrivée.

— Elvin n'a pas apprécié de me voir à la Maison Blanche. Et il a aussitôt appelé Maggie pour essayer de savoir ce que je fichais là-bas.

Nous finissons par gagner le nord-est d'Alexandria. Hélas, le long du Potomac, tous les feux sont rouges !

— Quand je lui ai posé la question, elle n'a pas voulu me le dire.

Marino, sans quitter les yeux de la route, jette à nouveau son chewing-gum par la fenêtre. Ce n'est pas le moment de lui faire des leçons de morale !

— Elle n'en savait rien. Comme Elvin, réponds-je. Du moins je l'espère. Autrement le Président a de sérieux problèmes de sécurité concernant le secret-défense.

— Tu étais avec le Président aujourd'hui ? Il voulait te voir – personnellement ?

— Je dis juste que c'est un gros problème de sécurité nationale si ses conversations privées fuitent.

— Qu'est-ce qu'il y avait de si important au point d'être convoquée à une réunion top-secret à la Maison Blanche ? (Marino fouille déjà dans le vide-poches pour prendre un autre chewing-gum. Heureusement qu'ils sont sans sucres, sinon il pourrait dire adieu à ses dents !) Raconte-moi, s'il te plaît. Il y a peut-être péril en la demeure. Je te rappelle que tu as rapporté du vin empoisonné chez toi !

— Ce ne sont pas les sujets d'inquiétude qui manquent.

— J'en conclus qu'on est revenu au bon vieux temps, quand toi et moi on devait nager au milieu des piranhas ! (Il déballe plusieurs chewing-gums, parfum clou de girofle cette fois, et m'en offre un.)

— Pourquoi pas au fond.

Avec toutes ces senteurs, j'ai l'impression qu'il y a un pot-pourri dans l'habitacle.

— Parfois j'ai tellement envie d'une cigarette ! C'est horrible, Doc. Et ce soir, c'est puissance dix !

— Je connais ça aussi, crois-moi.

— Tu sais que je garde un paquet de Marlboro en cas d'urgence ?

— On va dire que je n'ai rien entendu.

— Tu y penses encore aussi ?

— Tous les jours.

— Pareil. Mon empire pour une clope ! Et si on s'en grillait une ? Juste une, pour partager ?

32.

— On ne s'arrêtera pas à *une* cigarette, tu le sais, réponds-je tandis que nous mâchonnons nos chewing-gums.

— Je pensais que le manque partirait, mais non. C'est de pire en pire. (Il ne cesse de répéter ça depuis qu'il a épousé Dorothy.)

Et ce ne sont pas seulement les cigarettes qui lui manquent. Au fond de lui, il le sait très bien, même s'il préfère se voiler la face. Pourtant l'évidence est là : quand ils ont commencé à se fréquenter il y a plusieurs années, Marino était un nouveau défi pour ma sœur, un trophée de plus à ajouter à sa collection.

Mais ce n'était pas à moi de le dire. Alors j'ai joué la supportrice sans faille, malgré mes doutes. Elle allait lui aspirer toute sa force vitale, le vider de toute substance. Parce que, dans le domaine relationnel, Dorothy est une araignée insatiable. Je l'ai vue faire ça à chaque mâle qui passait le seuil de sa maison. Peut-être qu'avec Marino ce serait différent, me disais-je. De toute façon, le choix lui appartenait. Je n'avais pas à m'en mêler.

J'ai poussé le zèle si loin que je me suis fait ordonner pasteur par correspondance pour pouvoir les marier moi-même dans notre jardin à Cambridge, dans le Massachusetts. Je voulais que leur union tienne, même s'il risquait d'y avoir des dégâts. Et, plus que tout, je souhaitais que Marino soit heureux. Depuis que je le connais, il tente de combler un vide béant qui date de ses premières années dans un quartier mal famé du New Jersey.

Et Dorothy n'a pas son pareil pour combler les trous, elle est une tornade irrésistible. Elle l'adore et a plein d'argent, mais cela ne remplace pas tout, en tout cas pas ce qu'il a perdu lorsque nous avons cessé de travailler ensemble.

— Je suis désolée, mais je ne peux pas te dire ce que Benton et moi faisions à Washington. Même si j'en ai très envie.

J'observe son profil dans la lueur rouge des voitures arrêtées devant nous, mâchant avec vigueur son chewing-gum. Je connais cette frustration : désirer ce que l'on ne peut obtenir. Quand j'étais enfant et que je m'occupais de mon père qui avait le cancer, je désirais tant qu'il aille mieux... Plus que tout au monde. Je voulais qu'il reste avec moi, et ce besoin est toujours aussi prégnant.

— Je ne suis pas né de la dernière pluie. Je parie que ton rendez-vous à la Maison Blanche a un lien avec ce qui nous amène ici ce soir.

— Comme on dit en physique quantique, tout est intriqué. (Derrière la vitre, j'aperçois le Mount Vernon Trail, la masse noire de Daingerfield Island se dresse droit devant.) Les activités illégales de Gwen Hainey ont causé des catastrophes, même indirectement – et, même ça, je ne devrais pas te le dire.

— Le comble, c'est que sa mort, ce meurtre, n'a peut-être rien à voir avec ses magouilles.

Je suis bien d'accord avec lui.

— Si le tueur savait qu'elle était une espionne, il n'aurait pas laissé dans la maison son ordinateur et ses autres appareils électroniques. Mais pourquoi n'a-t-il pas pris l'argent qu'il y avait dans son portefeuille ?

— Parce que c'est la traque qui l'intéressait. La chasse, répond Marino. Il n'est pas venu pour voler. D'ailleurs il n'a rien pris, hormis son téléphone.

— Et on n'a pas retrouvé non plus celui de Cammie Ramada, dis-je alors que nous prenons la direction du parc.

Sur l'unique route qui mène à Daingerfield Island, nous passons devant des bateaux sous leur bâche d'hivernage. Il y en a autant en cale sèche qu'aux amarres. Les parkings sont vides, aucune lumière dans les bâtiments, et pas âme qui vive. Le brouillard est toujours là, mais au moins il a cessé de pleuvoir.

— Je n'irais pas faire un jogging ici à une heure pareille ! Il faut être fou pour faire ça, en particulier si on est une femme.

— Les gens se pensent en sécurité. C'est une illusion. Ils ne font plus attention, ils ne ferment pas leurs portes à clé, laissent les fenêtres ouvertes, font entrer les gens chez eux pour passer un coup de fil, et maintenant ils donnent en ligne toutes leurs données personnelles !

Les bois sont denses et sillonnés d'allées forestières où la Park Police patrouille régulièrement. Bien sûr, ils se montrent quand il y a du monde, ou qu'un cortège présidentiel passe à côté sur la Parkway.

Ils ne peuvent rester toujours présents, et avec ce temps, aucun flic ne va traîner ses guêtres par ici. Tout est plongé dans l'obscurité hormis le chemin qui est juste assez large pour que des piétons et des cyclistes puissent se croiser. Mais les lampadaires, nimbés de brume, éclairent à peine. Dans cette pénombre, mieux vaut regarder où l'on met les pieds.

— On est une proie trop facile si un tueur est dans le coin, ajoute Marino.

Il rejoint la rive, se gare près d'une clairière, coupe les phares et le moteur. Nous restons dans l'habitacle un moment. Je contemple les eaux charbonneuses du Potomac. C'est ici même que Cammie Ramada a perdu une chaussure et s'est noyée. Elle n'est pas tombée dans le fleuve toute seule.

— Regarde autour de toi, dis-je à Marino. Ça ne tient pas debout ! Il n'y a aucune raison logique pour qu'elle se retrouve ici, de l'autre côté des bois, la tête dans l'eau.

— Sauf si elle a rencontré quelqu'un. Peut-être qu'elle connaissait son assaillant ? Peut-être même qu'elle avait une liaison avec lui ?

— Je n'y crois pas une seconde. (Je fourre mon chewing-gum dans un mouchoir en papier et glisse le tout dans ma poche – histoire de donner l'exemple à Marino.) Rencontrer son amoureux ici ? N'importe quoi !

Nous descendons du pick-up tandis que les avions rugissent dans le ciel, invisibles. L'aéroport est à seulement un kilomètre d'ici, juste au nord. Derrière nous, les bois sont touffus.

Il n'y avait personne pour voir Cammie Ramada y courir comme une dératée. Elle zigzaguait entre les arbres, haletante, paniquée. Peut-être même qu'elle hurlait de terreur ? Elle fonçait dans l'obscurité, malgré les troncs qu'elle heurtait, les branches, les ronces qui la griffaient. Elle courait, droit devant, jusqu'à déboucher sur cette clairière où nous nous trouvons.

— Il avait plu toute la journée, le ciel était encore couvert. Et il n'y avait pas de lune la nuit du 10 avril, indiqué-je en consultant à nouveau l'appli météo. Une fois qu'elle a quitté le chemin, elle s'est retrouvée dans les ténèbres. Sans point de repère.

— Je suis d'accord, répond Marino en sortant ma caisse de terrain. Elle fuyait quelque chose ou quelqu'un.

Il nous déniche deux lampes de poche, glisse son arme sous sa ceinture et nous traversons la petite étendue d'herbe. L'eau clapote doucement. J'éclaire la berge de sable vaseux. Cela n'a rien d'une plage. Personne ne viendrait courir ici. Et pas plus se baigner ou prendre le soleil.

Dans ce parc, on fait du jogging, du vélo, du bateau, ou alors des pique-niques en famille. C'est un lieu de promenade, un coin de nature où l'on peut apercevoir des aigles pêcheurs, des faucons, des pics-verts, des canards, des fauvettes, et toutes sortes d'oiseaux, y compris des rapaces nocturnes. Comme ce hibou qui ulule en ce moment dans les frondaisons. Un autre lui répond. Pour un peu, leur échange ferait dresser les cheveux sur la tête !

— Le corps de Cammie Ramada se trouvait ici. (Je montre l'endroit avec ma lampe.) Et les toilettes sont là-bas.

Je désigne le petit bâtiment au bout du parking désert tandis que mes yeux s'acclimatent à l'obscurité.

À marée basse, l'eau est peu profonde le long de la rive. Les photos me reviennent en mémoire. Elle était couchée, la tête dans l'eau, inclinée sur le côté, la moitié supérieure du corps immergée, ses longs cheveux noirs flottant dans le courant, bras et jambes repliés.

— Elle avait un legging de sport, un tee-shirt et une veste de jogging. Ils étaient sales mais intacts. Hormis sa basket droite qu'on a retrouvée cinq mètres derrière elle. Le lacet avait encore sa double boucle. Et sa chaussette, au pied droit, était maculée de traces d'herbe et descendue jusqu'à mi-pied.

— À quand remontait la mort ? Tu en as une idée ? demande Marino en regardant autour de lui, la main posée sur la crosse de son arme.

— C'était récent, à en juger par la température corporelle et autres indicateurs post mortem. Le plus révélateur, c'est l'absence de fripure aux extrémités des doigts. Cela prouve qu'elle n'a pas beaucoup séjourné dans l'eau.

C'est un couple qui cherchait un coin tranquille dans le parc qui a découvert le corps. Par réflexe, ils l'ont sortie de l'eau, avant même d'appeler les secours. Le tueur les a peut-être entendus arriver. Et il a fichu le camp, sachant que la police allait rappliquer.

— Sinon, il aurait fini sa besogne, c'est certain, dis-je.

— Comme de lui couper les mains ?

— Par exemple.

— Résumons..., reprend Marino. Elle courait sur le Mount Vernon Trail de l'autre côté du parc puis est tombée sur un salopard qui se cachait – peut-être même qui l'attendait. Elle s'est sauvée dans les bois, a perdu une chaussure dans sa course et a terminé dans l'eau. Et sa crise d'épilepsie, elle l'a eue quand ?

Un autre Boeing passe à basse altitude. Ce n'est vraiment pas un temps à prendre l'avion.

— C'est juste une supposition, mais je me demande si le stress et la peur n'ont pas déclenché les convulsions. Par exemple, quand elle a perdu sa basket ?

Une lune se faufile entre les nuages alors que nous retournons à son pick-up. Je me sens observée, comme si quelqu'un était tapi dans les bois. Peut-être s'agit-il de l'énergie noire laissée par le psychopathe. Est-il un habitué des lieux ?

— Si elle a eu une crise d'épilepsie, c'est sans doute mieux ainsi, déclare Marino. Au moins, le tueur n'a pas pu finir sa besogne.

— Il ne l'a peut-être pas terminée, mais il l'a bien commencée. Et la pauvre a compris ce qui allait lui arriver.

— Il comptait sans doute la tuer à côté de la voie ferrée. (Marino sort sa télécommande et démarre le véhicule à distance. Les phares s'allument.) Faire comme avec Gwen Hainey. À supposer qu'il s'agisse du même tueur. (Et à son ton, je sais qu'il pense à Cliff Sallow.)

De retour dans l'habitacle, nous suivons une autre allée qui s'enfonce dans les bois. Marino roule lentement à cause du brouillard. Les bruits de la nuit filtrent par nos vitres baissées.

— Il ne manque plus que le générique de *Shock Theater* ! grogne-t-il.

— Dans ce parc, personne ne vous entend crier. C'est l'endroit parfait pour un prédateur.

— C'est peut-être même là qu'il a repéré ses victimes pour la première fois.

— Mais comment savait-il où Gwen Hainey habitait ? Son ravisseur était forcément un habitué de Old Town, et de Colonial Landing en particulier.

— Voilà pourquoi tout désigne le régisseur, réplique Marino.

— Ça se tient.

Le Mount Vernon Trail est devant nous, flanqué de ses réverbères. Personne. Ni joggeurs ni cyclistes. Nous nous garons au même endroit que moi vendredi soir.

Sous une pluie battante, je m'étais arrêtée à côté de la Dodge Charger d'August Ryan, ne sachant pas encore ce qui m'attendait. On m'avait simplement prévenue que le corps d'une femme nue avait été aperçu le long de la voie ferrée.

Dans une heure, le même train de 19 heures passera de nouveau, avec peut-être aux commandes le même machiniste qui avait fait un arrêt d'urgence quatre nuits plus tôt. Pour les voyageurs de cette rame, Daingerfield Island ne sera plus jamais un havre de paix et de verdure.

— Dépêchons-nous, lance Marino en coupant le contact. C'est bientôt l'heure de l'apéro. (Il est persuadé qu'on ne va rien trouver.)

Nous sortons du véhicule. Un rapace s'envole d'un arbre dans un cri. Il est si près que j'entends le bruissement de ses ailes à travers les branches. Nous éclairons les rails à droite à gauche. Aucune relique ni immondices. L'endroit n'est pas fréquenté par les joggeurs, ni par les ornithologues en herbe ou les pique-niqueurs.

J'ouvre ma caisse et sors mon vaporisateur, le peroxyde d'hydrogène, et ma bouteille d'eau distillée – retour aux méthodes de grand-papa ! Je vais préparer une solution qui s'éclairera en bleu au contact de l'hémoglobine, même si les traces de sang sont invisibles à l'œil nu.

Mais ce n'est pas la seule substance à laquelle le luminol réagit. Il se colore aussi en présence de cuivre, par exemple. De tels faux positifs peuvent être problématiques sur certaines scènes de crime, mais ici, c'est carrément un avantage.

— Tu n'as pas de Bluestar ? s'étonne Marino tandis que nous enfilons masques et gants.

— Fabian a vidé mes réserves !

À l'inverse des produits modernes, le luminol doit être utilisé dans le noir et il n'y a pas de deuxième chance. Une fois le mélange préparé, il est actif pendant deux heures seulement.

— Éclaire-moi, s'il te plaît. (Je lui confie ma torche.) Je veux voir ce que je fais.

Je verse l'eau distillée dans le flacon vaporisateur où j'ai déjà placé le luminol en poudre, j'ajoute une cuillerée de peroxyde d'hydrogène et mélange le tout. Je prends des gants de rechange, des sacs hermétiques.

— Je suis prête.

Il éteint sa lampe. D'un coup, une obscurité profonde tombe sur la voie ferrée, et je fais attention où je pose les pieds. Du bout des chaussures, je repère le rail, les traverses. Je commence à asperger le ballast à l'endroit où se trouvait le corps. Je n'ai pas besoin d'insister beaucoup ; très vite, les interstices entre les pierres se mettent à luire.

— Merde ! lâche Marino en s'agenouillant pour déblayer les cailloux. C'est peut-être une réaction avec la rouille ?

— Il y a de la rouille, c'est sûr, mais il y a autre chose, réponds-je en apercevant un penny écrasé d'un beau bleu luminescent.

33.

Quelques secondes plus tard, je découvre d'autres pièces d'un cent, luisant comme autant de petites lucioles.

Je glisse chaque penny dans un sachet stérile. Après en avoir récolté quelques-uns, j'arrête d'arroser le ballast pour examiner mon butin.

— Elles sont peut-être là depuis longtemps, fais-je remarquer, me sentant soudain idiote. Et elles n'appartenaient pas forcément à une seule et même personne.

— C'est bien ce que je crains. En trouver autant n'est pas bon signe.

— Huit pièces en si peu de temps... cela signifie qu'il y en a partout.

Avec sa lampe, Marino éclaire les pennys dans leur sachet de plastique. Ils sont tordus, aplatis, et tachés. Certains sont aussi sombres et marron que des feuilles mortes, et auraient été indétectables par terre. D'autres sont entièrement couverts de vert-de-gris. Je ne peux même pas lire les dates.

Je recommence à asperger le ballast et, quelques minutes plus tard, je trouve une pièce qui a été écrasée seulement sur une moitié. L'autre portion n'a pas été touchée par les roues d'acier du train.

— Viens m'éclairer, s'il te plaît.

— T'as quoi ? s'enquiert-il en braquant sa lampe.

— Je n'arrive pas à voir la date entière. (Pourquoi n'ai-je pas apporté une loupe ?) Juste les trois premiers chiffres. 1, 9 et 7.

— Les années 1970... Ça fait plus de quarante ans que ce truc est là ! s'exclame-t-il tandis que je range ma trouvaille dans un sachet.

Je peux entendre ses pensées : le penny qu'on a trouvé sur le rail n'a peut-être rien à voir avec l'affaire. En tout cas, c'est fort probable, vu la quantité de pièces qu'il y a dans le secteur ! Telle une possédée, je reprends mon arrosage. Encore d'autres pièces d'un cent. Certaines intactes, d'autres tordues. Elles sont là depuis des mois, voire des années, à l'inverse de celle que Ryan a trouvée sur le rail qui était estampillée « 2020 ».

— Doc ! souffle-t-il soudain. (Je le vois sortir son pistolet.)

Un rond de lumière flotte comme une petite lune au loin sur la voie ferrée. Et ce n'est pas un train qui arrive. Je n'entends aucun bruit, hormis le grondement des réacteurs des avions qui atterrissent et décollent à Reagan. Et ce n'est pas non plus le fantôme d'Hookerman, ni une boule de foudre.

— C'est quoi ça ? grogne Marino, son arme plaquée le long de sa cuisse. Qui est là ? crie-t-il tandis que la sphère blanche se rapproche. Ne me forcez pas à tirer !

— C'est Fruge ! répond la silhouette en continuant d'avancer.

— Qu'est-ce que vous fichez là ?

Elle est en uniforme, et équipée d'un gilet pare-balles. Elle baisse sa lampe LED pour ne pas nous éblouir. Elle paraît excitée comme une puce.

— Vous avez de la chance. Pour un peu, je vous transformais en passoire ! lâche Marino en rangeant son arme. Qu'est-ce qui vous est passé par la tête ? Toute seule comme ça sur les rails ? En plus c'est dangereux !

— Je pourrais vous rétorquer la même chose. Vous voulez un coup de main ? N'hésitez pas, je suis là.

— Comment saviez-vous qu'on était ici ? demandé-je.

— Mon petit doigt me l'a dit. Et je suis bien contente que quelqu'un s'intéresse enfin à ce qui se passe dans ce parc.

Elle éclaire la voie ferrée, les bois derrière nous, le Mount Vernon Trail.

— Le repaire idéal pour un loup solitaire, ajoute-t-elle.

— À force de mettre votre nez partout, il va vous arriver des bricoles, réplique Marino. Sérieusement, surgir comme ça dans le noir, c'est le meilleur moyen d'être blessée, ou pire encore.

— Qu'est-ce que vous cherchez ? demande-t-elle en braquant sa lampe sur mon vaporisateur.

— Répondez déjà à ma question. Quel petit doigt ?

— C'est Maggie. Je l'ai appelée tout à l'heure. Je vous cherchais. Et pour info, elle n'a pas voulu me passer votre numéro de portable.

— Mais elle vous a indiqué l'endroit où nous étions ? (Cette femme finira par me rendre folle !)

— Qu'est-ce que vous nous vouliez ? intervient Marino, m'ôtant les mots de la bouche.

Toute fière, Fruge annonce que les mains et la couverture *Star Wars* de Gwen Hayney ont été retrouvées.

— Enfin, rien n'est officiel, mais entre nous, ça ne fait aucun doute. Il y a aussi un pantalon de jogging et un tee-shirt déchiqueté. (Elle a du mal à contenir sa joie.) Tout était dans un sac-poubelle ! Un SDF l'a trouvé alors qu'il fouillait les bennes à la recherche de cannettes d'aluminium ou d'autres trucs à revendre.

— Si ces restes sont restés enfermés dans un sac plastique depuis vendredi dernier, ils doivent être dans un sale état, précisé-je.

— C'est sûr que ça ne va pas sentir la rose !

— Quelle benne exactement ? intervient Marino.

— Celle derrière le supermarché Giant.

— Et maintenant où est ce sac ?

— Chez vous, sur ordre de Rex Bonetta. Je suis venue directement de l'IML pour vous prévenir. Allez, dites-le-moi, qu'est-ce que vous cherchez ?

— Des pennys. (Inutile de lui mentir.) On en a trouvé un sur la scène de crime, et je voulais voir s'il y en avait d'autres.

Je sors un feutre indélébile et étiquette mes sachets de piécettes avant de les ranger dans ma caisse.

— Maggie n'aurait jamais dû vous révéler où nous étions. Et je vous prie de tenir votre langue, lance Marino. Les médias ne doivent pas avoir vent de ces pennys, ni du moindre élément de l'enquête. Et d'abord, pourquoi elle vous l'a dit ? Pour nous espionner, c'est ça ? Pour savoir ce qu'on fait exactement ?

— Soyez sans crainte. Parler aux médias, ce n'est pas mon genre. Et non, je ne lui lâche rien, même si elle me croit coopérative. Je ne veux pas être lourdingue, mais quand même : pourquoi ces pièces auraient-elles un lien avec le meurtre de Gwen Hainey ?

— Je suis assez d'accord, réponds-je. Vu les dates antédiluviennes de certaines, c'est sûrement sans rapport.

— Dans le coin, il doit y avoir des pennys écrasés tout le long de la voie, déclare Fruge. Des pièces entières ou des fragments que personne ne ramasse. Sans compter toutes les autres qui ont valdingué dans la nature. Avec la pression, un boggie peut faire partir une pièce comme une balle de fusil.

— C'est une pratique courante ici ? Une coutume locale ? lui demandé-je alors que nous nous dirigeons vers le pick-up de Marino. Parce que mettre des pennys ou quoi que ce soit sur des rails, c'est très dangereux.

— Non, pas spécialement. Et en aucun cas je n'encouragerais de tels divertissements ! Posez donc la question à Ryan. C'est le fief de la Park Police ici. Leur chasse gardée ! Personnellement je n'ai pas ouï-dire que des gamins viennent s'amuser à faire ça sur les voies. Mais cela reste possible.

— Où êtes-vous garée ? interroge Marino en déverrouillant les portières.

— Près du club de voile. J'ai eu envie de marcher, de m'imprégner du lieu, sentir ses ondes, répond-elle.

Je n'en crois pas un mot.

Elle ne voulait pas qu'on l'entende arriver, voilà la vérité. Et c'est Maggie qui lui a donné l'info. Fruge m'a prise la main dans le sac alors que je collectais ces pièces – qu'elles soient à conviction ou non. Décidément, je ne sais plus à qui faire confiance !

— En attendant, cessez de débarquer comme ça à l'improviste. Allez, montez ! ordonne Marino. Je vais vous déposer à votre voiture. Et pas de commentaires à propos des joujoux que j'ai à l'arrière.

— Aucun problème. (Elle grimpe sur la banquette en déplaçant la caisse de munitions militaires.) J'en ai vu d'autres ! Je vous rappelle que je suis née en Virginie.

— Quand vous avez parlé à Maggie, reprends-je, elle vous a informée que je voulais joindre votre mère ?

— Non. Mais je peux le faire. C'est tout simple. Je lui dis quoi ?

— Juste qu'elle me rappelle. J'ai une question à lui poser.

— Je lui envoie un message tout de suite. (Je lui donne mon numéro de portable.) Voilà, c'est fait.

Je décide de changer de sujet :

— Le Dr Reddy est passé sur la scène de crime le 10 avril. Il paraît qu'il était sorti dîner. Et qu'il se trouvait près de Daingerfield Island quand il a été prévenu.

— Oui, je me souviens. Il a longtemps regardé le cadavre avec August Ryan. C'en était gênant. Je n'apprécie pas le Dr Reddy, mais je ne veux rien dire qui pourrait ruiner sa vie. Ces gens-là le font très bien tout seuls. Vous n'imaginez pas tout ce que je vois ici ! Des gens qui se soûlent, se bagarrent, trompent leurs femmes ou inversement.

Elle nous raconte que l'ancien pacha de la médico-légale était ivre ce jour-là, qu'il n'arrivait plus à articuler un mot. Si cela se savait, ce serait fatal pour sa carrière. Maggie était là, c'est elle qui conduisait… et cela confirme ce que je soupçonnais – ça non plus, ce n'était pas bon pour lui.

— Il n'était donc pas avec son épouse ? (Je veux en être sûre.)

— Non. C'est Maggie qui était avec lui, mais elle n'est pas sortie de la voiture.

— Quelle voiture exactement ?

— Celle du Dr Reddy. Sa Mercedes. Et quand je suis allée toquer à sa fenêtre, Maggie a secoué la tête. À l'évidence, elle ne voulait pas se montrer. Peut-être avait-elle peur que les gens s'imaginent des choses ?

— Parce que c'est le cas ? s'étonne Marino.

Fruge hausse les épaules.

— Si c'est vrai, ce n'est pas illégal. Tout ce que je sais, c'est que le Dr Reddy avait bu, et qu'elle était au volant. Et juste après Ryan m'a demandé de partir, m'annonçant que la Park Police prenait le relais.

— Forcément, vous fouinez partout ! commente Marino en la regardant dans le rétroviseur. (Malgré son air revêche, il est évident qu'il apprécie la jeune policière.) Comment avez-vous su que le sac avait été retrouvé ?

— Le fouilleur de poubelles a appelé le 911. Et le standard m'a alertée. J'y suis allée tout de suite.

— Je suppose que le gars a ouvert le sac. Sinon, il n'aurait pas appelé la police, dis-je.

— Exact. J'ai pris son ADN, et demain, il passe au poste pour qu'on relève ses empreintes digitales.

— Ryan est au courant ?

— À part vous, la seule personne à qui j'en ai parlé, c'est Rex Bonetta, m'assure-t-elle alors que nous nous arrêtons devant son SUV.

— Attention à la marche, Fruge, dit Marino au moment où elle descend du pick-up. Et au fait, bien joué.

— Quoi ? (Elle s'arrête.) C'est à moi que vous parlez ?

— Oui. Bravo pour avoir récupéré ce sac et l'avoir remis directement à la médico-légale. (Je la vois sourire jusqu'aux oreilles.) Avant que les Fed ne rappliquent.

— C'était l'idée, réplique-t-elle en déverrouillant son véhicule de patrouille. On aura peut-être des réponses. Enfin !

Nous attendons qu'elle démarre et s'éloigne.

— Tu en penses quoi ? reprend Marino en mettant le contact.

— Que j'aimerais bien voir ce sac. (Ce sont les mains qui m'intéressent au plus haut point.)

— Pareil !

Nous suivons Fruge qui se dirige vers la sortie du parc.

La route traverse la voie ferrée et le feu clignote, la barrière commence à s'abaisser. Il est 21 heures. Le train de banlieue argenté passe dans un grondement de métal. Derrière les vitres, j'aperçois les passagers. Certains contemplent le paysage, bavardent, d'autres lisent ou pianotent sur leurs téléphones.

C'est exactement ce qu'a fait le tueur. Comme nous, il a regardé les gens dans le train.

— D'une pierre deux coups ! articulé-je alors que passe le dernier wagon en cliquetant.

— Comment ça ? (Le feu s'éteint. La barrière se relève.)

— Laisser le corps à côté des rails, expliqué-je alors que devant nous Fruge traverse le passage à niveau. Personne ne peut voir ce que fait le tueur dans le parc la nuit. Mais en même temps, quand vient l'heure du show, il a un public tout trouvé.

— Et c'est ce qu'il comptait faire aussi avec Cammie Ramada. Sauf que son plan a déraillé, sans mauvais jeu de mots.

— Probable.

Nous rattrapons la George Washington Memorial Parkway. À cette heure, la circulation est beaucoup plus fluide. Mon téléphone sonne. Je ne reconnais pas le numéro, mais l'indicatif est celui de la région de Richmond.

— Ça alors ! Une revenante, lance Greta Fruge de sa voix mélodieuse. Quelle bonne surprise ! J'étais ravie quand Blaise m'a annoncé que vous vouliez me joindre.

— Merci de me rappeler. Je suis avec Pete Marino. En voiture.

— Bonjour, Pete. Vous n'imaginez pas comme j'ai été contente d'apprendre votre retour en Virginie.

Elle paraît sincère. Mais c'est toujours l'impression qu'elle donne, et c'est ça le danger avec elle. Son charisme redoutable. À mes débuts, je lui ai trop fait confiance et cela m'a causé des problèmes. Comme sa fille, Greta est une vraie pipelette, et il est arrivé qu'elle ne sache pas tenir sa langue, ni garder des secrets.

— Je voulais vous téléphoner justement, poursuit-elle. (J'entends les infos télévisées en arrière-plan.) J'ai appris pour Lucy. C'est terrible. Un véritable drame. Je suis vraiment désolée pour elle. Si jeunes… c'est insupportable.

— Et moi, je suis désolée pour votre mari. J'imagine que ça a dû être difficile.

— La vie nous réserve toujours de mauvais tours, histoire de nous rappeler notre insignifiance dans l'ordre du monde. (Cette nouvelle humilité m'étonne de sa part. S'est-elle radoucie ?) Une minute avant, on parlait avec Frank de notre seconde lune de miel, et il tombe du toit. Nuque brisée, le coup du lapin. Et vous savez ce que ça implique.

— Oui. Une lésion dévastatrice. Et tout change d'un coup.

— Effectivement, plus rien n'est comme avant. (Greta s'interrompt, s'éclaircit la gorge, gagnée par l'émotion.)

Mais assez parlé de moi. Que puis-je faire pour vous, Kay ? Au fait, je vous ai vue à la télé, tentant d'échapper à Dana Diletti et à ses caméras. Vous avez l'air en forme, et n'avez pas pris une ride. Quel est votre secret ?

— Baigner tous les jours dans le formol !

Je lui ressors ma vieille blague.

34.

— Ma secrétaire affirme vous avoir laissé un message il y a une ou deux heures, disant que je voulais vous joindre. Vous l'avez eu ?

— Pas à ma connaissance. Mais si vous parlez de Maggie, cela ne m'étonne pas de n'avoir rien reçu. Nous avons eu quelques différends par le passé, parce que Reddy pensait un peu trop à sa carrière politique. Avec lui, le taux d'alcool dans le sang d'une victime est une mesure variable, selon le contexte, selon qui il veut aider ou baiser.

— Inutile de me le rappeler, Greta. J'ai suffisamment pratiqué le bonhomme. Je suis ici depuis à peine un mois et ce n'est pas une partie de plaisir. Il y a tout à reconstruire. (Ça y est, j'en dis trop ! Sans doute l'effet Greta.)

— Blaise m'a parlé de ce meurtre sanglant à Alexandria, poursuit-elle. Quel dommage qu'ils ne l'aient pas promue inspectrice. Elle est faite pour ça. C'est toute sa vie ! Vous avez dû le remarquer.

— Absolument.

— C'est son rêve depuis qu'elle est toute petite.

— Je voulais vous parler d'une affaire dont vous n'avez pas connaissance.

Sans trop en dévoiler, je lui raconte l'épisode du vin empoisonné. Et Greta commence aussitôt à me questionner :

— On sait où la bouteille a été trafiquée ?

— Pas encore. Peut-être ici. Ou en Europe. La victime a survécu. (Je me garde bien de dire que la victime c'est moi.) Mais les symptômes étaient typiques d'une overdose aux opioïdes.

— Quelle quantité a été ingérée ? À quelle vitesse sont apparus les symptômes ?

— D'après ce que je sais, juste une gorgée, pour goûter le vin. Et l'effet a été quasi instantané.

— Les tests étaient négatifs au carfentanil ?

— Oui.

— On parle donc d'un produit beaucoup plus puissant que la morphine, réfléchit-elle à haute voix.

— Il a fallu deux doses de Narcan pour en venir à bout, et c'était tout juste. (J'envoie un message à Benton pour l'avertir que je repasse au bureau et que j'en ai encore pour une heure. Au moins.)

— Un nouvel opioïde est sorti en Chine, annonce Greta dans les haut-parleurs du pick-up. Comme vous le savez, le fentanyl a été interdit là-bas et les gens se sont empressés de créer un nouveau produit.

Elle pense que la drogue peut être de l'isotonitazène, une version de synthèse de l'étonitazène. En termes clairs, « l'iso », comme on l'appelle, est un puissant analgésique qui n'est pas dépisté par les traceurs classiques en médico-légale.

— À l'inverse de l'héroïne, de la cocaïne et autres opiacées extraites des plantes, l'iso est fabriquée en laboratoire. Et elle est soixante fois plus puissante que la morphine, explique Greta tandis que Marino secoue la tête de dépit. (Bien sûr, il pense la même chose que moi.)

— Encore un produit que nous ne pouvons détecter ! gémis-je. Comment peut-on être aussi en retard sur tout ? Les dés sont toujours pipés en leur faveur.

— Parce qu'ils sont aux commandes. Et nous allons avoir une nouvelle vague de victimes sur les bras. La poudre d'iso, jaune ou blanche, peut se mélanger facilement aux drogues classiques, ou bien à la nourriture ou aux boissons. Et il suffit d'une infime quantité. L'iso a débarqué au Canada, en Allemagne et en Belgique, ajoute-t-elle.

Je me souviens de ce que m'a dit Gabriella Honoré : le bordeaux était un cadeau du chef de la police de Bruxelles. Peut-être que la bouteille a été trafiquée là-bas. En même temps, ce n'est qu'une supputation.

Greta nous annonce que l'iso est arrivée aux États-Unis. On a découvert des dérivés de la molécule et observé une augmentation des overdoses. Surtout dans le Middle-West et, plus récemment, dans le Kentucky.

— Il ne faudrait pas que cela gagne tout le pays, maugrée-t-elle.

— Elle est peut-être déjà en Virginie. (Je lui parle des trois overdoses mystérieuses, pour lesquelles nos tests ont été inefficaces.) Si on sait à quoi on a affaire, on peut tenter de repérer les métabolites de l'iso dans les échantillons post mortem. Mais s'il y a déjà des variantes, on est battus.

Coup de chance, Greta Fruge travaille justement sur cette molécule dans son laboratoire privé de Richmond. Il s'agit d'un programme très ambitieux, financé pour une grande part par le NIDA, le National Institute on Drug Abuse.

— Nous mettons au point un test qui pourrait être mis à la disposition des hôpitaux, des labos de recherches, et des IML, explique-t-elle. On fait ça à vitesse grand « V », pour rester dans la course. Car sans le soutien du privé, l'État est battu d'avance.

— Votre aide nous serait très précieuse. Vous voulez bien parler de vos travaux à notre directeur du labo de toxicologie ? Il s'agit de Rex Bonetta.

— Rex ? Avec plaisir. Je lui ai appris tout ce qu'il sait ! claironne-t-elle. (Greta Fruge dans ses œuvres ! Chassez le naturel, il revient au galop.) Au fait, je lance un podcast ! *Doc Toxico*. Et je serais ravie de vous avoir comme invitée, Kay.

Quoi de plus rasoir que deux chimistes parlant molécules, mais je m'abstiens de tout commentaire.

— *Doc Toxico* ? s'étonne Marino une fois l'appel terminé. C'est un titre ringard, ou à donner de mauvaises idées aux mauvaises personnes ! (La route étant bien dégagée, la médico-légale n'est plus qu'à quelques minutes.) Tu imagines avoir une mère comme ça ? Cette ombre omniprésente ? Ça ne doit pas être facile à vivre pour Fruge.

— C'est vrai. Je comprends pourquoi Blaise la ramène autant, pourquoi elle veut tant épater la galerie.

— Tu m'étonnes.

— Mais elle devrait quand même regarder où elle met les pieds ! (Je la revois débarquer sur la voie ferrée, avec sa lampe flottant au-dessus des rails.) À l'évidence, elle ne sait pas quand il faut lâcher l'affaire.

— Cela risque de lui attirer des ennuis. Et j'espère bien qu'elle n'est pas la Mata Hari de Maggie.

Nous arrivons au parking de l'IML. Hormis les fourgons du service, le seul véhicule restant est un vieux pick-up qui doit appartenir à Wyatt. Je tends mon bip à Marino pour qu'il puisse ouvrir la barrière.

— Fruge devrait se méfier, sinon elle va se mettre Ryan à dos, poursuit-il. Et peut-être aussi certains de ses collègues. Si ce n'est pas déjà fait.

— Ça me rappelle quelqu'un, réponds-je dans un sourire. Toi, à tes débuts. Tu n'étais pas particulièrement bien vu de tes camarades et encore moins de tes supérieurs. Il y a donc de l'espoir pour elle.

Quelques instants plus tard, nous traversons l'aire de livraison déserte. Je pense aux caméras de surveillance. J'espère que Wyatt est à son poste derrière les écrans. Alors que j'ouvre la porte menant à l'intérieur, je le vois sortir de l'ascenseur.

— Qu'est-ce que vous fichez ici à une heure pareille ? ronchonne-t-il en m'apercevant avec Marino. On n'a pas trouvé d'autres morceaux, j'espère ?

— Pas que je sache.

J'ouvre le registre. Il y a une nouvelle entrée depuis que Marino est venu me chercher.

« Restes humains trouvés dans une benne à ordures » a écrit Fruge, en précisant l'adresse du supermarché en question.

— Attends-moi ici, dis-je à Marino en ouvrant la grosse porte de la chambre froide.

Une odeur âcre flotte dans l'air immobile et glacé. Les restes ont été placés dans un sac à glissière étanche. Je le récupère. Direction la salle d'autopsie.

— On va y jeter un coup d'œil rapide et on remet tout ça au frigo ! Je ne veux pas accélérer la décomposition. Elle est déjà assez avancée comme ça.

Nous enfilons masques et gants. Je place sur la table d'acier un drap d'examen, étends dessus une serviette, et y dépose une règle en plastique et un appareil photo. J'allume la scialytique pour y voir clair et ouvre le sac. Les deux mains sont pâles et fripées. L'épiderme se desquame déjà.

— Elles sont petites. Des mains de femme, murmure Marino.

Je les dépose côte à côte, paume en l'air sur le tissu, et il commence à prendre des photos.

— Ça pourrait être les siennes, ajoute-t-il.

Les deux mains sont sectionnées grossièrement au niveau du poignet. La coupe est sèche et rouge sombre, avec des brins d'herbes et autres débris végétaux collés à la chair. Les ongles ne sont pas vernis et pas d'une longueur extravagante. Deux sont cassés, dont un jusqu'à la racine. Ce ne sera pas difficile d'établir que ce sont les mains de Gwen Hainey.

— Ce ne sont pas les moyens qui manquent, dis-je en enfilant des lunettes grossissantes.

— J'ai l'impression que les dermatoglyphes sont encore assez marqués pour relever une empreinte digitale, fait remarquer Marino. L'analyse ADN doit être possible.

— Exact. Et l'outil qu'il a utilisé pour l'amputer aura laissé des marques identifiables sur les os qui ont été fracturés.

— Elle a dû se débattre comme une diablesse !

— Tu sais s'il y a des traces sur Cliff Sallow ? Des bleus, des griffures ? (Je sors des ciseaux à ongles.)

— Je n'ai rien vu. Mais il était en pantalon, avec une chemise à manches longues quand je lui ai parlé.

— Je vais couper tous ses ongles, par acquit de conscience. Cela m'étonnerait qu'il reste de l'ADN de son assaillant, après avoir macéré quatre jours dans un sac plastique. Mais on ne sait jamais.

La putréfaction est synonyme de l'arrivée d'une armada de bactéries. Elles mangent littéralement tous les indices susceptibles d'identifier le tueur. Je soulève la main gauche et l'approche de la lumière. J'examine les bords des multiples incisions au niveau du poignet.

— Un outil tranchant, mais pas dentelé, a été utilisé. (Je sens la chaleur du corps de Marino, qui se tient juste au-dessus de moi.) Je vais prélever un échantillon de muscle pour la toxico, inciser dans le tissu sous-cutané pour atteindre les hémorragies liées aux contusions. Ces traces pourpres que tu vois çà et là.

Il me regarde faire. Je vais ensuite déposer mes prélèvements et les coupes d'ongles dans le réfrigérateur des pièces à conviction. Ensuite, on fera bouillir les mains pour pouvoir examiner les traces sur les os. Je referme le sac noir et le rapporte dans la chambre froide.

En sortant, nous passons dans la salle des scellés, où sur des tables, couvertes de draps, sont exposés les pièces et effets personnels des victimes. Une série d'armoires vitrées occupent tout un mur. La couverture *Star Wars* est suspendue dans l'une d'elles. Par endroits, il y a de grosses taches de sang, ailleurs, elle est parfaitement immaculée.

— Le sang sera trop altéré pour nous indiquer quoi que ce soit. On n'en tirera aucun ADN, j'en suis certaine. Mais nous savons déjà à qui il appartient. Cette couverture, c'est celle du lit de Gwen Hainey.

Ce ne sera pas difficile à prouver. Il suffira de comparer les fibres avec celles trouvées sur le corps. Je retire mes gants et envoie un message à Clark Givens, notre analyste génétique. Je lui annonce ce qui l'attend demain matin. Et plus vite on aura les résultats, mieux ce sera. Je joins un cliché de la couverture.

Puis je prends en photo le pantalon de jogging ensanglanté et le tee-shirt conservés dans deux armoires distinctes. Les vêtements semblent avoir été tailladés sur le corps de la victime. Il y a aussi une paire de chaussettes pleines de sang. Soit elle ne portait pas de sous-vêtements, soit le tueur les a jetés ailleurs.

— Ou il les a gardés en souvenir ! suggère Marino tandis que je dépose mes sacs de piécettes dans une autre armoire.

Il est près de 22 h 30 lorsque nous sortons du bâtiment. Finalement, je vois l'assassin sous un jour nouveau. Bien qu'il ait agi avec préméditation, il s'est montré négligent et impulsif. Pour se débarrasser des restes du corps, il aurait dû choisir un endroit beaucoup plus éloigné.

— Je dis *il* par pure commodité, précisé-je à l'intention de Marino. Nous ne connaissons pas le genre de l'assassin. On part du principe qu'il s'agit d'un homme, mais j'ai déjà eu des surprises. Bref, homme ou femme, cette personne n'a pas grande expérience en découpe de corps. Il suffit de voir comment il a sectionné les mains. C'est un travail d'amateur. Reste à savoir pourquoi il s'est donné tout ce mal.

— Ce n'était pas pour se débarrasser des empreintes, comme le fait la mafia, commente Marino.

— On n'en a pas besoin pour identifier Gwen Hainey. Et le tueur le sait très bien.

— Il veut peut-être nous envoyer un message ?

Je songe à ses activités d'espionne. Peut-être Gwen a-t-elle fâché de mauvaises personnes. Se pourrait-il que nous nous trompions complètement de piste ? La mort de Cammie Ramada et la sienne seraient-elles sans aucun lien ?

— Possible. Mais ce n'est pas la seule option, reprends-je, saisie d'un grand doute.

Par SMS, j'annonce à Benton que je serai rentrée dans un quart d'heure. Ce n'est pas lui qui répond, mais Lucy. Sa mère dort chez nous. Elle a un peu forcé sur la margarita et s'est écroulée dans la chambre d'amis. J'annonce la situation à Marino et lui propose de rester lui aussi à la maison.

Ce n'est pas la première fois que ma sœur « ne se sent pas dans son assiette », comme elle le dit pudiquement. Marino a toujours un sac de couchage dans son pick-up, et ce, depuis que je le connais.

— Je vais nous préparer un frichti, car mon déjeuner à la Maison Blanche commence à dater. Tu n'as pas les crocs, toi ?

— Doc, tu me connais, quand il s'agit de manger, je suis toujours partant !

Lucy m'envoie un nouveau SMS :

`On met les voiles à 8 heures.` (Autrement dit : lever aux aurores.) `Regarde, c'est partout sur Internet.` (Elle me joint un lien.)

Le Boucher de Daingerfield Island, le reportage à sensation de Dana Diletti, a été diffusé pendant que j'étais à la chasse aux pennys ce soir ! J'en informe Marino alors que nous arrivons à Old Town, avec ses restaurants animés, ses rues encombrées de voitures. Je clique sur la vidéo et la vedette de CNN apparaît à l'image, faisant de l'autopromo.

— « … c'est vrai, la police ne le confirmera pas. Mais selon mes sources, le Dr Scarpetta, le médecin légiste en chef de l'État de Virginie, enquête sur cette même piste ! Elle pense qu'il y a un lien entre le meurtre sanglant de Gwen Hainey et la mort de Cammie Ramada dont le cadavre a été retrouvé à Daingerfield Island en avril dernier. On craint donc la présence d'un tueur en série dans la grande couronne de Washington. Combien de victimes va-t-il faire encore si… »

Je ferme le fichier. J'en ai assez entendu.

— Qui lui a parlé de Cammie Ramada ? (Question purement rhétorique !)

— Il n'y a que deux suspectes possibles. Et je ne pense pas que ce soit Fruge.

— C'est donc Maggie. Comme ça, elle va de nouveau pouvoir me reprocher de « créer le chaos ». Et de l'avoir annoncé sur CNN.

— Déjà que tu agaçais Reddy…, répond Marino. Cette fois, il va te mettre en pièces !

— Merci pour tes paroles rassurantes !

— Tu as du bourbon chez toi ? Un truc fort. Genre du Booker's ? Parce que je compte bien biberonner ce soir.

35.

Tôt, le lendemain matin, je suis de nouveau dans le gros Raptor de Marino alors que le soleil pointe son nez à l'horizon. Le pâle croissant de lumière me rappelle les bouts d'ongles que j'ai prélevés à la morgue hier soir.

Mon humeur est sombre et maussade, à l'inverse du temps qui s'annonce sans nuage. Entre 4 et 5 °C. Une météo parfaite pour voler. Mais le vent forcit, ce qui n'est pas bon signe.

— Vingt nœuds et ça monte toujours, annoncé-je en regardant mon appli, et tandis que Marino engloutit son deuxième McMuffin Egg & Cheese. Si on a le vent dans le nez, on va en avoir pour une éternité !

— Une éternité ? C'est combien au juste ? demande-t-il en avalant une gorgée de café.

— Le temps de m'angoisser à mort ! (J'insiste :) Boire un double-espresso n'est pas la meilleure idée avant d'embarquer dans un hélicoptère. Cela peut réveiller l'esprit, d'accord, mais aussi ta vessie.

Je l'ai déjà mis en garde quand on s'est arrêtés au McDonald's, et il n'a rien voulu entendre. En vérité, il a un peu la gueule de bois. La nuit a été longue. On s'est tous retrouvés dans la cuisine, où ma sœur nous a rejoints après avoir cuvé ses margaritas.

Marino était passé au bourbon pendant que je préparais une frittata au parmesan, accompagnée d'une salade concombre tomate. Je leur avais expliqué la situation, du mieux que je le pouvais. J'étais convoquée là où j'ai commencé ma carrière – à Richmond, l'ancienne capitale de la Confédération sudiste.

Ordre du commissaire à la Santé. Peut-être était-il furieux parce que tous les médias parlaient désormais de la présence possible d'un tueur en série dans le secteur. En revanche, je ne leur ai pas avoué ma véritable crainte : être limogée. Chaque problème en son temps.

— Il n'y a pas de toilettes à bord, lui rappelé-je quand nous prenons la sortie vers l'aéroport Reagan. (Si tôt le matin, la circulation est presque fluide.) Avec tout le café que tu viens d'ingurgiter… tu cherches les ennuis.

— Lucy pourra toujours se poser dans un champ, répond-il avec un haussement d'épaules.

Sa nonchalance n'est qu'une posture ! D'ordinaire, Marino est un passager insupportable, que ce soit sur la route ou dans les airs, mais cette fois, il s'inquiète vraiment pour moi. Et aussi pour lui – surtout pour lui. C'est dans la nature humaine. Quand Reddy m'aura fichue à la porte, que va devenir mon nouveau consultant en sciences médico-légales ?

Même si Marino apprécie la Virginie, il n'y restera pas si Benton et moi devons partir ailleurs – une fois encore. Lucy suivra sans doute le mouvement. Et moi, ma carrière sera terminée. Fin de l'histoire. Je ne veux pas y penser. C'est trop déprimant.

— Le grand avantage des hélicos, c'est qu'on peut s'arrêter n'importe où, poursuit Marino. Tu sais combien de fois Lucy a atterri dans des fermes ou des endroits de ce genre pour des arrêts pipi ? Si la situation devient critique, on n'a pas besoin de toilettes à bord.

— Mais pas quand il y a un gars de la TSA avec nous. On ne nous laissera jamais nous écarter de notre plan de vol. Pas même pour se poser sur un autre aéroport durant le trajet. La seule solution sera de se retenir, ou d'avoir une bouteille vide sous la main.

— C'est bon ! (Il repose le gobelet de café sur son support et engloutit son reste de muffin.)

Quelques minutes plus tard, nous nous garons devant l'aérogare maritime. Marino oblique vers les toilettes hommes tandis que Lucy nous attend dans le salon VIP. Il y a bien longtemps que je ne l'ai pas vue en combinaison de vol. Elle porte une casquette de baseball, des lunettes de soleil et ses bottes de pilote préférées. Il émane d'elle une énergie et un entrain inhabituels. Ça fait plaisir à voir.

— Comment il va ce matin ? demande-t-elle, sachant que Marino a forcé sur le bourbon la veille.

Elle sait aussi qu'il déteste ne pas être aux commandes et que cela le stresse bien plus qu'il ne veut l'admettre.

— Bien, sauf qu'il a bu trop de café !

L'endroit grouille d'agents de la TSA. Il y a aussi quelques passagers et pilotes dans le hall de ce vieux terminal autrefois réservé aux hydravions.

— Ce n'est pas très malin, répond Lucy en regardant Marino sortir des toilettes, impressionnant avec sa veste paramilitaire.

— Il est inquiet de voler avec toi. Il pense que tu es rouillée.

— Génial, répond-elle avec un petit sourire.

— Quoi ? Qu'est-ce qui est génial ? s'enquiert Marino en nous rejoignant.

— Le temps. Les conditions sont idéales pour voler, mais on ne pourra pas vraiment en profiter. L'espace aérien, c'est carrément chaud ici. Une seule fausse manœuvre et on aura les F-16 aux basques.

— Tu plaisantes ? s'inquiète Marino qui va voler pour la première fois dans un espace aérien protégé.

— Et ils tirent à vue !

— Arrête de raconter n'importe quoi.

— Je t'assure. Cela n'a rien de drôle, continue-t-elle alors que deux gars de la TSA s'approchent, avec la mine sévère de rigueur.

Ils nous escortent dans une pièce où nous sommes fouillés de fond en comble, comme nos sacs. On a droit au scanner à main sur tout le corps tandis qu'un homme nous observe. Avec son costume anthracite trop grand pour ses épaules frêles, ses cheveux gris et sa grosse moustache, il me rappelle vaguement quelqu'un. Mais qui ?

— Je m'appelle Bob, se présente-t-il. (Ça y est ! Il ressemble au capitaine Kangaroo ! Celui de mon émission préférée quand j'étais enfant.) C'est moi qui vais voler avec vous aujourd'hui.

— Merci d'assurer notre sécurité, dis-je. (Il faut toujours caresser ces types dans le sens du poil.)

— Tout va bien se passer. (Il a avec lui une besace en toile où se trouve sans doute un pistolet.)

Nous rejoignons le Bell 407 de Lucy, dans sa livrée bleue et blanche. Clare, la copilote, nous ouvre la porte.

— Si le vent ne tourne pas, nous serons vite arrivés à destination, annonce-t-elle.

Elle est un peu plus âgée que Lucy. Une petite brune, avec des yeux pétillants de malice. Les deux femmes montent à l'avant. Et Marino, Bob et moi prenons place à l'arrière. Quelques instants plus tard nous survolons le Potomac.

— Tout le monde est bien installé ? demande Clare dans nos écouteurs. Durée de vol estimée : trente-cinq minutes.

Nous profitons d'un fort vent arrière et nous filons à 165 nœuds, haut dans le ciel, en longeant le fleuve jusqu'à Quantico. Puis nous virons vers les terres, et suivons la I-95 jusqu'à Richmond.

Mon ventre se serre en découvrant le paysage en contrebas. La dernière fois que je suis venue, c'était il y a cinq ans, avant que des émeutes ne ravagent la ville. À deux cents mètres d'altitude, les dégâts sont toujours visibles.

Des boutiques ont encore des planches à la place des vitrines, d'autres n'ont jamais rouvert après avoir été saccagées, pillées, et incendiées. Et juste après est arrivée la pandémie. De nombreux sites ont totalement disparu, rayés de la carte – des lieux qui avaient compté pour moi.

— On dirait une ville du tiers-monde, grommelle Marino.

— Et encore. Il y a un an, on se serait cru carrément sur une zone de guerre ! (Clare est la copilote de Lucy depuis longtemps et nous avons souvent volé avec elle.)

— C'est un petit miracle s'il n'y a pas eu de morts, intervient l'agent de la TSA, assis en face de moi.

— En tout cas, ce n'est plus ma ville, lâche Marino en contemplant East Broad Street où les dégâts sont particulièrement impressionnants. Je n'aimerais pas être de nouveau flic dans ce secteur.

Il y a des graffitis partout. De là-haut, je ne parviens pas à les lire. En même temps, c'est inutile, on les a vus dans tous les médias – les messages de haine classiques : casser du flic, tuer les riches. Pendant des jours, les gens allaient se coucher en entendant des tirs dans la nuit et des voitures hérissées de drapeaux sudistes pétarader dans les rues autrefois si paisibles.

La capitale de l'État de Virginie est méconnaissable, en particulier son boulevard emblématique, Monument Avenue. Nous apercevons le piédestal de marbre, là où trônaient jadis des statues, certaines abattues par la foule en colère. Seul Robert E. Lee est encore sur son cheval, bariolé de tags haineux. La justice doit encore statuer sur son déboulonnage.

— De bons samaritains se lèvent avant l'aube pour effacer ces obscénités, déclare Clare. Mais dès la nuit tombée, les slogans reviennent.

— Cela n'arrêtera jamais ! grogne Marino. Si tu veux mon avis, c'est totalement crétin. On n'efface pas l'histoire.

— On ne peut pas la réécrire non plus, répond Lucy aux commandes sur le siège à droite. (Je ne vois que le haut de son casque.) Mais édifier ce monument était une bêtise. Jusqu'à preuve du contraire, Jeb Stuart, Stonewall Jackson et ces autres clampins ont perdu la guerre !

— Ce serait comme dresser une statue de Bobby Riggs devant l'Astrodome de Houston, au lieu de Billie Jean King[1], renchérit Clare. Seuls les vainqueurs ont droit à leur statue, sinon, c'est de la propagande mensongère !

— Je n'avais pas pensé à ça en ces termes, reconnaît Bob. Mais où est la limite, quand on commence à détruire des monuments, des statues, des œuvres d'art tous azimuts. Il paraît qu'ils veulent déboulonner aussi Winston Churchill.

— Et Christophe Colomb, Abraham Lincoln ! ajoute Marino en secouant la tête de dépit.

— Christophe Colomb, ça peut se comprendre. Il s'est comporté comme un chien avec les natifs.

— Vous oubliez ce que les Peaux-rouges nous ont fait à Jamestown. (Marino et le politiquement correct, ça fera toujours deux !) Ils les ont affamés et ont dégommé tous ceux qui tentaient de sortir du fort. Un vrai jeu de massacre.

— C'est la guerre des mondes, partout et toujours, dis-je. (Lucy nous demande de nous taire, car elle doit gérer des appels radio.)

— Au contrôle de Richmond, commence-t-elle, en donnant son numéro d'identification et sa distance

1. Référence au match d'exhibition « battle of the sexes » de 1973, où la joueuse de tennis Billie Jean King a battu Bobby Riggs qui se surnommait le *King of the Male Chauvinist Pigs. (N.d.T.)*

d'approche. Demandons accès au couloir Alpha, destination Heloair.

Nous n'entendons pas la réponse de la tour mais elle poursuit ses échanges, survolant le parc du capitole de Virginie.

C'est une belle matinée. Le soleil brille. Il fait doux et la campagne est verdoyante, comme toujours, même en hiver. Si on aperçoit un peu partout des grues, des chantiers, le centre-ville est globalement resté le même.

Juste un petit groupe de gratte-ciel au centre, le plus grand, le James Monroe Building, ne dépassant pas les vingt-neuf étages. Je le connais bien. Je m'y suis souvent rendue pour rencontrer l'ancien commissaire à la Santé. Certes, ce n'était pas l'amour fou entre nous, mais il était un ange comparé à Elvin Reddy.

J'imagine Reddy nous observant depuis son nid d'aigle, alors que nous décrivons une boucle autour de son immeuble. Et Lucy fait une seconde révolution, tenant la tour de contrôle au courant, parce qu'on veut immortaliser le moment en vidéo. Pure invention ! Même si Marino filme effectivement notre arrivée avec son téléphone.

— Par politesse, je voulais lui faire savoir qu'on était là, explique Lucy. (Plusieurs employés sont aux fenêtres de la tour pour profiter du spectacle.)

Si Elvin est dans son bureau, c'est sûr qu'il nous a vus et entendus. Avec le numéro de l'appareil, une petite recherche Google lui apprendra qu'il s'agit de nous. Mais je m'en fiche. Ce qui est fait est fait. Et je suis prête à accepter mon sort – qui était sans doute déjà scellé avant même que je ne revienne poser mes valises en Virginie. Comme l'a résumé Marino : Reddy veut me le faire payer.

Ou pour citer mon père : la vengeance a la mémoire longue. Et en la matière, Reddy a celle d'un éléphant ! Nous obliquons vers la James River, et dépassons la Main Street Station, en brique rouge, d'inspiration gothique. À l'horloge de la gare, il est presque 9 heures. En face, c'est là qu'étaient mes bureaux. Devenus aujourd'hui un parking.

Je me souviens de la démolition du bâtiment. Et de l'émotion qui s'était emparée de moi. Un grand vide. Une sidération. Même si l'ancienne morgue était vétuste et une véritable horreur à bien des égards. Le nouvel IML du district se trouve désormais près du Coliseum, au milieu du campus de la VCU qui a grignoté quasiment tout le quartier. Seule la James River n'a pas changé et serpente dans la ville en un ruban d'un bleu éclatant sous le soleil. Une voie indomptable et fière, à l'image de cette cité qui fut un bastion de la résistance sudiste.

Richmond n'a jamais été tendre avec les étrangers, comme moi. Encore une fois, j'ai l'impression d'être une intruse, une paria. Quand j'ai débarqué de Miami pour devenir la première femme médecin légiste en chef de l'État, mon prédécesseur était de la même trempe qu'Elvin Reddy. On m'avait fait venir pour nettoyer le bazar laissé par quelqu'un d'autre, et quand je me suis attelée à cette tâche, on m'a poussée vers la sortie.

Et voilà que ça recommence. Il y aura toujours des pontes pour me demander de faire le ménage. Reste à savoir s'ils veulent réellement connaître l'état des lieux. J'en ai ma claque. Assez des traquenards ! Je dois malheureusement encore une fois ronger mon frein. Mais vais-je parvenir à me contenir ?

— Veuillez ne pas vous lever avant l'arrêt complet des moteurs, indique Clare alors que nous survolons Williamsburg Road.

Les feux bleus et blancs de la tour de contrôle sont en vue, puis nous atterrissons sur notre plateforme de bois, sans la moindre secousse. Pendant que nos pilotes terminent leur check-list, j'annonce à Benton que nous sommes arrivés à bon port.

Je détache ma ceinture. Je n'aurais pas dû porter ce simple chemisier en coton ! Il est déjà tout fripé et je me sens négligée dans ce tailleur que je portais déjà la veille à la Maison Blanche. Les rotors s'arrêtent, l'alimentation est coupée. Et les portes s'ouvrent.

36.

Au moment de descendre de l'hélicoptère, j'aperçois un véhicule garé à proximité, un gros pick-up qui n'a rien d'écologique.

— C'est pour nous ? dis-je.

— Affirmatif, répond Clare.

J'avertis l'équipage que je ne devrais pas en avoir pour longtemps, sans entrer dans les détails.

— On t'attend, t'inquiète ! lance Lucy. (Cela fait longtemps que je ne l'ai pas vue aussi enthousiaste.)

— On a atterri comme sur un coussin, lui fais-je remarquer en me retenant de la serrer dans mes bras. Tu n'as pas perdu la main.

— Je suis bien d'accord, renchérit Clare. À aucun moment, je n'ai dû prendre les commandes. (Clare est la seule personne à laquelle ma nièce parle.)

Au moins Lucy a des rapports sociaux avec une vraie personne, pas un avatar ! Nous montons dans notre véhicule dévoreur d'essence. Marino s'installe au volant, et je consulte mes messages. Benton a répondu à mon texto. Il a des nouvelles à me donner. Deux autres SMS arrivent, ils sont de Clark Givens, mon analyste ADN. J'appelle d'abord mon mari.

— On vient de se poser, lui annoncé-je quand il décroche. Et nous quittons l'aéroport.

— Mets-nous sur haut-parleur, ça va intéresser Marino…

— C'est bon, il t'entend… Qu'est-ce qui se passe ?

— Tu n'as pas encore parlé à ton gars du labo ?

— J'ai des messages de Givens, mais je ne l'ai pas encore rappelé, réponds-je alors que nous nous engageons sur la I-64 West.

— Ce matin, à l'aube, il a travaillé sur la couverture. Je suis bon pour aller à Boston.

Avec un autre agent, ils vont débarquer chez Jinx Slater à l'improviste, et l'interroger. Son ADN a été retrouvé sur la couverture *Star Wars*.

— Reste à savoir quand son sperme a atterri là, dis-je. Est-ce que cela date de vendredi soir quand elle s'est fait attaquer. Ou est-ce plus ancien ? Du temps où ils habitaient ensemble à Boston.

Marino intervient :

— En tout cas, cette couverture était là quand on est passés chez elle avec Lucy.

— Si elle l'a apportée en emménageant à Old Town, cela explique tout. La trace de semence peut être ancienne.

— On sait où était Slater vendredi dernier ? demande Marino.

— Il prétend être resté chez sa nouvelle copine pour les vacances de Thanksgiving, à Cambridge, répond Benton. La femme a confirmé son alibi, mais son témoignage est à prendre avec des pincettes.

— Il faut vérifier tout ça avec les compagnies d'avions, les péages d'autoroute, le GPS de sa voiture, conseille Marino comme si mon mari ne connaissait pas son boulot. (Décidément, mon yéti n'en rate pas une !)

Benton, patient, lui assure que le Secret Service travaille en étroite collaboration avec la police et les agences de renseignements afin d'établir si Jinx Slater a quitté le Massachusetts la semaine dernière.

— Pour l'instant, on n'a aucune preuve, conclut Benton.

J'appelle Clark Givens. Il confirme : l'ADN de Slater est sur la couverture. Et aussi de l'ADN inconnu sous les ongles de la victime, provenant de débris de peau.

— Je ne pensais pas qu'il resterait quelque chose, réponds-je. Heureusement que c'est l'hiver !

— C'est vrai. Quatre ou cinq jours en plein soleil dans un sac plastique. C'était fichu.

Il est donc possible que Gwen Hainey se soit débattue et qu'elle ait griffé son assaillant.

— Mais ce n'est pas l'ADN de Slater, poursuit Givens. Comme je l'ai dit, c'est un profil inconnu. J'ai vérifié dans le fichier.

Il espère en savoir plus quand je serai de retour à la médico-légale. Mais je ne suis pas sûre d'y remettre les pieds. Quand je vais revenir, les serrures auront été changées et ma voiture aura disparu de mon emplacement réservé sur le parking. Reddy a déjà tout prévu. Il doit brûler d'impatience de donner le signal de mon départ.

À présent, nous sommes sur la I-95, nous dépassons le campus de la faculté de médecine où j'ai fait mes études, puis prenons la North 14th Street.

— Je suppose que ta secrétaire ne t'a pas indiqué où l'on pouvait se garer ? demande Marino.

— Bien sûr que non ! (J'aurais dû lui demander de régler ça.)

— Il y a des parcmètres partout et pas une place en vue.

Nous scrutons les trottoirs en vain. J'envoie un SMS à Maggie. Évidemment, elle ne répond pas. Marino fait le tour du quartier plusieurs fois. Aucun emplacement ne s'est libéré. Quand ma secrétaire daigne enfin me répondre, nous sommes dans un parking public à plus de cinq cents mètres de notre destination.

— Elle prétend qu'il n'y a pas de parking réservé aux visiteurs, dis-je à Marino tandis qu'il glisse un billet de cinq dollars dans la machine.

— Allons-y, c'est l'heure du show ! lance-t-il en prenant la direction du Monroe Building.

Il est environ 10 heures quand nous franchissons les portes de verre. En compagnie d'une foule d'employés, nous patientons devant les ascenseurs. Nous étions en avance et nous voilà en retard ! La montée jusqu'au vingt-neuvième étage prend une éternité ; notre cabine est un omnibus qui s'arrête à tous les paliers. Et quand nous arrivons enfin dans le hall du commissaire à la Santé, je suis en sueur.

Je n'aurais pas dû prendre ces chaussures qui m'ont donné des ampoules et je n'ai pas le temps de passer aux toilettes pour me recoiffer ! Je me présente à la réceptionniste et retire mon manteau. Le joli minois de la jeune femme se renfrogne.

— Ah oui. C'est que... (Avec ostentation, elle regarde la fausse pendule ancienne qui flanque un mur.)

Elvin, sitôt arrivé, a décoré son repaire à son goût. Je remarque la nouvelle moquette, les canapés à frou-frou, les fauteuils molletonnés. Et partout, des tableaux et des photographies représentant la Virginie.

— ... C'est que vous aviez rendez-vous à 10 heures, déclare l'employée en nous regardant tour à tour.

— On a juste douze minutes de retard, répliqué-je.

— Le Dr Reddy a dû penser que vous ne viendriez pas. Comme vous n'avez pas confirmé votre venue ce matin.

— Il n'a pas entendu notre hélicoptère ?

— Oh, c'était vous ? (Quelle mauvaise actrice !) Il devrait pouvoir vous recevoir demain, à la même heure, je pense. Vous pouvez revenir ?

— Comment vous appelez-vous ? demandé-je.

— Tina.

— Il est ici, Tina ? Oui ou non ? Parce que je ne bougerai pas d'un pouce, soyez-en sûre.

— Il est sorti de son bureau, il y a quelques minutes, c'est tout ce que je sais.

— Très bien. (Je vais m'installer sur un sofa à côté d'une orchidée en soie.) Prévenez le Dr Reddy que je l'attends.

Inutile d'informer Maggie de ce problème. Elle y est sans doute pour quelque chose.

Quand je pense à notre marche forcée pour être (presque) à l'heure !

— Mais il a un emploi du temps très chargé, madame, reprend la dénommée Tina dont le ton est soudain moins affable.

— Je ne bougerai pas, insisté-je alors que le grand Marino se plante à côté de moi, aussi terrifiant qu'une gargouille.

— Et c'est « docteur », pas « madame », jeune fille, lance-t-il. Dites à M. Reddy que nous resterons ici, jusqu'à ce que mort s'ensuive s'il le faut.

L'attente ne nous sera pas létale, mais elle se révélera quand même douloureuse.

Deux heures et vingt minutes plus tard, sa seigneurie, l'air faussement chagriné, entre enfin en scène.

— Mille excuses ! Mais vous n'étiez pas là à 10 heures et le gouverneur m'a appelé pour prendre un café. Et une chose en entraînant une autre... vous savez ce que c'est.

Avec son costume croisé, Elvin veut se faire passer pour un grand homme d'affaires, mais il reste un petit chauve avec un gros nez et des yeux de fouine.

— Je leur ai proposé un rendez-vous demain à la même heure, s'empresse de préciser Tina.

— Je ne reviendrai pas, Elvin, dis-je en me levant. Ni demain, ni un autre jour. Expliquez-moi ce que vous voulez, et finissons-en.

— Je peux vous accorder quelques minutes. Mais seulement à vous, Kay. (Il ordonne à Tina de ne lui passer aucun appel.)

Exit Marino !

Je le suis dans son grand bureau d'angle qui domine son fief. Les murs sont un panégyrique à sa gloire : portrait du saint homme, récompenses, diplômes. Tous ces trophées sont censés nous prouver que Reddy mérite ses hautes fonctions.

Il aspire à être le « monsieur santé public » du pays, et c'est pour cela qu'il traîne tout le temps à la Maison Blanche.

— C'était donc vous, tout ce raffut ? (Il ferme les doubles portes.) Asseyez-vous, je vous en prie.

Il désigne un canapé tendu de satin bleu. Ça me rappelle le bureau ovale. Elvin va s'asseoir derrière son gros bureau, fat et satisfait.

— Comme vous le savez, ma nièce est pilote d'hélicoptère. Et venir ici en voiture était mission impossible, à moins de partir au milieu de la nuit. La I-95 est complètement bouchée le matin, surtout dans le Nord. Vous aviez décidé de me rendre la vie impossible. Et ce n'est pas à cause de mes douze minutes de retard que vous m'avez fait attendre une éternité. C'est juste pour me montrer votre pouvoir. Chez vous, c'est toujours ça l'enjeu.

— Comment va Lucy, au fait ? (Il croise ses mains sur son bureau, incline légèrement la tête, mimant l'empathie.) Elle a traversé une terrible épreuve. Maggie m'a prévenu pour sa compagne et son fils adoptif. Moi aussi, j'ai perdu des êtres chers avec le covid.

Toujours aussi fourbe, confortablement enfoncé dans son fauteuil, il me demande des nouvelles de mon entourage, alors qu'il n'en a cure. Même s'il paraît moins arrogant que quelques minutes plus tôt, je ne suis pas dupe.

— Allez-y, Elvin. Portez l'estocade. Mais je ne vais pas me laisser faire. Ne rêvez pas. Il est trop tard, et j'en sais trop.

— Vous terrorisez tous les habitants, Kay. Vous en avez conscience, n'est-ce pas ? reprend-il en tapotant doucement le bout de ses doigts. Vous avez vu ce reportage à la télé ? « Le boucher de Daingerfield Island », rien que ça !

— Oui. Et la journaliste qui l'a sorti, c'est celle qui a monté de toutes pièces un faux cambriolage chez elle.

— Première nouvelle, mais cela ne change rien. Tout le monde croit désormais qu'un tueur en série se balade dans la capitale et ses environs. C'est vraiment fâcheux. Comment la situation a-t-elle pu vous échapper à ce point ?

— Un meurtre, c'est toujours mauvais pour le commerce local, j'en conviens, et les histoires de psychopathes, c'est ce qu'il y a de pire. Évidemment, c'est un sale coup pour le tourisme. En particulier si on commence à retrouver des cadavres dans un parc en ville.

— Vous jouez toujours les oiseaux de mauvais augure. C'est votre grand défaut, Kay. Avec vous, la moindre peccadille devient une catastrophe nationale.

— J'ai beaucoup de défauts, Elvin, mais pas celui-là. Et ce n'est pas pour me faire la leçon que vous m'avez fait venir ici. Qu'est-ce que vous voulez au juste ?

— Maggie m'a raconté que vous avez fouiné à Daingerfield Island hier soir. (Nous y sommes.) Et voilà que l'on déniche des vêtements, des bouts de cadavre, et j'en passe ! (À l'entendre, c'est de ma faute.) Et il y a cette histoire de penny découvert sur les rails.

Juste un ? Tiens donc ! C'est Ryan qui a trouvé cette pièce vendredi soir. Il n'est pas au courant que j'en ai exhumé plein d'autres. Je ne lui ai pas parlé de mes trouvailles d'hier, et apparemment Fruge n'a rien révélé – ni à Ryan, ni à personne.

— Daingerfield Island, vous connaissez bien, n'est-ce pas ? répliqué-je. Je sais de source sûre que vous êtes passé voir le corps de Cammie Ramada, le 10 avril. Votre femme était là aussi, dixit Maggie. Même si votre visite ne figure nulle part, dans aucun rapport.

Elvin me fixe du regard, sans dire un mot.

— Les secours étaient déjà arrivés, poursuis-je. Ce n'est pas votre genre de répondre à des appels d'urgence. Qu'est-ce qui a bien pu vous inciter à vous rendre là-bas. Pourquoi cette fois-ci ? D'autant que vous étiez sorti au restaurant, avec Helen, votre épouse... (Je marque volontairement un silence et insiste :) Et vous aviez pas mal forcé sur l'alcool. Tout le monde l'a vu. Pourquoi êtes-vous venu ?

Voyant qu'il reste silencieux, je continue :

— Une joggeuse attaquée sur le Mount Vernon Trail, qui s'enfuit terrorisée, puis est finalement battue à mort et noyée dans le Potomac. Ça fait tache, bien sûr. À qui vous vouliez faire plaisir, Elvin ? À un politicien ? À un entrepreneur du coin ? Si le taux de criminalité est bas dans le secteur, c'est bon pour les affaires, et c'est bon pour vous, évidemment. Même moi, j'étais impressionnée par les chiffres. C'est fou comme ce coin est devenu tranquille...

— Cammie Ramada était épileptique et...

Mais je ne le laisse pas finir. Je n'ai cure de ses explications – il a dissimulé un meurtre, point barre.

— J'ai examiné le dossier et parlé aux enquêteurs, y compris à l'agent Fruge.

— Cette jeune policière est loin d'être une source fiable, réplique-t-il avec un sourire condescendant.

— Elle n'est pas la seule à avoir senti l'alcool dans votre haleine.

Et je lui livre ma version des faits concernant cette nuit du 10 avril.

August Ryan, l'inspecteur de la Park Police, a alerté Maggie quand il a découvert le corps et mesuré l'ampleur du problème. Volontairement, il n'a pas prévenu le médecin légiste de garde. Mieux valait que le grand manitou rapplique en personne pour étouffer l'affaire.

Ryan craignait sans doute des représailles. Je me souviens des propos de Marino : August connaît son boulot mais il préfère faire profil bas. J'imagine très bien Elvin sermonner la Park Police, les menacer de tous les tourments s'ils ne lui obéissaient pas au doigt et à l'œil.

— Il paraît que vous et Helen étiez sur le chemin du retour après avoir dîné en ville... C'est bizarre, parce que Maggie, qui organise toujours tout pour vous, ne se souvient plus du nom de l'établissement...

37.

— Ça suffit, Kay. (Il lève la main, comme un flic faisant la circulation.)

— Je ne suis pas ici pour causer des problèmes dans votre famille, dis-je après un nouveau silence. Ce qui se passe entre vous et Maggie ne me regarde pas, sauf si cela a un impact négatif sur le bon fonctionnement de notre système judiciaire. Pourquoi était-elle avec vous ce soir-là ?

— Je ne vous dois aucune explication.

— Erreur, Elvin. Vous avez dissimulé un meurtre, et aujourd'hui une autre femme a été assassinée, peut-être par le même tueur. Et dans le même parc. Aucun remords ?

— Ce dernier cas est un homicide, c'est exact, réplique-t-il. Rien à voir avec Cammie Ramada. Il s'agissait d'un accident. Et pour votre gouverne, oui, Maggie et moi étions ensemble ce soir-là. Comme vous le savez, je ne suis pas très shopping. Je voulais trouver un cadeau d'anniversaire pour Helen. Elle avait envie de boucles d'oreilles et Maggie s'est gentiment proposée de m'aider. Et après, nous sommes allés manger un morceau.

— Où ça ?

— Au FYVE, indique-t-il. (Le restaurant du Ritz-Carlton. Rien que ça !)

Ils ont quitté le restaurant dès qu'ils ont reçu l'appel de Ryan. Il y avait une mort suspecte dans le parc, et le flic préférait ne pas prévenir le légiste de garde. D'un coup, je mesure l'emprise d'Elvin sur les gens avec lesquels je suis censée collaborer.

— J'ai appris que vous étiez à la Maison Blanche hier, déclare-t-il en se levant de son fauteuil. (Il se met à déambuler devant ses baies vitrées.) Au cas où cela vous aurait échappé, nous dépendons tous les uns des autres.

— Je ne vous le fais pas dire ! Et nous devons collaborer en toute transparence. Je ne peux assurer mes fonctions si je dois mentir, ne serait-ce qu'une fois, conclus-je en me levant pour enfiler mon manteau.

— Vous n'avez pas même tenu un mois, commente-t-il en regardant ostensiblement sa montre de luxe.

— Un nouveau record, je sais.

— Belle ironie du sort ! lance-t-il en me raccompagnant à la porte. Pendant mon internat en pathologie, j'étais votre tête de Turc. Jamais, je n'aurais pensé que ce jour arriverait. Pouvoir vous limoger et vous rendre la monnaie de votre pièce. À votre tour de vous sentir misérable et nulle, quoi que vous fassiez.

— Cela ne tenait qu'à vous d'être à la hauteur. Et cela n'avait rien à voir avec vos compétences. C'est la motivation qui vous manquait.

Il coupe court à mon sermon :

— Maintenant, allez faire vos cartons. Je vous laisse un jour ou deux.

Bien sûr, il ne peut s'empêcher de préciser qu'il pourrait prendre mon badge sur-le-champ, ainsi que mes passes, mes clés et tout le tralala. Mais nous sommes des professionnels, lui comme moi, n'est-ce pas ?

— Je préfère qu'on procède calmement, sans faire de vagues. (Sauver les apparences, comme toujours.) Que comptez-vous faire ensuite ? Retourner avec votre mari dans le Massachusetts ?

Pour toute réponse, je tourne les talons et le laisse dans sa tour d'ivoire. Quelques minutes plus tard, Marino et moi repartons à pied au parking public.

— Je n'en reviens pas. C'est dingue, répète-t-il.

— S'il te plaît. N'en rajoute pas. Et pas un mot pendant le vol. Je ne veux pas discuter de ça devant Clare et le type de la TSA.

Évidemment, Elvin Reddy a saboté mon plan. Lucy m'envoie un lien ; la nouvelle est déjà publique. Je ne suis pas mise à la porte, j'ai démissionné ! Du grand art ! Officiellement, j'ai commis des erreurs, j'ai été dépassée par l'ampleur de la fonction, je n'ai pas su collaborer avec mes équipes et n'ai respecté ni les procédures en vigueur ni mon devoir de réserve. Ce qui a entraîné une couverture médiatique indésirable et dommageable pour le service médico-légal de l'État de Virginie. Je suis également coupable de népotisme, car j'ai engagé comme consultant un ancien inspecteur de police qui se trouve être mon beau-frère. La liste de mes fautes est très longue. Et lorsque nous retrouvons l'équipage dans l'hélicoptère, il est évident qu'ils sont tous au courant.

Clare ne dit rien, et Bob, notre escorte, reste silencieux pendant notre retour à Washington. Marino tient sa langue jusqu'à ce que nous soyons seuls dans son Raptor. Nous quittons le terminal sous un ciel de nouveau menaçant. Il est près de 16 heures. Le soleil se couche déjà tandis que nous descendons au sud par la I-395.

Benton et moi parlons brièvement avant qu'il ne prenne son avion pour Boston. Mais il ne sera pas rentré ce soir. La situation se complique pour Jinx Slater. Il n'a pas dit toute la vérité. (Tiens donc !) Il n'était pas dans le Massachusetts vendredi soir. Et il n'était pas non plus avec sa nouvelle copine.

Le jour de Thanksgiving, Slater a quitté Boston en voiture pour se rendre à Bethesda dans le Maryland. Et il est rentré le lendemain. Personne ne sait ce qu'il a fait. Toutefois, c'est peut-être sans lien avec le meurtre de son ex. Il n'empêche qu'il s'est retrouvé alors pas très loin de Old Town.

— S'il a fait un mauvais coup, intervient Marino, il n'a pas pris sa voiture personnelle. Peut-être qu'il a loué un véhicule, payé en liquide, au noir. Je ne sais pas. Ou il a volé une voiture et l'a balancée après quelque part ?

— À supposer que ce soit lui, le meurtrier, réponds-je. Dans ce cas, quid de Cammie Ramada ?

— Faut croire que le tueur est quelqu'un d'autre.

— Possible. (Jamais je ne me suis sentie aussi déprimée et pétrie de doutes.) Je me suis peut-être plantée sur toute la ligne, Marino. Ce penny écrasé était une fausse piste.

— Tout doux, Doc. Il fallait bien qu'on vérifie.

Il appelle Dorothy, me laissant à mes cogitations. Je suis découragée. Peut-être ai-je accusé Elvin à tort ? Et si Cammie Ramada n'avait finalement pas été assassinée ? Et Gwen Hainey, juste tuée par son ancien amant, ou par des agents russes ?

— Je la dépose à l'IML et j'arrive, explique Marino à ma sœur. (Et à entendre sa voix contrite, le yéti s'est fait remonter les bretelles.) Oui, je sais que j'avais promis. Mais on se rattrapera demain. Ou après-demain.

Nous tournons sur West Braddock, au coin du concessionnaire Cadillac. Il raccroche. Eh oui, ma sœur déteste ne pas être le centre de l'univers. C'est plus fort qu'elle. Le pauvre Marino l'ignore, mais ce n'est que le début de son malheur. Il a mis le pied dans une spirale infernale.

— Elle est comme ça, dis-je. C'est pour ça qu'elle préférait que tu aies raccroché les gants.

— Moi ? Raccrocher les gants ? N'importe quoi !

— Pour certaines choses, en tout cas.

Il sait que je dis vrai.

Dorothy n'apprécie guère que son homme retravaille avec moi. J'ai déjà arrondi les angles et bien sûr je recommencerai.

— Parfois c'est usant ce genre de reproches alors qu'il se passe des tas de trucs importants dehors, grommelle Marino. Des meurtres, par exemple.

— Emmène-la dîner. Il est encore tôt. Passe chez moi, prends une douche, fais-toi beau, et sortez en amoureux tous les deux. Pourquoi pas le Oak Steakhouse ? Vous adorez ce restaurant.

— Alors que tu viens de te faire virer ? Comme si j'avais le cœur à faire la fête ! D'abord, une voisine se fait occire. Et maintenant, tu perds ton job. Finalement, ce n'était peut-être pas une si bonne idée d'emménager ici.

— Je suis désolée, réponds-je avec un calme qui me surprend moi-même. Je ne t'ai jamais demandé de m'accompagner aujourd'hui. Pour que tu n'aies pas à subir ça. Maintenant, tu vas tout expliquer à Dorothy, et ça va s'arranger.

— Oui, sans doute. (Heureusement que ma sœur n'entend pas son ton fataliste.)

C'est bien là le problème. Du moins en partie. Il préfère être avec moi qu'avec Dorothy, et ça, je ne le veux pas. Car c'est bien ce qui se passe, maintenant que nous faisons de nouveau équipe.

— Ça n'arrangera rien si elle m'a dans le nez, encore plus que d'habitude.

— D'accord, je vais l'emmener au resto, mais ça ne me plaît pas que tu rentres toute seule.

— On ne peut pas faire autrement, réponds-je en envoyant un SMS à Rex Bonetta alors que nous nous garons sur le parking de l'IML.

J'espère qu'il est encore dans les murs. Et c'est le cas. Rendez-vous au labo. Marino s'arrête à son endroit habituel. Je constate que la Volvo de Maggie n'est pas là.

— Elle a choisi son jour pour s'en aller tôt, celle-là ! lancé-je. En même temps, je ne tenais pas tant que ça à la voir. Passez une bonne soirée, toi et Dorothy.

Je claque la portière et lui tourne le dos, prise d'un frisson. J'en aurais les larmes aux yeux. D'un coup, tout me tombe dessus. Je prends une grande inspiration. Allez ! J'ouvre la porte donnant sur l'aire de livraison, déserte, et monte la rampe. J'appelle Lucy :

— Je suis à la médico-légale, tout va bien, lui dis-je alors que je passe devant la salle d'autopsie. Marino et ta mère sortent dîner.

— L'hélico est de retour au hangar. Je rentre à la maison. Tu arrives dans combien de temps ?

— Dans une petite heure. On ne sera que toutes les deux ce soir. Tu veux bien m'attendre ?

Je dépasse le labo d'anthropologie où les os mijotent toujours dans leur marmite.

— Je vais préparer des tacos. On a de quoi. (Cela fait longtemps qu'elle ne m'a pas proposé de faire le repas.)

— C'est parfait.

J'ouvre la porte coupe-feu qui mène à l'étage et me dirige vers l'aile où se trouve notre microscope électronique.

Je longe le couloir, me demandant qui est au courant que j'appartiens déjà au passé. Par les vitres, j'observe les techniciens à l'intérieur de leur bulle stérile qui s'affairent vêtus de leur tenue de protection. Quelques-uns me regardent traverser le couloir. Peut-être qu'ils n'ont pas eu le temps de voir les infos ?

Mais ils seront au courant demain matin, lorsque je viendrai débarrasser mon bureau. Droit devant, c'est le laboratoire des empreintes digitales. Puisque je suis là, autant faire le point sur l'une de mes affaires en cours. Andy Patient, un vieux de la vieille, s'active sous une hotte, avec gants et masque, tentant de réhydrater des restes de doigts momifiés.

Le corps a été découvert dans une grange à l'abandon peu après mon arrivée, sans signe de violence. La victime est un vieil homme blanc, retrouvé nu, ses vêtements éparpillés tout autour de lui, comme s'il s'était déshabillé en hâte. Cela m'a paru bizarre, mais rien de plus.

Souvent les gens qui ont très froid, au moment de succomber, ont l'impression d'étouffer et se dévêtissent. Pourquoi a-t-il cherché refuge dans cette ruine en plein hiver ? Qui était cet homme ? Qu'est-ce qu'il faisait dans une ferme déserte ?

— Bonjour, Andy, lancé-je sur le seuil. Ça avance ?

— Je suis assez optimiste, me répond-il tenant dans une main une phalange dans son clamp et dans l'autre une seringue.

Sait-il que j'ai été mise à la porte ? En tout cas, il n'en laisse rien paraître.

— Je pense récupérer assez de dermatoglyphes pour lancer une recherche dans le fichier.

— Croisons les doigts, vu qu'on a fait chou blanc avec l'ADN, réponds-je tandis qu'il injecte une solution de carbonate de sodium dans l'extrémité du doigt – sans doute un pouce autant que je puisse en juger vu la distance qui nous sépare.

J'ai examiné ces restes voilà plusieurs jours. Les muscles et ligaments étaient décomposés mais les tissus cutanés portaient encore des traces de stries. En prévision d'une restauration, j'ai coupé l'extrémité des doigts à la jonction des phalanges distales. Depuis, Andy travaille sur ces échantillons desséchés, dans l'espoir de récupérer des empreintes digitales.

— On a une info. C'est une piste pour connaître son identité. (Il dépose l'échantillon dans une boîte de Petri.) La police a indiqué qu'un homme de quatre-vingt-trois ans s'est échappé d'une maison de retraite à Winchester, voilà deux ans.

Un type veuf, souffrant de démence sénile. Il a des enfants, mais ils vivent loin et se fichent de son sort. Il était délirant et paranoïaque. Il était persuadé que le gouvernement en avait après lui et il a tenté de s'enfuir à plusieurs reprises de l'établissement.

— C'est peut-être bien notre homme. Et c'est pour cela qu'il n'y a pas son ADN dans le fichier du FBI.

— Le comble, c'est que cette grange est à seulement un kilomètre de la maison de retraite. (Il ôte ses gants, son masque et me regarde. Ses yeux bleus, derrière ses lunettes, ont l'air fatigué, sa barbe poivre et sel date de trois jours.) J'ai l'impression qu'on n'a pas beaucoup cherché ce pauvre hère. À mon avis, il s'est échappé et a trouvé un abri.

— C'était quand ? À quelle époque de l'année ?

— En février. Pendant un coup de froid. Vous allez déclarer la mort accidentelle ?

Je ne réponds pas. Ce sera à mon successeur de s'en soucier, mais je fais comme si de rien n'était.

— Voyons ce qu'on peut obtenir encore comme renseignement, suggéré-je.

— Quelque chose me dit que tout ça va finir devant les tribunaux, annonce-t-il en retirant sa blouse.

— À tous les coups. Les enfants, alors qu'ils se fichaient de son sort de son vivant, vont attaquer la maison de retraite en justice. Il n'y a pas de petits profits !

38.

L'endroit où je me rends se trouve dans une zone à part. Et il y a une bonne raison à cela.

Le laboratoire est sans fenêtres, un cube de béton bardé d'acier pour réduire les vibrations qui pourraient parasiter les mesures des appareils de haute précision. À mon arrivée, Rex Bonetta est installé au pupitre du microscope électronique à balayage (MEB) à côté de l'analyste Lee Fishburne.

— La modestie et elle, ça fait toujours deux ! me lance Bonetta. Je parle de Greta Fruge. Je viens de l'avoir au téléphone.

— Elle peut être assez prétentieuse, je sais, mais c'est réellement une pointure dans son domaine, précise Fishburne.

(Je connais bien Lee. Il était déjà là à mes débuts à Richmond.)

Ses cheveux autrefois bruns ne sont plus qu'un croissant blanc autour de son crâne. Il a maigri aussi. Ses épaules se sont affaissées.

— Elle va travailler avec nous et nous fournir des tests, continue d'expliquer Bonetta en me fixant du regard.

Il sait que je suis virée ! Je le vois dans ses yeux.

— Nous allons enfin pouvoir identifier les saloperies qui font des ravages chez nous, telles que l'iso. Et c'est peut-être bien ce produit qui a été utilisé pour trafiquer votre vin.

— Ce que vous voyez sur les écrans, ce sont les échantillons prélevés dans la bouteille. (Lee Fishburne désigne les moniteurs au-dessus de la console du MEB, digne d'un cockpit d'avion.)

Avec un grossissement de deux mille fois, il a repéré des restes de peinture de diverses couleurs, de cuivre, de plomb, de la silice, des poils de chauve-souris et du pollen de pervenche.

— De pervenche ?

Même si cette plante n'est pas originaire de Virginie, le jardin en était plein quand nous avons emménagé. Elle vient d'Europe et a été introduite en Amérique vers 1700, l'époque où a été construite notre maison. Il y a donc évidemment plein de pollen de cette fleur dans toute la propriété, y compris à l'intérieur. Il doit y avoir chez nous des débris de peinture aussi. Même des poils de chauve-souris !

Si le vin a été empoisonné dans notre propre cave, ce serait la pire nouvelle. Me serais-je trompée sur toute la ligne ?

— Et sur ces pigments ? Qu'est-ce qu'on sait ?

— C'est vieux, vraiment très vieux, me répond Lee. Dans le vert, il y a de l'arsenic. On ne s'en sert plus depuis des siècles. La peinture blanche que vous voyez sur cet écran est à base de plomb. Le bleu est obtenu avec du lapis-lazuli, un pigment très cher à l'époque, qu'on réservait d'ordinaire pour les tableaux prestigieux, comme ceux de la Vierge à l'enfant.

— Cela vous dit quelque chose ce mélange ? me demande Bonetta.

Tout dépend de ce qu'on trouvera chez moi, si on se lance dans une collecte d'échantillons. La maison, autrefois, renfermait beaucoup d'œuvres d'art anciennes du temps où l'ambassadeur britannique y habitait. Au fil de ses voyages, il avait rapporté des tableaux de maître, des sculptures, des tapisseries.

Je ne veux pas leur révéler que ces échantillons ont peut-être un lien avec moi. Même Bonetta ne connaît pas tous les détails. Il sait juste qu'on m'a donné cette bouteille en France et que j'ai commis l'erreur de la goûter. Au moins Elvin n'est pas au courant, pas encore. Il est temps de rentrer à la maison, j'ai causé assez de dégâts pour aujourd'hui.

— Continuez à chercher. Quoi qu'il arrive. (Forcément, Rex Bonetta, qui m'accompagne dans le couloir, a saisi l'allusion.) Je serai ici demain matin. Faites-moi savoir dès que vous avez identifié la drogue.

— Je sais que vous n'avez pas démissionné, déclare-t-il. Reddy est un vrai salopard. Ne vous laissez pas marcher dessus. Les gens ici sont tous sous sa domination, c'est pour ça qu'ils se comportent ainsi, Kay. Vous êtes notre plus grand espoir. Pour en finir avec ces sphères d'influences toxiques.

— Pour l'instant, il a gagné. Mais merci, Rex. (Je sens son regard dans ma nuque tandis que je m'éloigne vers l'escalier.)

Lucy n'a peut-être pas perdu la main, mais moi si, je le crains. La mort de Cammie Ramada ne sera peut-être jamais élucidée. Une fois que je serai sortie du terrain, les labos arrêteront les analyses. L'affaire sera de nouveau enterrée, et la famille n'aura jamais les réponses qu'elle mérite.

Quand je reviens dans l'aire de livraison, Wyatt ouvre la porte roulante pour laisser entrer un corbillard. Je lui souhaite bonne nuit.

— J'ai appris que vous partiez, dit-il. C'est dommage.

— Merci, Wyatt. À demain.

Je monte dans ma Subaru et démarre. Durant tout le trajet jusqu'à la maison, j'écoute de la musique. Je ne suis pas d'humeur à bavarder avec qui que ce soit, et je redoute déjà les commentaires de ma sœur quand elle va apprendre la nouvelle. Est-elle déjà au courant ? Marino doit tenter de l'amadouer avec des cosmopolitans, ou mieux des martinis-pommes, son cocktail préféré, histoire de lui faire rentrer les griffes.

Il va lui expliquer que je n'ai jamais démissionné (si ce n'est déjà fait), que j'ai été purement et simplement mise à la porte comme une malpropre et qu'ils vont devoir déménager si Benton, Lucy et moi mettons les voiles. En cas de retour pour nous dans le Massachusetts, elle et Marino suivront le mouvement. Une fois la chose énoncée, la suite est simple à imaginer. Elle va feindre la surprise, le choc. Et j'en entendrai parler jusqu'à la fin de mes jours !

Ma vie va être un véritable calvaire. Elle m'assaillira de questions, de conseils, alors qu'elle se réjouira secrètement de ma défaite. J'en ai assez, là aussi, de cette influence toxique. Il faut en finir. Et surtout, je ne veux pas que Lucy s'inquiète pour moi.

Elle a dû me voir arriver grâce aux caméras sur la propriété, car elle m'attend devant le garage, en survêtement, baskets et blouson. Elle soulève l'une des portes roulantes en bois, tandis que son chat aux oreilles aplaties passe à côté, la queue frétillante. J'attends qu'elle se recule avant de m'engager. Une fois garée, je sors de la voiture et l'aide à descendre la porte articulée. Puis je la serre dans mes bras, comme je voulais le faire plus tôt.

— Lucy, tu as été magnifique aujourd'hui ! m'exclamé-je tandis que nous nous dirigeons vers la maison. Et, oui, ta tante Kay s'est encore attiré des ennuis !

La télévision est allumée quand j'ouvre la porte. Merlin nous suit dans la cuisine où de la viande hachée mijote dans une poêle avec un bouquet d'épices. Sur une plaque, j'aperçois les tacos alignés et mon ventre crie famine. Une bouteille de tequila añejo trône sur le comptoir, à côté d'un shaker rempli de glace pilée et flanqué de deux verres.

Lucy sort son pistolet et le dépose à côté d'elle. J'aperçois son fusil à pompe dans un coin. Pourquoi cet arsenal ?

— Je ne veux pas me déplacer sans protection. Pas après ce qui s'est passé. Et maman est inquiète. Rien de tel qu'un bon fusil pour défendre une maison !

— Tu me fiches la frousse. (Je n'ai aucune envie de voir Dorothy jouer les héroïnes, armée jusqu'aux dents.) J'en déduis qu'elle compte rester ici un moment encore. (J'ouvre un tiroir, sors les serviettes et les couverts.)

— C'est compliqué à Colonial Landing, répond Lucy en ôtant son blouson pour le poser sur une chaise. Les journalistes sont partout et tous les résidents sont en état de choc. Et Dana Diletti rôde toujours là-bas. Peu importe que tout le monde sache que son cambriolage est une mise en scène. Rien ne l'arrête. Sa cote de popularité ne cesse de grimper, elle fait carrément le buzz sur Internet.

— À tous les coups, elle va prétendre que la police a trafiqué l'affaire, placé de fausses preuves pour l'incriminer.

— C'est ce qu'elle fait déjà. Un verre ?

Oh oui ! Mais d'abord, je dois vérifier quelque chose.

— Le vin en bas..., réponds-je en songeant aux indices révélés au labo. Je veux m'assurer que le bordeaux est bien la seule bouteille trafiquée.

— Tu t'inquiètes trop.

Je remarque qu'elle porte le bracelet que je lui ai offert.

— Il te va bien, dis-je en me dirigeant vers le placard pour récupérer les assiettes. Ce n'est pas réellement de l'inquiétude. Juste de la conscience professionnelle.

Tout en mettant la table, je lui explique ce que mon équipe a découvert. Il est possible que des débris microscopiques dans la bouteille proviennent de cette maison.

— Imagine que le poison ait été introduit ici même ? insisté-je. Il y a un tas de gens qui sont passés à la maison depuis mon retour de France.

— C'est vrai. Mais je n'ai rien vu sur les caméras de surveillance. Aucun intrus n'a montré le bout de son nez.

— Je vais vérifier. Je dois en être sûre. (J'ouvre ma mallette et en sors mes lunettes loupes et une paire de gants en nitrile.) Si d'autres bouteilles ont été empoisonnées, je devrais le repérer, maintenant que je sais quoi chercher.

— Tu veux un coup de main ? (Elle remue la viande dans la poêle.)

— Inutile. J'en ai juste pour quelques minutes.

— Remonte une autre tequila, on ne sait jamais.

— D'accord.

Je me dirige vers le sous-sol, avec Merlin dans mes talons.

Au bas des escaliers, j'allume les lumières à mesure que je traverse les pièces. À nouveau, je sens ce courant d'air froid. Puis j'entends un faible bruit derrière la porte donnant sur l'extérieur. Le verrou de la trappe de plastique se désengage quand Merlin passe à proximité. Le vent s'est de nouveau levé ; dehors, les branches tapent sur une fenêtre.

Le chat de Lucy me suit comme mon ombre. Je m'arrête devant le réfrigérateur, enfile mes gants et mes lunettes grossissantes. Il y a quatorze bouteilles sur les racks, des bourgognes, des bordeaux, des vins italiens capiteux, des blancs délicats aussi. Je commence à inspecter les bouteilles une à une. Aucune capsule en aluminium n'a été perforée, que ce soit par une aiguille ou un autre instrument.

— Tout va bien, dis-je à Merlin qui se frotte contre mes jambes. Finalement, je vais pouvoir garder ces petites merveilles, ajouté-je alors que la trappe cliquette à nouveau.

Je suis surprise : le chat est trop loin pour activer le mécanisme.

J'ôte mes lunettes et me fige. Une main d'homme, grosse, puissante, couverte de griffures, pousse la trappe. Le bras entier suit. Le chat souffle, fait le gros dos, alors que le bras, à demi couvert d'une manche de chemise noire, s'élève pour attraper la poignée intérieure de la porte. Ma réaction est instinctive, un pur réflexe.

Je donne un grand coup de pied dans le bras, au niveau du coude. J'entends l'articulation céder, tel un bout de bois qui craque, suivi d'un cri de douleur. Je fonce vers les escaliers, et appelle Lucy tandis que je grimpe les marches. Mais elle n'est plus là !

J'attrape son pistolet sur le comptoir et me précipite dehors, le cœur battant. J'entends des chocs sourds dans la nuit. J'accours et découvre ma nièce qui abat la crosse de son fusil sur le crâne de l'homme. Encore et encore.

L'intrus gît au sol, son bras droit plié dans un angle improbable. À côté, je remarque une bombe de peinture. Et aussi le collier de Merlin. Celui qui avait disparu. L'homme est de forte corpulence, vêtu de noir.

— Lucy… c'est bon… (Je ne veux pas lui faire peur, tandis qu'elle continue de cogner comme une forcenée, et que chaque impact résonne sinistrement sur le crâne.) Lucy, arrête, s'il te plaît.

Haletante, elle lève la tête vers moi, ses yeux étincellent de rage. Je la serre dans mes bras. Je sens le sang sur elle, son visage en est couvert.

— Il a son compte, dis-je en m'approchant de la forme inanimée.

Il n'ira plus nulle part. Je prends le fusil des mains de Lucy. La crosse est poisseuse et rouge. Je m'aperçois que j'ai encore mes gants de nitrile quand je m'agenouille près du corps.

— Je ne pouvais pas tirer, explique Lucy. Vous étiez derrière la porte. Je ne voulais pas vous blesser, ni toi ni Merlin. (Comme si cela pouvait expliquer la façon dont elle s'était acharnée sur ce type.)

Je pose mes doigts sur le cou de l'inconnu. Pas de pouls. En même temps, cela ne me surprend pas. Je sors mon téléphone, allume la lampe, et découvre le carnage, le magma de chairs sanguinolentes et de fragments d'os. À moi aussi, il me faut un moment pour le reconnaître.

— Oh non…, bredouille Lucy derrière moi. Non…

ÉPILOGUE

TROIS JOURS PLUS TARD.

Ma sauce est encore meilleure que je ne le pensais. Je pose ma spatule sur une feuille de sopalin pliée avec soin.

— Il ne faut jamais lésiner sur l'ail, expliqué-je à Marino. Ni sur le vin. (J'en verse une nouvelle rasade dans la casserole.) Et une qualité ordinaire suffit.

Il a enfilé un tablier et nous préparons tous les deux le dîner d'anniversaire de Lucy. Avec du retard, évidemment. Cela a été l'effervescence après qu'elle a tué Boone Cotton, l'ouvrier de cinquante-deux ans qui m'a aidée à nettoyer le jardin cet automne.

Plus récemment, il faisait des travaux dans la maison de Gwen Hainey quand elle avait déclaré qu'elle la prenait en l'état. Le monospace Honda de Cotton a un moteur très silencieux, c'est pour cette raison qu'on n'a rien entendu quand il est entré et sorti du lotissement, juste sa musique de film d'horreur, le volume à fond dans l'habitacle.

Il avait volé le FedEx de Gwen Hainey plus tôt dans la journée. Évidemment, elle s'inquiétait de savoir où était passé son colis. Il ne fallait pas que quelqu'un découvre que ces chargeurs de téléphones étaient en fait des systèmes espions. Elle a donc appelé Cliff Sallow au bureau pour avoir des nouvelles.

Puisque Cotton avait déjà effectué des travaux à Colonial Landing, il lui a été facile, à la nuit tombée, de couvrir les caméras du portail avec des sacs plastiques. Rusé, il était passé par le patio de Gwen Hainey avec le colis dans les bras, en prétendant peut-être que le paquet avait été livré à une mauvaise adresse.

Ils devaient se connaître, du moins de vue ; elle a donc coupé l'alarme et lui a ouvert. Cotton avait eu beaucoup de chantiers dans le secteur, Old Town était son domaine, et il avait dû découvrir le code d'accès de Gwen Hainey.

Nous n'avons pas toutes les réponses et il restera à jamais des zones d'ombre, comme c'est souvent le cas dans ce genre d'abomination. Seules deux personnes auraient pu nous en dire davantage, mais elles sont mortes. De toute façon, je doute que Cotton ait été très loquace s'il était encore en vie. Les psychopathes nient généralement tout en bloc jusqu'à leur dernier souffle, convaincus qu'ils peuvent duper tout le monde.

— Ce qui fait froid dans le dos, reprend Marino, c'est que le gars était là, à l'étage, quand Dorothy est venue voir Gwen. (Je perçois son trouble alors qu'il coupe de grosses tranches de focaccia.)

— Nous ne saurons jamais s'il était réellement dans la maison à ce moment-là. (Je hache du basilic et le mélange à ma « bolognaise spécial K ».) Dorothy a simplement entendu des voix d'hommes à l'étage.

— Il était là. On a retrouvé son ADN partout là-haut.

L'ADN de Boone Cotton était aussi sur la kettlebell. Et sous les ongles de Gwen Hainey, après qu'elle l'a griffé. Et c'est sans doute pour cette raison qu'il l'a amputée des deux mains. Il voulait exercer sa domination sur elle. Et sur Cammie Ramada. Comme son oncle Ace l'avait exercée sur lui enfant quand il emmenait le jeune Boone à la voie ferrée qui traverse le parc de Daingerfield Island.

C'était dans les années 1970. L'oncle Ace lui donnait un penny pour qu'il le pose sur le rail. Et ils attendaient fiévreusement l'arrivée du train, tandis que le radiocassette du pick-up diffusait à plein volume le thème de *Shock Theater* et que l'oncle Ace abusait du garçon. Des proches de Boone Cotton ont expliqué à Benton que les sévices ont duré jusqu'à ses douze ans, quand le tonton Ace s'est retrouvé en prison après avoir tabassé à mort un type dans un bar.

L'histoire de Cotton est malheureusement un classique chez nombre de criminels qui reproduisent sur autrui le mal qu'on leur a fait autrefois. Cotton a été violenté, humilié, et à chaque fois qu'il a violé, et tué (dernièrement), c'était une purge cathartique de son passé de victime. Voilà l'interprétation de mon mari. Et il pense que Cammie Ramada était son premier meurtre.

Peut-être que le stress de la pandémie l'a fait basculer ? Il est alors passé, comme prédateur, à l'échelon supérieur. Au début, Cotton se limitait à des cambriolages de nature fétichiste, puis dans les années 1990, il a franchi une nouvelle étape et ajouté l'agression sexuelle à ses forfaits. Il n'a jamais été inquiété. Il était juste un gars sympathique, toujours prêt à rendre service, ayant un mot gentil pour tout le monde.

Les femmes le trouvaient séduisant, voire charmant, et Cotton s'imaginait irrésistible. Cela nourrissait son délire autoérotique, selon Benton. Cotton croyait que les femmes avaient envie de lui, exactement comme lui avait envie d'elles. Peu importait qu'elles soient de parfaites inconnues. Et quand elles résistaient, se refusaient à lui, c'était comme un détonateur et il perdait tout contrôle.

Fou de rage, il avait pourchassé Gwen Hainey dans la maison avec la kettlebell, il avait plongé la tête de Cammie Ramada dans l'eau et l'avait noyée. Il ne leur avait rien volé, hormis leurs téléphones, qu'on a retrouvés à son domicile du côté de l'aéroport national Reagan.

— En tout cas, il ne causera plus de tort, dis-je à Marino tandis qu'on sonne à la porte. Mais j'aurais préféré que Lucy n'ait pas à vivre ça.

Ma nièce a pu inviter tous les gens qu'elle voulait. Elle débarque dans la cuisine avec Benton, Dorothy, Tron, Clare et Blaise Fruge. C'est aussitôt un joli bazar, et la tequila commence à tourner. Tout le monde est en tenue décontractée, l'ambiance est joyeuse. Même Lucy semble s'amuser, du moins en surface.

Ma nièce a déjà tué, et elle recommencera au besoin. Ce n'est pas cela qui la chagrine, mais le fait que CyberJanet se soit trompée. L'avatar n'a pas envisagé que quelqu'un puisse utiliser une bombe de peinture pour occulter les caméras de la maison – et Cotton connaissait les lieux.

Cotton bavardait avec nous de temps en temps. Je me souviens de ses yeux pétillants, de son sourire enjôleur. Il était attirant et drôle, et je me revois lui apporter un thé glacé un jour de canicule, alors qu'il arrachait les pervenches et autres plantes envahissantes. Il est venu ici plusieurs fois, et il était encore là, voilà seulement cinq jours, pour peindre le nouveau treillage.

Son véhicule était souvent garé dans notre allée. À force, il a dû faire ami-ami avec Merlin et lui a pris son collier. Cotton savait où étaient les caméras. Quand il est revenu avec sa bombe de peinture et le collier, Lucy était aux fourneaux avec ses tacos.

Elle ne regardait pas les écrans de contrôle alors que les caméras étaient obscurcies une à une, et CyberJanet ne l'a pas alertée. Elle a signalé un problème seulement lorsque Cotton a utilisé le collier de Merlin pour déverrouiller la trappe. L'algorithme, grâce au numéro de série, a remarqué aussitôt qu'il s'agissait de l'ancienne puce de Merlin et a envoyé une notification sur le téléphone de Lucy. Comprenant ce que cela impliquait, ma nièce était sortie avec son fusil.

Plus tard, Lucy nous racontera qu'elle avait vu Cotton courir dans le noir en se tenant le bras. Elle lui avait asséné un coup de crosse par-derrière, un peu comme ce qu'il avait fait à Gwen Hainey avec la kettlebell.

— Tu veux bien sortir mon pesto du micro-ondes ? demandé-je à Lucy tandis que Benton prépare une margarita à côté de moi.

— Tiens, comme tu l'aimes, déclare-t-il. Avec un soupçon de sirop d'agave, du citron vert, et frappé – pas touillé.

— Merci, agent Wesley !

Je sors d'un tiroir mon pinceau de cuisine tandis que Lucy dépose devant moi le bol contenant beurre fondu, parmesan, ail et autres ingrédients classés secret-défense.

— Ce truc est une tuerie, annonce Lucy à Tron. (Elles commencent à bien s'entendre toutes les deux.) Tu vas voir, son pain à l'ail est à tomber par terre. (Je songe que ce serait bien si ma nièce s'intéressait de nouveau à quelqu'un.)

— C'est quoi la recette ? Allez, dites-la-nous ! me taquine Clare. Il faut toujours partager ses connaissances.

— Pas même en rêve, réplique Dorothy en remplissant le shaker de glace pilée. J'en ai mangé des montagnes de son pain à l'ail, de quoi devenir une baleine. Heureusement, Pete et moi sommes adeptes de la muscu, sinon, on ne serait pas sortables. Mais Kay ne vous dira rien. Ni à vous, ni à personne.

— Pas même à moi ! précise ma nièce.

— Elle ne crachera jamais le morceau, confirme Marino. Je l'ai pourtant soûlée plus d'une fois, mais rien à faire !

— C'est vite dit, intervient Fruge. Il se trouve que je suis plutôt bonne pour arracher des confidences.

— Redescendez de votre cheval, jeune fille ! Cela ne marchera pas. Pas avec Doc.

— Jamais avec Doc ! reprennent en chœur mes proches.

Je dépose au pinceau mon mélange top-secret sur les tranches de focaccia et les enfourne.

Le téléphone de Benton sonne. Il regarde l'écran et s'éloigne pour prendre l'appel. Pendant un moment, il écoute son interlocuteur.

— C'est une bonne nouvelle, répond-il finalement en me regardant avec un sourire en coin. Oui, elle est à côté de moi. (Il me tend son portable.) Les Russes nous renvoient Jared Horton. Et quelqu'un veut te saluer.

— Horton raconte maintenant que ses deux coéquipiers se sont entre-tués ! m'annonce Gabriella Honoré au téléphone. Qu'il a paniqué et s'est sauvé.

— Et son histoire de débris spatiaux ?

— Adieu cette version !

— Ben voyons. Mais nous savons, vous comme moi, ce qui s'est réellement passé, dis-je.

— Jared Norton et Gwen Hainey versaient dans l'espionnage depuis des années. Nous en avons désormais la preuve. Il va nous falloir du temps pour réparer les dégâts. Et certains préjudices seront irréversibles. Horton devait retrouver Gwen Hainey en Argentine, où ils avaient un point de chute. Elle y avait déjà déposé ses affaires.

— Voilà pourquoi il y avait si peu de choses dans sa maison à Colonial Landing.

— Ils ont un appartement à Buenos Aires. À l'évidence, ils étaient plus que partenaires de travail. Mais assez parlé de ça. Comment allez-vous, Kay ? Je suis si heureuse de vous savoir complètement rétablie. Et un grand merci pour avoir goûté ce bordeaux avant moi !

— Il n'y a pas de quoi, réponds-je tandis que Merlin se frotte contre mes chevilles.

— Le vin a été en fait empoisonné par un vigneron énervé qui voulait ruiner un rival.

Je veux savoir qui est ce vigneron. Gabriella m'explique qu'il habite un château du XVIe siècle, presque un musée, avec des œuvres d'art exceptionnelles, et agrémenté d'un magnifique parc. Un environnement qui peut correspondre aux indices prélevés dans le vin.

— Il a injecté de l'iso dans d'autres bouteilles. La police française les a toutes récupérées, me rassure Gabriella.

— Heureusement, nous sommes tous en vie pour pouvoir en parler.

— Et pour tout vous dire, je suis bien contente que vous ayez décidé de ne pas *démissionner*. (À son ton, je comprends qu'elle n'est pas dupe.)

Il se trouve qu'Elvin Reddy a changé d'avis, et a refusé d'accepter ma prétendue démission. Il semblerait qu'il a déjà décroché un nouveau poste. Tant mieux. Bon débarras ! J'aurai toutefois encore Maggie sur les bras. Et il va falloir que je trouve le moyen d'amadouer cette secrétaire rétive. Mais chaque chose en son temps.

— Je suis impatiente de vous revoir à Interpol. À très vite, conclut Gabriella.

Je reprends mon verre après avoir raccroché.

— Un toast s'impose, dis-je. À Lucy, joyeux anniversaire en retard ! (Nous trinquons tous.)

— Et à votre retour, lance Fruge en me saluant d'un signe de tête. Bienvenue chez vous, chef !

Cet ouvrage a été composé par PCA

Imprimé en France par
CPI BRODARD & TAUPIN (72200 La Flèche)
en juin 2022

pour le compte des Éditions J.-C. LATTÈS
17, rue Jacob – 75006 Paris

PAPIER À BASE DE FIBRES CERTIFIÉES

JC Lattès s'engage pour l'environnement en réduisant l'empreinte carbone de ses livres. Celle de cet exemplaire est de : 700 g éq. CO_2
Rendez-vous sur www.jclattes-durable.fr

N° d'édition : 02 – N° d'impression : 3049179
Dépôt légal : mai 2022
Imprimé en France